Hans Ernst · Unter der Benediktenwand

HANS ERNST

Unter der Benediktenwand

Roman

rosenheimer

4. Auflage 1997
Printed in Austria

Schutzumschlagfoto: Michael Wolf, München
Druck und Bindung: Wiener Verlag, Himberg bei Wien
ISBN 3-475-52331-0

Sie kommen von Birkenstein, zwei Menschen, die von der Not ihrer Herzen getrieben worden sind, dorthin zu gehen. Die Muttergottes von Birkenstein hat schon so vielen geholfen; die Tafeln und Sinnbilder an der Außenwand der Kapelle zeugen davon. Nun sind auch sie hingegangen und haben ihre Not geklagt.

Sie sind nicht krank, nicht bresthaft. Nein, es sind gesunde Menschen, die zwei Bauersleute aus der Jachenau. Aber sie haben eine große Not in ihren Herzen. Darum haben sie die weite Reise unternommen.

Notburga heißt sie und Ferdinand er.

Ferdinand Sachenpacher ist ein großer, schlanker Mensch mit hellem Blondhaar, etwa zweiundvierzig Jahre alt. In seinem schmalen, tiefgebräunten Gesicht sind die stahlblauen Augen das Auffallendste. In seinem Gang liegt federnde Kraft, und neben seiner hohen Gestalt wirkt die Frau an seiner Seite fast kindhaft schmal, obwohl auch sie nicht klein ist. Notburga Sachenpacher, geborene Rüsch, ist im Mai dieses Jahres fünfunddreißig geworden. Sie steht in der vollen Blüte ihres Weibtums. Das kastanienbraune Haar hat sie in einer hohen Krone über der Stirn aufgesteckt. In ihrem ebenmäßig schönen Gesicht ist noch kein Fältchen zu sehen. Nur um den Mund ist ein ganz feiner Zug eingegraben, der von geheimem Leid zeugt, dessen Schmerzhaftigkeit nur ihr allein bewußt ist.

Sie haben soeben Lenggries hinter sich gelassen und befinden sich bereits auf der Straße, die über gute vier Wegstunden in die Jachenau führt.

»Geht's noch?« fragt der Mann und faßt, da jetzt keine Häuser und Menschen mehr sichtbar sind, wieder einmal nach ihrer Hand.

»Ja, ja, Ferdl, es geht schon noch. Bloß der linke Schuh drückt mich ein bissel«, meint sie.

»Zieh halt die Schuh' aus und lauf barfuß«, schlägt er vor.

»Ja, wenn wir Wegscheid hinter uns haben, ziehe ich die Schuhe aus und laufe barfuß.«

Wahrhaftig, die beiden hätten es nicht nötig gehabt, den weiten Weg zu Fuß zu gehen. Bis Tölz sind sie mit der Bahn gefahren, und von dorther gehen sie jetzt schon. Sie hätten vierspännig und, wenn es hätte sein müssen, sogar sechsspännig nach Birkenstein fahren können, denn der große Hof auf dem Roßkogl unterhalb des Meßnerberges ist ihr Eigentum. Aber dann wäre es ja kein Bittgang gewesen. Und sie hatten doch etwas erbitten wollen an der Gnadenstätte. Etwas erbitten, das anderen so reichlich und oft ungewollt in den Schoß fiel.

Acht Jahre sind es jetzt her, daß sie im Gasthof zur Post in der Jachenau ihre große Hochzeit gehalten haben. Und von Jahr zu Jahr haben sie gehofft, daß man die alte blaubemalte Wiege vom Dachboden herunterholen könne. Aber die Jahre sind hingegangen, und Gott hat ihr sehnlichstes Wünschen nicht erfüllt.

Es ist ein schöner Tag im September, als die beiden Hand in Hand auf der staubigen Straße dahinwandern. Die junge Bäuerin hat ihre Schuhe nun ausgezogen und trägt sie in der Hand. Das leise Wellengeplätscher der munter fließenden Jachen begleitet sie. Um die Wipfel der Fichtenbäume, die die Straße säumen, flutet golden das Sonnenlicht, und manchmal geht ein Windhauch wie tiefes Atemholen durch die Zweige.

»Hätte gar nicht geglaubt, Burgl, daß du so gut marschieren kannst«, sagt nach einer Weile der Bauer anerkennend.

»Soll ich weniger tapfer sein als du?« fragt sie mit einem Lächeln zurück. Und dieses Lächeln ist wie Sonnenleuchten um ihren Mund. »Aber vielleicht kehren wir in Tannern noch ein bissel ein? Von dort weg haben wir dann noch zwei Stunden zum Roßkogl. Wie lang sind wir denn heut schon gegangen?«

»Sieben Stunden, mein' ich. Aber das macht nichts«, sagt er und fügt noch hinzu: »Hoffentlich war es nicht umsonst.« Kaum aber hat er den letzten Satz gesprochen, bereut er ihn schon, denn er sieht, wie sich ihr Gesicht versteinert und ein bitterer Zug des Leides wieder um ihren Mund ist, wie mit einem Griffel eingezeichnet.

»Ich kann doch nichts dafür«, sagt sie bitter.

»Weiß ich schon, Burgl. Ich hab's auch nicht so gemeint. Werde jetzt nur nicht ungeduldig. Wir sind ja noch jung.«

Da kann auch sie wieder ein wenig lachen.

»Miteinander sind wir jetzt genau siebenundsiebzig Jahre!«

»Aber unser Herz ist jung, und das ist die Hauptsache.«

Fuß vor Fuß setzen sie, Staub quirlt hinter ihren Schritten auf, und damit es nicht gar so langweilig wird, beginnt Notburga Sachenpacher mit schöner Altstimme ein Lied zu singen, wie sie es noch in ihrem Bewußtsein trägt von der Kindheit her, die sie jenseits der Benediktenwand, in Gschwend, verlebt hat. Sieben Geschwister sind sie gewesen, fünf Schwestern und zwei Brüder. Beim achten Kind war die Mutter gestorben. Vielleicht würde auch sie sterben, wenn sie ein Kind bekäme. Aber wenn das Kind am Leben bliebe, dann könnte sie selbst die Augen schließen in dem Bewußtsein, ihre Pflicht erfüllt und dem Geschlecht der Roßkogler das gegeben zu haben, was man von Anfang an von ihr erwartet hat.

Oh, sie weiß genau, wie der Mann unter der Kinderlosigkeit leidet. Sie weiß, wie oft ihn die Peitsche des Spottes trifft und wie er sich innerlich grämt, wenn die anderen spöttisch fragen, wann auf dem Roßkogl endlich ein Stammhalter komme. Er läßt sich ihr gegenüber nur nichts anmerken. Er hat sich in der Gewalt und kann ihr nicht weh tun. Aber sie sieht ihn oft grübelnd vor sich hin starren, sieht ihn zusammenzucken, wenn sie ihn dann anspricht, und hört so manches Mal einen tiefen Seufzer von ihm, von dem sie weiß, was er zu bedeuten hat. Ach ja, es gibt so manche Anzeichen. Bedächtig und sorgfältig hat er früher am Hof die Arbeit geleitet. Jetzt stürzt er sich oft blindlings in sie hinein, so als habe ein dunkler Zorn ihn angefallen, den er an niemandem auslassen kann.

Jetzt nähern sie sich der Schemer-Alm und setzen sich dort ein wenig auf die Bank. Der Nachmittag hat bereits Gold in seinem Feuer, und der nahe Fichtenwald wirft seine Schatten schon weit her. Auch die Jachen rauscht etwas lauter. Mit bimmelnder Glocke wandern die Kühe über das Almfeld und stauen sich dann vor der geschlossenen Stalltür. Der Roßkogler steht auf und betrachtet mit kritischem Blick Stück für Stück. Er ist zu sehr Bauer, um nicht sofort festzustellen, daß dieses Vieh nicht sehr gut gehalten ist. Und als die Sennerin jetzt über eine Hügelwelle her kommt, sagt der Roßkogler mit trockener Bissigkeit:

»Du, recht viel brauchst dir grad nicht einzubilden auf die Beinerhaufen. Da, die drei krummhörnigen, die schaun ja hautig aus.«

Die Sennerin, weder jung noch schön, sondern schon ein älteres Frauenzimmer, wirft einen giftigen Blick auf den Bauern und möchte am liebsten sagen: Was geht's denn dich an, Roßkogler. Deine Küh' sind's ja nicht, sondern dem Manhart seine. Aber sie getraut sich nicht, hat viel zuviel Respekt vor diesem großen Mannsbild, von dem sie weiß, daß er einer der reichsten Bauern in der Jachenau ist. So sagt sie lieber:

»Na ja, bei uns ist auch das Weideland nicht so gut wie bei dir.«

»Das mag schon sein, und ich mach' dir auch keinen Vorwurf. Aber der Manhart ist nie ein guter Wirtschafter gewesen. Und wenn ich ganz ehrlich sein soll, nimm mir's nicht übel, Mariann, aber du bist halt doch schon ein bissel zu alt zum Almgehn.«

Das ist selbst für die Marianne zuviel. Das Altwerden läßt sich keine gerne vorwerfen, und die Marianne sagt sich, auf einen groben Klotz gehöre ein grober Keil. Aber sie setzt den Keil nicht offen an, sondern etwas hinterlistig. Ihr Spitzmausgesicht verzieht sich zu einem freundlichen Grinsen.

»Da kannst schon recht haben, Roßkogler. Wirtschafter ist er kein so guter wie du. Von dir weiß man's bis nach Urfeld und Kochel. Dafür hat er dir aber was anderes voraus, nämlich ein halbes Dutzend Kinder.«

Ferdinand Sachenpacher läuft rot an. Er spürt selber, wie es ihm hitzig über die Stirn fliegt, und er ballt die Fäuste. Seine Lippen pressen sich hart zusammen. Er kann nichts mehr sagen. Zu wem hätte er auch noch etwas sagen sollen? Die Sennerin ist nach ihrer Bemerkung gleich in den Stall verschwunden, und die Kühe drängen eilig hinter ihr hinein, denn sie wollen gemolken werden. So steht er noch eine Weile und starrt in das Abendrot, das feierlich über dem Hohen Zwiesler und dem daneben liegenden Achselkopf brennt. So lange schaut er hin, bis seine Augen schmerzen und er fühlt, daß seine Erregung sich zu legen beginnt. Dann erst geht er vor die Hütte.

Dort sitzt die Notburga, hat den Kopf an die Holzwand gelegt und ist eingeschlafen. Ein heftiges Erbarmen will ihn überkommen, aber dann denkt er, daß ja sie es gewesen ist, die seit Monaten zu diesem Gewaltmarsch gedrängt hat. Immer, wenn er sie so still betrachtet, spürt er die tiefe Freude, daß sie sein Weib ist. Er weiß, daß ihn viele um diese schöne Notburga beneiden, deren Tüchtigkeit als Bäuerin bis weit hinter Lenggries hinaus bekannt ist. Noch keine Minute hat er es bereut, sie genommen zu haben, obwohl sie aus einem kleinen Anwesen stammt und die Mitgift kaum ins Gewicht gefallen ist. Mit ihrem Eifer, mit ihrer Arbeitskraft, mit ihrer restlosen Hingabe an den herrlichen Besitz auf dem Roßkogl hat sie das längst wettgemacht.

Behutsam tippt er ihr auf die Schulter. »Burgl . . .« Er muß sie erst noch rütteln, bis sie ganz zu sich kommt. »Gehn müssen wir jetzt, Burgl.«

»Ach so, ja.« Sie steht auf und hängt die Schuhe wieder über die Schulter. »Ich glaube, ich hab' richtig geträumt.« Sie faßt nach seiner Hand. »Packen wir's!«

Die Straße nimmt sie wieder auf. Lauter wird das Rauschen der Jachen, je tiefer der Abend fällt. Schweigend gehen sie nun dahin. Erst dort, wo der Reichenaubach in die Jachen fließt, fragt Ferdinand Sachenpacher:

»Warum redest denn nichts mehr, Burgl? Was denkst denn allweil?«

Sie schluckt ein paarmal und drückt seine Hand fester. »Ja, manchmal ist man weit weg mit den Gedanken und denkt recht dummes Zeug.«

»Ja, das kommt schon vor«, antwortet er.

»Das heißt«, spricht sie, eifriger werdend, weiter, »gar so dumm war das gar nicht, was ich gerade gedacht habe. Nein, nein, durchaus nicht dumm war das.«

»Du machst mich neugierig. Was hast denn gedacht?«

»Daß meine Schwester, die Barbara, heuer schon ihr zweites Kind gekriegt hat.«

»Burgl, grübel doch nicht allweil das gleiche. Du machst es dir ja selber nur schwer dadurch!«

»Nein, aber wenn ich dran denke, daß die Barbara dir vor mir begegnet ist und daß sie dir gar nicht so schlecht gefallen hat . . .«

Er lächelt, wie in Erinnerung versunken, still für sich hin.

»Ja, aber dann habe ich dich gesehn auf dem Tanzboden droben. Von dem Augenblick an hat es für mich keine andere mehr gegeben!«

»Wenn ich aber nicht dort gewesen wäre, hättest du sicher die Barbara heimbegleitet. Wer weiß, wie dann alles gekommen wäre. Vielleicht wäre sie heute Roßkoglerin, und du hättest Kinder.«

»Ich hab' ja so auch ein Kind«, antwortet er trocken und lächelt hinterher. Verständnislos schaut sie ihn an.

»Wo hast du ein Kind?«

Er legt den Arm um ihre Schultern.

»Dich habe ich doch! Manchmal redest du wirklich daher wie ein Kind. Du warst für mich eben bestimmt, und alle anderen Überlegungen haben keinen Sinn.«

Dann schweigen sie wieder. Schwer haben sich nun die Abendschatten über das Land gesenkt. Nur auf den Höhen flutet noch etwas Licht, aus den Talwiesen aber steigt der Nebel auf.

Endlich nähern sie sich Jachenau. Gespenstisch ragen die Umrisse des Kirchturms aus der Dämmerung. Als sie kurz vor dem Ort die Bachbrücke überschreiten, beginnen die Abendglocken zu läuten. Es schaut geradeso aus, als ob sie es zu ihrem Empfang täten.

Der Roßkogler nimmt seinen Hut ab, und auch die Notburga faltet die Hände. Sie gehen nicht durchs Dorf, sondern biegen davor ab und steigen den schmalen Fahrweg bergauf zum Roßkogl. Eine letzte Kuppe gilt es noch zu übersteigen, dann sehen sie ihn liegen, den mächtigen Hof. Wie eine Trutzburg steht er da oben, und das kleinere Fischeranwesen, etwa fünfhundert Schritt daneben, sieht aus wie ein Spielzeug, das aus Gottes großer Spielzeugschachtel achtlos herausgefallen ist.

Schnell ist es Nacht geworden. Über der Benediktenwand flimmern die ersten Sterne.

»Jetzt werden wir's gleich haben, Burgl.«

»Ja, Ferdl, gleich sind wir daheim.«

Wie sie dieses »daheim« ausspricht, welch eine Innigkeit und welch ein schweres Glück in diesem einen Wort erklingen!

Dreihundert Schritt noch. Dort ist schon die Gruppe der sieben Ahornbäume. Dann nur noch hundert Schritt. Sie hören bereits den Brunnen plätschern. Beim Fischer bellt der Hund. Im Roßkoglerhof zündet man gerade die

Lampe an. Das Licht fällt freundlich, wie wegweisend, heraus in die Nacht.

Sie sind daheim.

Ein gutes halbes Jahr ist seit dem Bittgang nach Birkenstein vergangen, und es scheint so, daß auch dieser Weg umsonst gegangen worden ist. Man hat zu sehr darauf gebaut, daß von dorther Hilfe käme, und darum wurde die Enttäuschung des Bauern von Monat zu Monat schwerer.

Notburga erschauert oft unter seinen forschenden, suchenden Augen. Er hat sich nicht mehr so in der Hand wie früher, und seine Augen schreien oft das heraus, was der Mund sagen will und nicht kann. Ein verhaltener, stummer Vorwurf ist da. Notburga spürt ihn wohl und beobachtet mit zitternder Angst die Wandlung des Bauern.

Als dann dem Fischer drüben Ende März das fünfte Kind geboren wird, packt ihn so rasender Neid, daß er wie ein Irrer den ganzen Tag in den Wäldern umherrennt, und am Abend, beim Heimweg, macht er einen großen Bogen um das Fischeranwesen, aus Angst, er könnte dem kleinen, untersetzten Mann begegnen und müsse ihm dann gratulieren, ein freundliches Gesicht dazu machen, wenn der Neid in ihm frißt. Er hört in den nächsten Tagen, daß es ein gesundes, kräftiges Mädchen ist, und lacht zornvoll auf.

»Denen geht doch alles wie nach Wunsch. Immer abwechselnd ein Bub und dann ein Mädel.«

»Das nächste Mal muß es wieder ein Bub sein«, soll der Fischer geprahlt haben.

In diesen Tagen steht der Sachenpacher oft wie verloren hinter seinem Hof und starrt hinüber zu dem kleinen Anwesen, auf das Gott seine Hand segnend gelegt hat.

An einem Morgen sitzt er in der großen Stube und hat das große Familienbuch vor sich liegen. Draußen ist ein heller, freundlicher Vorfrühlingstag. Die Palmkätzchen haben schon ausgeschlagen, und auf den Bergwiesen blühen die ersten Krokusse und Märzenbecher.

In dieses in Schweinsleder gebundene Buch hat schon sein Urgroßvater all das hineingeschrieben, was es über den Roßkogl und über die Jachenau zu berichten gab. Demnach soll die Jachenau einmal eine Siedlung des Klosters Benediktbeuern gewesen sein und ursprünglich »Tal Nazareth« geheißen haben. Unter dem Schutz des Klosters hatte sich dann die Jachenau im Laufe der Jahrhunderte zu einer wohlhabenden Gemeinde entwickelt.

Das hat der Urgroßvater eingetragen.

Der Großvater muß gründlicher gewesen sein. Seine Eintragungen sind alle mit einem Nachsatz oder mit einer Betrachtung ausgeschmückt. So zum Beispiel, als einer seiner Buben, der Kajetan, im Kriege 1870/71 bei Sedan gefallen war. Da heißt es hinterher:

Gott schenkt die Söhne, und ohne seinen Willen fällt kein Sperling vom Dach. Das Vaterland ruft die Söhne und läßt sie fallen, und man läßt es geschehen, weil auch darin der verborgene Wille Gottes ist.

Sein Vater, der Tobias Sachenpacher, hat keine Bemerkungen hinzugefügt. Seine Eintragungen sind kurz und trocken und beschränken sich nur auf das Notwendigste. So steht unter anderm:

Heute nachmittag 5 Uhr ein Sohn geboren. Lassen ihn Ferdinand taufen. Möge Gott es geben, daß er dereinst das Geschlecht der Roßkogler weiterträgt.

Ferdinand Sachenpacher lacht bitter auf, als er das jetzt wieder liest. Er selbst hat in dieses Buch noch nicht viel eingetragen. Seit Jahren sind die Seiten leergeblieben. Heute aber muß ihm ein finsterer Dämon die Feder in die Hand gedrückt haben. In steilen, energischen Buchstaben steht da:

Heute vor acht Jahren geheiratet. Bisher eine recht glückliche Ehe geführt. Aber leider immer noch keinen Erben. Sind im Herbst nach Birkenstein gewallfahrtet. Ist der ganze weite Weg für die Katz gewesen. Gibt soviel Ungerechtigkeiten auf der Welt. Andere kriegen schüppelweise Kinder und wir nicht ein einziges. Da soll man an der Gerechtigkeit Gottes nicht zweifeln! Eine Kuh, wenn sie kein Kalb bringt, kriegt der Metzger. Aber eine Frau hat man da seiner Lebtag und verliert dabei die Freude am Leben.

Es ist ganz still in der Stube. Die Fenster stehen weit offen, und die Frühlingsluft strömt wie auf unsichtbaren Wellen herein. Die Stare pfeifen um die Wette, im Hühnerstall gackern die Hühner und geben damit laut zu wissen, daß sie nicht umsonst die Körner fressen. Einmal hört man vom Stall her eine Kuh muhen. Sachenpacher weiß es, die Kuh muht nicht, weil sie Hunger hat, sonst wäre ihr Rufen ungeduldiger. Gretl heißt die Kuh, und ihr Muhen ist nichts als ein Rufen der Sehnsucht nach ihrem Kalb, das sechs Meter weg in der Streu liegt und mit großen Augen zur Mutter herüberschaut.

Das ist Leben! Wohin der Bauer auch schauen mag, überall Leben und Daseinsfreude. Auch draußen hat sich das Leben wieder erneuert nach einem strengen Winter.

Auch das ist Leben, was seine Augen jetzt zu sehen bekommen. Über den Hügel her ziehen drei von den Fischerkindern und ziehen auf einem Leiterwägelchen das vierte hinter sich her. Sie bewegen sich auf den Roßkoglhof zu, und ihre hellen Stimmen schwingen im Märzwind.

Mit vorgeschobenem Kinn steht der Roßkogler da. Seine blauen Augen sprühen ein kaltes Licht aus. Dann wendet er sich um, nimmt die Schnapsflasche aus dem kleinen Wandkästchen und schenkt ein. Ruckartig schüttet er drei, vier Gläser hinunter. Sein Blick wird dabei immer eisgrauer. Er weiß schon, warum sie kommen, die Fischerkinder. Die

Notburga wird sie auch schon gesehen haben und wird in der Küche bereits die Butterbrote herrichten. Sie sehen nicht allzuviel Butter in ihrem Armeleutehaus drüben. Der Fischer hat bloß zwei Kühe im Stall und geht in den Staatswald als Holzfäller.

Wieder schüttet er ein paar Gläser Schnaps hinunter. Aber er kann es nicht aufhalten. Die Kinder kommen wirklich in seinen Hof. Er haßt sie alle miteinander in diesem Augenblick. Draußen im Hof sind sie nun, tanzen um das Wägelchen und singen:

»Ringelringel — rum
der Vater ist nicht dumm,
die Mutter ist ein Engel rein
und soll auf Erden selig sein,
ringelringel — rum . . .«

Da kann sich Ferdinand Sachenpacher nicht mehr halten.

»Maul halten!« brüllt er, daß die Kinder erschrocken zusammenzucken. »Bande, miserable. Haltet euer Maul!« Klirrend schlägt er das Fenster zu.

In diesem Augenblick geht die Tür auf. Notburga steht auf der Schwelle. »Um Gottes willen, Ferdl, warum schreist denn so?«

Zunächst erschrickt er ein wenig. Er kommt sich wie ertappt vor, wird unsicher und legt in seiner Verlegenheit das Buch der Ahnen ins Wandschränkchen, sperrt ab und dreht sich um. Seine Augen flattern, das Blau ist noch nicht wieder in seinem Blick, das Eisgraue, Kalte ist immer noch da. Es sieht zum Fürchten aus.

Sie schaut ihn an, hilflos, verständnislos, schüchtern und demütig zugleich. Und da bricht es hemmungslos aus ihm heraus:

»Hörst es, wie sie plärren, die Bankerten von dem Notnigl da drüben? Grundsteuer kann er nicht zahlen auf der

Gemeinde drunten. Aber eins hat er mir weit voraus. Kinder hat er und weiß wenigstens, für was er schuftet!«

Notburga erschrickt bis ins Herz hinein.

»Hast du das sagen müssen jetzt, Ferdl?«

»Ja, das hat endlich einmal 'raus müssen.«

Unwillkürlich duckt sie sich, als habe sie einen Schlag empfangen und erwarte nun noch einen zweiten. Aber dann reißt sie den Kopf zurück. In ihren Augen glüht es. Aufrecht und stolz steht sie vor ihm, wie damals vor acht Jahren, als sie mit einem freudigen und lauten Ja vor dem Pfarrherrn und den Beiständen kundgetan hat, daß sie dem Ferdinand Sachenpacher gehorsam sein und ihn lieben will, bis der Tod sie scheidet.

»Ferdinand«, sagt sie leise. »So kenne ich dich ja gar nicht.« Sie tritt nahe vor ihn hin, riecht aus seinem Mund das Gebrannte und macht einen Schritt zurück.

»Hast du getrunken?«

»Ja, warum nicht?« fragt er herausfordernd. »Andern schenkt Gott Kinder und mir nur Schnaps.«

Totenblaß wird Frau Notburga ob dieser schweren Anklage gegen sie.

»Jetzt sollst mir grad noch vorwerfen, daß es meine Schuld ist«, sagt sie und betet: Lieber Gott, laß es ihn nicht aussprechen ...

Seine Unterlippe schiebt sich vor. »Vielleicht«, platzt er schon heraus. »Ganz Gewisses weiß man nie.«

In bannstarrer Erschrockenheit steht sie da. Und blitzartig kommt es ihr in den Sinn, daß dies bei ihm nicht die Eingebung dieser Minute ist, sondern das Ergebnis vielen Denkens sein muß. Vielleicht ahnt der Mann gar nicht, was er soeben zerbrochen hat. Sie windet sich vor Qual. Aber dann zwingt sie sich und sagt so ruhig wie möglich:

»Wenn du das meinst, Ferdinand, dann ist es besser, ich lasse dich allein und gehe zu meinen Leuten zurück nach Gschwend.«

»Nach — nach Gschwend?« Seine Zunge stolpert über

die paar Worte. Und plötzlich ist ihm dann, als habe ihm jemand einen Kübel eiskalten Wassers ins Gesicht gegossen, so ernüchtert ist er auf einmal wieder.

»Aber, Burgl, was fällt dir denn ein? Du kannst doch nicht fortlaufen?« Seine Hände strecken sich ihr entgegen, aber sie weicht aus, lehnt sich neben dem Ofen an die Wand und spricht in aller Ruhe:

»Schau, Ferdl, ich habe diese Stunde kommen sehen. Nur unser Herrgott allein weiß, wie gern ich dir Kinder schenken möchte, Buben und Mädel, meinetwegen eine ganze Stube voll. Gar manche Nacht bin ich neben dir wach gelegen und habe gebetet. Aber es wird halt so sein, daß es Gottes Wille ist und ...«

»Ein sauberer Wille«, unterbricht er sie brüllend und blickt mit verzerrtem Gesicht in die Ecke, wo über dem Tisch im Winkel ein geschnitzter Christus hängt. »Hast du nichts anderes zu tun, als die Leut' zum Narren zu halten? Da glaubt man an dich, und du läßt es einfach zu ...«

In blinder Wut reißt er das leere Schnapsglas an sich, hebt es hoch, als wolle er damit nach dem Gekreuzigten werfen. Mit einem tränenerstickten Schrei fällt ihm Notburga in den Arm.

»Ferdl, du versündigst dich. Schämst dich denn gar nicht!«

Er glotzt sie an, streicht sich mit der Hand über die Stirne. Es kommt ihm vor, als sei er soeben aus einem wüsten Traum erwacht. Er kann sein Weib jetzt nicht anschauen. Langsam geht er an ihr vorbei, nimmt draußen im Gang die Halbfeiertagsjoppe vom Haken, stülpt sich den Hut aufs Blondhaar und verläßt durch die hintere Stalltür den Hof.

Sein Weg führt ihn hinunter ins Dorf. Zuerst ist es wirklich nur die Absicht gewesen, beim Metzger das Geld für die letzten zwei Kälber zu holen. Er bekommt es auch und plaudert ganz ruhig mit dem Mann. Dann geht er das Kirchenbergl hinauf und öffnet das knarrende Gittertor. Lange steht er am Grabe seiner Vorfahren, geradeso, als ob er vor ihnen Abbitte leisten möchte, daß er gegen Gott die Hand erhoben hat.

Ja, ganz friedlich wird er wieder, ganz ruhig. Und er nimmt sich vor, für die Notburga etwas zu kaufen. Einen Seidenstoff vielleicht oder ein Schultertuch.

»Nein, so was«, spricht er leise für sich. »Fortlaufen von mir möcht' sie! Wie es ihr nur grad einfällt!«

Auf dem Weg zum Kramer kommt er am Gasthaus »Zur Post« vorbei. Er will vorbeigehen, aber da steht gerade der Angerer-Sepp und meint:

»So notwendig bräuchten wir einen vierten, daß wir eine Maß auswatten könnten. Hast nicht Lust, Roßkogler?«

Der Sachenpacher, sonst eigentlich kein Wirtshausgeher und Kartenspieler schon gar nicht, zögert ein wenig. Eigentlich, denkt er, könnte mir das wieder einen Ausgleich bringen. Dann brauche ich der Notburga nicht gleich unter die Augen zu treten. Ist besser, wenn ich abwarte.

»Na ja«, meint er. »Auf ein paar Maß kommt's mir nicht an. Jetzt ist der Tag sowieso gleich um.«

Der Wegmacher-Florian mischt schon die Karten, als er den Roßkogler hereinkommen sieht. Der andere ist ein Holzknecht, der Hagl-Vinzenz, der wegen einer Beinverletzung zur Zeit nicht in den Wald gehen kann.

Nach einer Stunde denkt der Roßkogler, daß es eigentlich schon richtig gewesen ist, sich hier ein wenig abzulenken. Er verliert zwar dauernd und muß zahlen. Er tut es stillschweigend und übersieht geflissentlich, wie die anderen sich zuzwinkern und sich die Karten gegenseitig andeuten. Was macht es ihm schon aus! Im übrigen trinkt er auch ganz fleißig mit. Und als der Vinzenz so ums Dunkelwerden herum, bevor die Lampen angezündet werden, die Karten wegwirft und meint, daß man zur Abwechslung auch einmal singen könnte, fällt der Sachenpacher sofort mit seiner hellen Tenorstimme ein in das Lied vom verwegenen Wildschützen, der auf der Falkenwand droben einen schneeweißen Gamsbock geschossen hat.

»Herrschaften«, lacht der Sachenpacher hernach. »Lustig ist's auf der Welt!« Dann stimmt er das Lied an:

»In des Gartens dunkler Laube ...«

Dann bestellt er Wein. Es geht alles auf seine Rechnung, und um Mitternacht ist die Hälfte des einen Kalbes verzecht, weil er ja alle eingeladen hat, die da am Abend noch dazugekommen sind.

Ein leiser Wind hat sich aufgemacht, als Ferdinand Sachenpacher, begleitet vom Angerer-Sepp, dem Roßkogl zugeht. Manchmal stolpern seine Füße etwas, und der Sepp greift ihm dann unter den Arm.

Der Sachenpacher bleibt stehen und blinzelt zu den Sternen hinauf. »Heut wird die Burgl schimpfen«, sagt er.

»Geh, was nicht gar! Du bist doch schließlich der Bauer und der Herr. Du wirst doch vor deiner Alten keine Angst haben!«

»Das nicht, aber —«

»Weißt, das ist so, wie man sich die Weiber erzieht«, belehrt ihn der andere. »Als ich das erste Mal mit einem Rausch heimgekommen bin, da wollte die Meine auch gleich plärren. Aber jetzt ist sie es schon gewöhnt.«

»Die Deine ist ja auch nicht die Meine«, sagt der Sachenpacher und blinzelt wieder zu den Sternen hinauf. »Die Meine ist was Besonderes, weißt. Auf alle Fälle werd' ich ganz stad hineingehn, vielleicht hört sie mich gar nicht.«

Weit gefehlt. Die Notburga hört ihn schon auf den Hof zukommen. Sie sieht, wie er beim Brunnen torkelt und beinahe stürzt. Dann kommt er unsicheren Schrittes auf die Haustür zu und kurz danach zur Stubentür herein. Da liegt sie schon wieder und stellt sich schlafend. Kein Wort wird sie sagen, auch morgen nicht, denn sie ist klug genug, um zu wissen, daß mit Schimpfen nichts gutgemacht werden kann. Er muß von allein wieder zurückfinden in seine Welt.

Sie hört, wie er angekleidet und laut prustend auf das andere Bett fällt. Gleich darauf geht sein Atem schon in leises Schnarchen über. Jetzt erst macht sie Licht und steht auf. Sie erschrickt über sein Aussehen. Sein Gesicht ist grau, und auf der Stirne stehen ihm Schweißperlen. Behutsam wischt sie ihm den Schweiß weg, dann entkleidet sie ihn vorsichtig, damit er nicht aufwacht. Aber irgendwie muß er es doch fühlen, daß etwas mit ihm geschieht, denn er tastet einmal mit seinen Händen umher.

Am nächsten Tag begegnet er ihrem Blick mit dem leisen Erschrockensein eines Knaben, der fürchtet, ausgescholten zu werden. Aber sie sagt kein Wort, lächelt nur und streichelt ihm einmal über das wirre Haar.

»Gestern, meine ich, hast du ein bissel übern Durst getrunken, Ferdl.«

Dieser gütige Tonfall macht ihn frei. »Ein bissel ist gut. Das war schon ein ganz schön ausgewachsener Rausch. Ich weiß überhaupt nimmer, wie ich mich ausgezogen hab'.«

»Ist's wahr?« fragt sie schelmisch lächelnd. »Ich habe dich gar nicht heimkommen hören.«

»Ja, weißt, als ich bei der ›Post‹ vorbeigegangen bin, steht der damische Angerer-Sepp da und fragt mich, ob ich eine Maß mit auswatten möchte.«

»Aber Ferdl, du brauchst dich doch nicht bei mir zu entschuldigen. Mein Vater hat allweil gesagt: Einmal ein kleines Räuscherl, das riegelt die Gesundheit auf. Und bei dir ist's ja so, daß du nicht einmal alle heiligen Zeiten ein Räuschl hast.«

»Auf alle Fälle tut mir heute der Schädl richtig weh.«

»Dann leg dich halt noch mal nieder. Die Arbeit ist ja nicht grad soviel im Augenblick, und die Dienstleut' brauchen gar nicht merken, daß du schlecht beinander bist.«

Ihr Entgegenkommen übermannt ihn so sehr, daß er sie stürmisch in die Arme nimmt und bittet, sie möge alles vergessen, was gestern gewesen ist. Dann geht er schnell hinaus. Notburga sieht ihm mit einem seltsamen Lächeln nach und hofft, ihn durch solches Verhalten wieder auf den rechten Weg zu führen.

Es folgen auch ruhige und lichte Wochen. Der Mai ist gekommen, Felder und Wiesen stehen im schönsten Blütenschmuck. Die Jachenau ist ein einziges blühendes Wunder. Ein stahlblauer Himmel spannt sich wochenlang über das Tal, und nur manchmal zieht eine große weiße Wolke, wie von Gottes Hand geschoben, langsam über die Berge dahin.

Um diese Zeit geschieht es, daß Ferdinand Sachenpacher nach diesen friedvollen Wochen geruhsamen Glücks plötzlich wieder unvermutet in einem Abgrund versinkt.

Einer der beiden Haflinger, der Wallach Hansl, ist seit dem März nicht mehr das, was er sonst gewesen ist. Er magert immer mehr ab, sein Fell wird struppig, er frißt kaum, und manchmal schaut er mit so traurigen Augen über den Barren, daß es Notburga jedesmal das Herz umdreht.

»Ferdl, ich kann das jetzt nimmer länger mit ansehen«, sagt sie eines Tages. »Was kann er denn nur haben, der Hansl?«

»Ja, wenn's der Tierarzt nicht weiß, wie soll ich's dann wissen. Es muß was in seinen Gedärmen sein, das nimmer 'raus will.«

»So hat's aber auch keinen Sinn. Mir tut der Gaul leid. Gib ihn halt dem Metzger und kauf einen andern.«

»Ja, daran hab' ich auch schon gedacht. Fahr' ich halt morgen früh nach Lenggries. Fahrst mit?«

»Nein, zu was denn? Du weißt schon, was du kaufen mußt.«

Am anderen Morgen fährt er weg. Bevor der Haflinger das leichte Gäuwägerl anzieht, tritt Notburga vor ihn hin und klopft ihm den Hals. Aber selbst den Zucker verschmäht er. Bevor das Gefährt in den Hohlweg einbiegt, bleibt der Gaul stehen, schaut noch einmal zurück und wiehert leise. Notburga steht da und hat Tränen in den Augen. Sie hebt die Hand und winkt, weil es auch Ferdinand noch tut.

Spätestens gegen Abend hat Ferdinand wieder zurück sein wollen. Aber es wird Nacht. Am nächsten Morgen ist er noch nicht da, und jetzt begreift Notburga, daß ihn das Dunkel wieder angefallen und hinabgezogen hat. Wie ein schwarzes Gewölk läuft diese Erkenntnis über ihre Seele, denn sie fühlt, daß er diesem Dunkel verhaftet bleiben wird, solange kein Kind da ist.

Ferdinand Sachenpacher kommt erst am dritten Tag um die Mittagzeit mit einem neuen Gaul heim. Notburga steht bei den Ahornbäumen und wartet auf ihn, weil sie das Gefährt auf der Straße unten im Tal erspäht hat.

Die Hand auf das heftig pochende Herz gepreßt, steht sie da, voller Bereitschaft, ihm kein unrechtes Wort zu sagen. Als er aber mit dem neuen Pferd herankommt, zieht sie doch die Augenbrauen schmerzhaft zusammen.

Als Ferdinand sie sieht, hält er und springt vom Wagen. Erst zuckt es ein wenig in seinem Gesicht, aber dann lacht er.

»Recht so, Burgl! Nur nicht schimpfen. Schimpfen hat keinen Sinn.« Sie merkt an seinem Atem, daß er auch heute schon getrunken haben muß. Sein Gesicht ist grau und verfallen, die blonden Haare unter dem Hut hängen ihm wirr in die Stirn.

Schaumbedeckt steht das neue Pferd da. Es ist ein langbeiniger, schlanker Rappe.

»Ferdinand«, fragt Notburga nach einer Weile, »wie kommst denn bloß zu dem Gaul?«

»Wie ich zu dem komme?« lacht er und schiebt den Hut noch weiter aus der Stirn. »Sag nichts gegen den Mylord, Weiberl. Du — der kann spritzen! In anderthalb Stunden bin ich jetzt von Lenggries hergefahren. Das soll ihm einmal einer nachmachen.«

»Ich hab' nicht gewußt, daß du jetzt auf einmal einen Gaul brauchst, der in anderthalb Stunden von Lenggries herspritzt«, sagt sie mit einem Anflug von Bitterkeit. »Ich habe glaubt, wir bräuchten einen Gaul, der die Mähmaschine zieht, den Heuwagen und im Winter zum Holzfahren herzunehmen ist.«

»Wir haben ja noch fünfe im Stall stehn. Geh, Weiberl, laß mir halt meine Freud'. So einen Spritzer hätte ich schon lang gern gehabt.«

»Ach so, eine Freud' hast daran. Ja, Ferdl, wenn es so ist, die will ich dir von Herzen gönnen. An irgendwas muß ja der Mensch seine Freud' haben.«

Ein wenig unsicher blinzelt er sie an. Dann schaut er zum Hof hin. Niemand ist um die Wege. Darum legt er jetzt schnell den Arm um sie.

»Weiberl, du bist die beste, die es überhaupt gibt auf der Welt. Am ersten Tag habe ich noch nichts Gescheites auftreiben können, und dann bin ich halt am andern Tag nach Tölz 'naus. Und wie es halt oft so geht —«

In diesem Augenblick legt sie ihm die Hand auf den Mund. Dann nimmt sie sein Gesicht in ihre Hände und schaut ihm in die Augen.

»Ferdl, habe ich dich gefragt, wo du warst? Aber wenn du mir's schon sagst, dann bitte ich dich, daß du mich nicht anlügst. Alles kann ich vertragen, bloß anlügen darfst mich nicht. Acht Jahre lang hast mich nicht ein einziges Mal angelogen. Warum tust es denn jetzt?«

Das Blut schießt ihm ins Gesicht. Er muß die Augen senken, nervös greift seine Unterlippe nach dem Bärtchen auf der Oberlippe. Sein Atem geht schnell und erregt. Endlich kann er sie wieder anschauen.

»Siehst denn du in mein Herz hinein?«

»Ja, Ferdl, ich sehe in dein Herz hinein.«

»Also gut, ich war nicht in Tölz. Aber beim Alten Wirt in Lenggries hab' ich den Mulzer von Tölz getroffen. Und der Mistlackl hat mich nicht auslassen. Nicht ums Verrecken! Dableibst, Ferdl, hat er gesagt. Wäre ja noch schöner. Drei Jahre haben wir uns jetzt nimmer gesehn und sind doch einmal in einer Kompanie gewesen.«

Lächelnd hört ihm Notburga zu. Nur als er noch sagt:

»Das kommt so schnell nimmer vor«, da wird sie ernst und antwortet:

»Versprich nichts, Ferdl, was du hernach doch nicht halten kannst. Komm jetzt, du wirst Hunger haben.«

Den Gaul am Zügel führend, die andere Hand um Notburgas Hüfte geschlungen, so geht er mit ihr auf den Hof zu.

Ja, Gleichmut und Güte zeigt sie, aber innerlich wappnet sie sich gegen alles Kommende. Und das ist gut so, denn in immer kürzeren Zeiträumen spannt Ferdinand jetzt den Traber vor das Gäuwägerl und verschwindet. Manchmal kommt er am selben Tag noch zurück, manchmal aber auch erst am nächsten. Notburga hat sich eisern in der Gewalt, obwohl ihr Herz leise dabei blutet. Kein Vorwurf, keine Anklage. Höchstens daß ihre Hände zittern, wenn sie ihm aus dem Rock hilft und er sie mit glasigen Augen, demütig bettelnd, anschaut.

Aber gerade weil sie ihn nicht ausschimpft, tut er immer wieder einmal eine Woche gut, bis ihn der Strudel erneut packt. Dieses fremde Leben hat ihn wie ein Sturmwind erfaßt. Ja, es schmeichelt ihm sogar, daß man in den Bierstuben so gerne seine Gesellschaft sucht. In der Jachenau selber hält er sich freilich zurück. Aber draußen in Lenggries, in Fall, in Tölz und Kochel, überall kennt man diesen springlebendigen, lustigen Jachenauer mit dem strahlenden Lachen, mit der Kraft eines Riesen, der beim Grünerbräu in Tölz einen Stuhl mit seinen Zähnen emporgewirbelt hat. Es war ihm keine Gaudi zu dumm. Nur in einem hält er sich zuchtvoll zurück. Frauen und Mädchen können keine Gewalt über ihn gewinnen. Immer wenn in dieser Hinsicht Gefahr für ihn droht, taucht das makellose Bild seines Weibes vor seinen oftmals vernebelten Augen auf, und mit einem Schlag ist er nüchtern.

Natürlich wird auch viel geredet, was gar nicht wahr ist. Die Gerüchte schwirren nur so, und oft eilen sie ihm sogar voraus, so daß die Notburga von diesem oder jenem

Streich schon weiß, bevor er heimkommt. Freilich, die Notburga glaubt nicht alles, was man ihr zuträgt, doch bleibt so manches im letzten Winkel ihres Herzens hängen. Kleine giftige Splitter sind es nur, aber es werden immer mehr, und sie ballen sich zusammen. Sollte es vielleicht doch eine andere Frau sein, die ihn forttreibt? Jene schwarze, rassige Mirl vielleicht, die in Tölz lebt? In Kochel soll es eine Blonde sein, die sich brüstet, den Roßkogler in ihre Arme zu nehmen, wann und wo sie will.

Ach ja, es ist alles so schwer geworden, und es treibt sie jetzt, wenn er nicht da ist, oftmals hinaus in die Nacht. Sie sitzt dann zusammengekauert unter der Ahorngruppe und horcht in das Dunkel hinein, ob sie nicht den vertrauten Hufschlag aus der Ferne kommen hört. Wenn sie dann nichts hört als das Raunen des Nachtwindes oder einen verlorenen Vogelruf, dann treibt es ihr wohl die Tränen in die Augen.

Noch nie hat sie sich so brennend ein Kind gewünscht wie in dieser Zeit. Sie weiß ja, daß ihn nur die Kinderlosigkeit in den Strudel hineingerissen hat.

Wenn ich bloß einen Menschen hätte, dem ich mein Herz ausschütten könnte, grübelt sie dann. Flüchtig denkt sie einmal an ihre Schwester Barbara. Aber wird die sie verstehen? Es wird wohl immer so sein, daß der Mensch sein wirklich großes Leid allein tragen muß.

Das Heu ist eingebracht. Es hat viel gegeben in diesem Jahr. Für die Leute vom Roßkogl ist jetzt eine stille Zeit. Die Ehehalten sind im Wald beim Streurechen, der Großknecht Thomas ist auf die Alm geschickt worden, um ein paar schadhafte Zäune auszubessern, und beim Bauern merkt man es an seiner Unruhe, daß es ihn wieder juckt, hinauszufahren.

Wenn er nur schon beim Hof draußen wäre! Die fragenden Augen der Notburga bedrängen ihn und machen ihn unsicher. Zuerst zieht er das Gäuwägerl aus dem Schuppen. Dann steht er eine Weile im Hof und tut so, als schaue er nach dem Wetter aus. Bei allem aber weiß er, daß ihn Notburgas Augen von irgendeinem Winkel des Hauses aus beobachten. Dieses Gefühl verläßt ihn erst dann, wenn er unten auf der Straße ist und Mylords Hufe in flottem Trab über den Schotter fegen. Wenn er hinter der Kehre beim Wieden und beim Bäcker verschwunden ist, weiß Ferdinand Sachenpacher, daß die Augen seines Weibes ihm nicht mehr folgen können.

Als er aber heute beim Wieden vorbeifährt, sieht er plötzlich etwa dreißig Schritt vor sich den Herrn Pfarrer gehen.

»Der geht mir jetzt grad noch ab«, sagt er leise für sich. Aber er muß wohl anhalten und fragen, ob der Herr Pfarrer mitfahren wolle. Das fordert zumindest der Anstand und die Ehrfurcht vor dem Pfarrer.

Der Pfarrherr hat das Gefährt schon kommen hören, geht an den Straßenrand und bleibt stehen.

»Brr ...!« macht der Sachenpacher, und Mylord hält schnaubend mit einem Ruck.

»Guten Morgen, Herr Pfarrer«, sagt Ferdinand und lüftet sein Hütl.

»Ah, der Sachenpacher. Guten Morgen.«

»Wenn Sie aufsitzen wollen, Herr Pfarrer?«

»Ja, du, das paßt mir jetzt grad schön. Mir tun sowieso die Füße heute ein bissel weh, und ich muß nach Petern. Die alte Weberin ist schlecht beinander.«

Umständlich hat er jetzt Platz genommen, und Ferdinand läßt den Gaul wieder rennen.

»So, so, die alte Weberin«, sagt er dann. »Wie alt ist sie jetzt?«

»Ich weiß es nicht genau, dreiundachtzig oder vierundachtzig. — Der spritzt aber scharf dahin!«

»Der Mylord? Ja, der hat's in sich.«

Der Pfarrer hat sich eigentlich schon lange vorgenommen,

mit dem Sachenpacher einmal zu sprechen, denn die Gerüchte haben ja auch vor dem Pfarrhof nicht haltgemacht. Aber ihn eigens zu sich bestellen, das hat er bisher nicht wollen, darum paßt ihm diese Gelegenheit gerade. Nur hat er es nicht eilig, er will auch nicht mit der Tür ins Haus fallen, sondern so tun, als interessiere ihn das Ganze nur am Rande. Zuerst bekommt er einen Zitronenfalter zu fassen, der schon eine Weile um die Kante seines schwarzen Hutes geflattert ist. Bedächtig betrachtet er ihn zwischen seinen Fingern, dann gibt er ihm die Freiheit wieder. Gerade als das Gefährt über die Jachenbrücke rumpelt, fragt der Pfarrer:

»Fahrst nach Lenggries, Ferdinand?«

»Ja, nach Lenggries.«

»Oder nach Tölz?«

Der Sachenpacher spitzt die Ohren und hätte am liebsten vor sich hin gepfiffen und dann gesagt: Ich hör' dir schon trapsen, Pfarrer.

»Nein, nach Lenggries«, wiederholt er.

»In Urfeld, habe ich gehört, soll es kürzlich so eine Gaudi gegeben haben«, sagt jetzt der Pfarrer und lächelt ein wenig dabei. »Habt ihr da nicht einem Bauern ein Fuder Mist auf das Hausdach gestellt?«

»Ah so, das wissen Sie auch schon?« lacht der Sachenpacher. »Ja, da war ich dabei. War eine Mordsarbeit, den Wagen zuerst auseinanderzunehmen, dann die Trümmer einzeln hinauf aufs Dach und wieder zusammenstellen, dann den Mist mit Kübeln aufs Dach bringen. Aber eine Gaudi war's doch.« Er lacht wieder, und der Pfarrer lacht mit, bloß nicht so laut.

»Du sollst ja der Anführer gewesen sein?«

»Ich? Ja, kann schon sein, daß der Blödsinn mir eingefallen ist. Hat man das schon wieder erzählt?«

»Man erzählt noch mehr, Sachenpacher.«

Die Fahrt geht jetzt dicht neben der Jachen entlang. Weil es lange nicht geregnet hat, führt sie wenig Wasser.

Einmal, wenn sie das große Werk am Walchensee bauen werden, wird sie überhaupt kein Wasser mehr führen.

Der Pfarrer hat die Hände über dem Knauf seines Schirms gefaltet, den er immer, auch bei Sonnenschein, bei sich hat. Jetzt reibt er sich mit den Knöcheln der einen Hand das Kinn und wendet dann den Kopf.

»Sag einmal, Sachenpacher, wie kommst du eigentlich als verheiratetes Mannsbild dazu, solchen Blödsinn mitzumachen?«

Ferdinand Sachenpacher überlegt eine Weile. Dann platzt er heraus:

»Tja, irgendwo muß man sich ja seine Freud' suchen. Und Schaden hat niemand dabei. Es tut niemandem weh, und die Leut' wollen was zum Lachen haben.«

»Auch ein Standpunkt, ja. Aber an dir gefällt er mir nicht. Und — ob es gar niemandem weh tut, Sachenpacher? Denk einmal nach, ob dein braves Weib sich nicht doch recht absorgt?«

Ein blitzschneller Gedanke durchzuckt den Bauern. »War sie vielleicht bei Ihnen?«

»Nein, dazu ist sie zu stolz. Sag, wie ist denn das eigentlich über dich gekommen? Du warst doch jahrelang ein grundanständiger Mensch.«

Da springt ihn schon wieder der Zornteufel an. »Wer kann sagen, daß ich jetzt nimmer anständig bin? Was ich tu', geht niemand etwas an. Ich habe mir nichts Unrechtes vorzuwerfen und lasse mir auch nichts dreinreden. Von niemandem. Auch von Ihnen nicht, Herr Pfarrer.«

»Brav, brav. So einen Ton mag ich, Sachenpacher. Aber dich kenne ich jetzt über dreißig Jahre. Du bist bei mir noch in die Christenlehre gegangen, und zu dir sage ich immer noch, was ich mag, weil das, wie du jetzt lebst, gar nicht dein wahres Wesen ist. Ich bin alt genug, Sachenpacher, um dir sagen zu können, daß das, was du jetzt tust, im Augenblick noch keine Gefahr ist, daß es dich aber einmal unweigerlich in den Abgrund reißen kann. Denk doch an deinen schönen Hof, und denk vor allem an dein kreuzbraves Weib, die Notburga.«

»Und an die armen Kinder«, fügt Ferdinand mit singendem Spott hinzu.

Traurig schaut der Pfarrer ihn an.

»Sachenpacher, du bist ja schon viel weiter auf einem falschen Weg, als ich geglaubt habe. Schau, ich verstehe ja, daß du dich nach Kindern sehnst. Aber meinst du, daß der Herrgott sich erweichen läßt, wenn du ihm vormachst, wie du saufen und plärren kannst? Hast du vergessen, daß auch die Völlerei eine Sünde ist? Weißt du, ich glaube wahrhaftig nicht alles, was man meint mir zutragen zu müssen. Oft sind es solche, die selber Ursache hätten, vor der eigenen Tür zu kehren, und ich habe das auch schon manchem gesagt. Aber ich sehe trotzdem für dich eine Gefahr, Sachenpacher. Der Alkohol hat vielleicht noch nicht die letzte Gewalt über dich. Aber es wird soweit kommen. Das ist wie Morphium. Zuerst nur ganz wenig, dann immer mehr und mehr, bis schließlich so ein armer Mensch drinsitzt in der Zange und sich nicht mehr Rat und Hilfe weiß. Ich verstehe dich gut, Sachenpacher. Du bräuchtest Kinder. Ja — wer sagt dir denn, daß ihr wirklich keine mehr haben werdet?«

»Ach was, wir haben schon alles versucht und sind im letzten Herbst bis Birkenstein gewallfahrtet.«

»Die Gnade Gottes läßt sich nicht erzwingen. Daß du als kluger Mensch das nicht begreifst. Schau, jetzt fahrst wieder nach Lenggries. Vielleicht kommst morgen oder übermorgen erst heim. Meinst denn du, daß deine gute Frau sich nicht bitter grämt? Weißt du, wieviel Tränen sie heimlich schon geweint hat? Ich habe immer geglaubt, daß du deine Notburga gern hast, und jetzt fügst ihr so großes Leid zu.«

Der Sachenpacher merkt plötzlich, wie ihm ganz heiß wird. So ganz spurlos gehen die Worte des Pfarrers doch nicht an ihm vorbei. Aber, sagt er sich dann im nächsten Augenblick schon wieder, es ist ja sein Beruf, anderen einzuheizen. Zum Zeichen, daß er das Gespräch nicht mehr weiterführen möchte, treibt er den Gaul an, daß er wie ein Blitz dahinfegt und der Pfarrer sich am Geländer festhalten muß, um in der nächsten Kehre nicht herausgeschleudert zu werden.

Da sind sie auch schon in Petern, und der Sachenpacher läßt den Pfarrer absteigen.

»Recht schönen Dank, Sachenpacher, fürs Mitnehmen.«

»Nichts zu danken, Herr Pfarrer. Ist gern geschehn.«

»Ja, das glaub' ich dir. Aber das andere hast nicht gern gehört. Ach ja, es wird dir halt beim einen Ohr hinein und beim anderen wieder hinaus sein.«

Der Sachenpacher schnalzt mit der Zunge und läßt den Mylord wieder spritzen, daß die Gestalt des Pfarrers vom Staub umwirbelt wird. Aber er fährt nur so weit, bis der Wald ihn aufnimmt. Unter dem Schatten der Bäume hält er, hängt die Zügel über den Bremsgriff, lehnt sich weit zurück und schaut zu den Wipfeln auf.

Nein, nein, es ist nicht ganz so, wie der Pfarrer gemeint hat, daß es beim einen Ohr hinein und beim anderen hinaus ist. Tief drinnen hat es etwas angerührt. Ob der Pfarrer recht hat und die Notburga sich wirklich so grämt? Aber warum sagt sie dann nie etwas? Er will ihr doch nicht weh tun, er hat sie doch gern, und es hat in seinem Herzen, ja nicht einmal in seinen Gedanken, keine andere Platz.

Vielleicht sitzt die Notburga daheim und weint in die Kissen.

Wieder merkt Ferdinand Sachenpacher, daß ihm ganz heiß, ja fast wehmütig ums Herz wird, so wehmütig, daß ihm fast die Tränen kommen.

Nach Lenggries will er fahren, wegen nichts und wieder nichts. Und den alten Pfarrer läßt er zu Fuß bei der Hitze in die Jachenau zurücklaufen. Ja, ja, so ein Mensch ist er geworden, so ein Prachtmensch.

Langsam langt er nach den Zügeln. Der Mylord meint, es geht weiter. Aber der Sachenpacher wendet und fährt zurück nach Petern, hält vor dem Haus des Webers, in dem der Pfarrer noch sitzt.

Eine Viertelstunde etwa dauert es, dann kommt der Pfarrer heraus. Im Augenblick stutzt er ein wenig, aber dann geht er mit leisem Lächeln auf das Gefährt zu, steigt auf und sagt bloß:

»Das ist schön, daß du mich wieder heimfährst.«

Auf der ganzen Fahrt erfolgt kein Vorwurf mehr. Im Gesicht des Bauern ist ein sonniges Leuchten, weil er sich immerzu vorstellt, was die Notburga für Augen machen wird, wenn er jetzt schon zurückkommt. Eine unbeschreibliche Sehnsucht hat er plötzlich nach ihr.

Die Beine behaglich ausgestreckt, sitzt der Pfarrer neben ihm auf dem Kutschbock und erzählt ihm einiges aus der Geschichte der Jachenau, das der Sachenpacher noch nicht weiß. So zum Beispiel, daß in der Sendlinger Bauernschlacht in der Weihnachtsnacht anno siebzehn auch ein Sachenpacher aus der Jachenau teilgenommen hat und daß dreizehn Jachenauer in jener Nacht hingemetzelt worden sind. Auch die Sage von dem kleinen Hirtenmädchen erzählt er, dem eine gute Fee eine Quelle voller Gold gezeigt habe.

»Die Geschichte kenn' ich schon«, lächelt der Sachenpacher. »Das Goldbrünnerl fließt ja heute noch, freilich ohne Gold, hinterm Brunnenberg.«

Und so kommen sie wieder zurück in die Jachenau. Auf dem Kirchturm schlägt es gerade die elfte Vormittagsstunde.

Kaum daß Ferdinand Sachenpacher am Morgen fortgefahren ist, hat auch Notburga sich angezogen, um endlich ihre Schwester Barbara wieder einmal aufzusuchen, die in Urfeld verheiratet ist. Sie hält es einfach nicht mehr aus und muß sich unbedingt mit jemandem aussprechen. Vielleicht kann ihr die Schwester einen Rat geben. Die Barbara ist jetzt immerhin auch schon bald sechs Jahre verheiratet und wird ihre Erfahrungen gesammelt haben.

Sie gibt der Jungmagd Auftrag, was zu Mittag auf den Tisch kommen soll, und meint, daß es vielleicht recht spät werden könne, bis sie wieder zurückkomme.

»Und wenn der Bauer zurückkommt und fragt, wo du bist?«

Notburga lächelt müde. »Vielleicht kommt er morgen erst zurück.« Und als sie sieht, wie die Jungmagd ein wenig spöttisch lächelt, hat sie sofort das Empfinden, daß sie den Bauern in Schutz nehmen müsse. »Du brauchst gar nicht zu lachen, Anna. Der Bauer hat wichtige Geschäfte zu erledigen. Bloß zur Unterhaltung fährt er nicht fort.«

Die Anna ist jetzt immerhin schon drei Jahre auf dem Hof, weiß, wie der Bauer vor einem Jahr war und wie er jetzt ist. Sie und auch die anderen Dienstboten hängen an ihrer Bäuerin, die niemals ein hartes Wort findet, sondern immer mit ausgleichender Güte jedem gerecht wird. Natürlich weiß auch sie, wie es alle wissen, welch tolle Streiche der früher so besonnene Mann macht.

»Bäuerin«, sagt sie jetzt, »darf ich einmal etwas sagen?«

Notburga steckt gerade die letzte Silbernadel ins Haar und dreht sich um.

»Warum sollst du nichts sagen dürfen?«

»Du tust mir leid, Bäuerin.«

Mitleid, fährt es Notburga in den Sinn, so weit ist es also schon, daß man Mitleid mit mir hat.

»Er treibt es aber auch zu arg in letzter Zeit«, spricht Anna weiter.

»Was treibt er?« fragt die Bäuerin mit hartem Klang in der Stimme.

»Als ich am Sonntag bei meinen Leuten draußen war in Lenggries, hab' ich zum erstenmal gehört, wie sie ihn jetzt heißen. Und ich bin ehrlich erschrocken.«

Eine kleine, pochende Stille entsteht. Nur die Uhr hört man ticken. Notburga schluckt die Angst hinunter und fragt:

»Und wie heißen sie ihn?«

»Den — Schandfleck von der Jachenau.«

Notburga wechselt die Farbe. Ganz schmal wie ein Strich preßt sich ihr Mund zusammen, um nicht laut aufzustöhnen.

»Schandfleck — von der — Jachenau«, flüstern ihre Lippen nach. Gewaltsam drängt sie die Tränen zurück, die sie aufsteigen spürt. Dann steift sie den Nacken.

»Der Bauer tut nichts, was ihm diesen Namen eintragen könnte«, stellt sie sich schützend vor Ferdinand. »Lauter dumme Streiche fallen ihm ein, aber Ehrenrühriges tut er nicht. Glaub nicht alles, Anna. Es wird oft viel geredet, was hernach nicht zu beweisen ist. — So, und vergiß nicht, um zehn Uhr mußt du das Fleisch zusetzen. Und wenn der Brotfahrer kommt, nimmst vierzig Semmeln. Das Geld liegt dort in der Schublade. Ich bin heute bei meiner Schwester.«

Als sie den Berg hinuntergeht, ist ihr eine Weile zumute, als knickten ihr die Knie ein. Wie Peitschenhiebe hat ihr das Wort »Schandfleck« um die Ohren geknallt, hinein in ihr tiefstes Inneres, und ihr Herz sterbensschwer gemacht.

Weiß sie vielleicht nicht alles? Verbirgt er ihr etwas? Gibt es etwas, was man sich scheut, an sie heranzutragen? Ist vielleicht doch eine andere Frau im Spiel?

»Nein, nein, nein!« ruft sie sich zu und denkt daran, wie warm und zärtlich er sie immer umfängt. Das kann kein Mann, wenn eine andere sein Herz betört hat. Oh, sie kennt ihn doch so gut. Er kann anschmiegsam sein wie ein Knabe, und erst vor ein paar Tagen hat er ihr in so einer Stunde gesagt: »Ich tu' nichts, Weiberl, was dich kränken müßte. Laß mich nur die dumme Zeit leben. Vielleicht freut's mich in einem Jahr schon gar nimmer.« Dabei hat er ihr so offen und blank in die Augen gesehen, daß sie die Wärme dieses Blickes den ganzen Tag wie eine leise tönende Freudenglocke in sich herumgetragen hat.

Sie hat nun die Straße nach Sachenbach erreicht und schreitet rüstig aus. Der Wald hüllt sie mit seinem Schweigen ein. Die Vöglein singen, und der Thymian duftet. Und je weiter sie wandert, desto mehr fühlt sie, wie alles Bedrückende von ihr abfällt. Und auf einmal lächelt sie still vor sich hin.

»Es wird schon alles wieder recht werden«, spricht sie sich hoffnungsvoll zu. »Wo viel Licht ist, da sind auch Schatten. Und geben tut es in jeder Ehe einmal was. Wenn das Licht da ist, muß man sich in ihm aufrichten und sich rüsten für den neuen Schatten.«

Notburga Sachenpacher will es gar nicht recht glauben, daß sie ihrem Ziel schon so nahe gekommen ist. Aber es ist schon so. Auf einmal sieht sie durch die Baumlücken die blaue Weite des Walchensees schimmern.

Sie geht nun an seinem Ufer entlang. Weit drüben schwimmt ein Segelboot, und im klaren Wasser des Sees spiegeln sich wie verheimlichte Sommersünden die Wolkenflecken, die langsam von Norden nach Süden ziehen.

In Urfeld läutet gerade die Elfuhrglocke, als sie die ersten Häuser erreicht.

Um diese Zeit fährt Ferdinand Sachenpacher wieder in seinen Hof und ist zum Platzen angefüllt mit Freude darauf, welch ein Gesicht seine Notburga jetzt machen wird, weil er schon zurück ist.

Er findet in der Küche nur die Jungmagd vor, die ein solch verdutztes Gesicht macht, daß er lachen muß.

»Was schaust denn drein wie ein abgestochenes Kälberl?« Er wirft seinen Hut auf die Bank. »Wo ist die Bäuerin?«

»Die Bäuerin? Ja — die ist fortgangen heut.«

»Fort? Wohin denn?«

»Ich glaub', zu ihrer Schwester.«

»Zu was für einer?«

»Das weiß ich nicht.«

Eine Weile steht er da und starrt zum Fenster hinaus. Dann langt er wieder nach seinem Hut, besteigt draußen das Gefährt und fährt ratternd davon.

Notburga aber geht jetzt das Sträßlein am Ende Urfelds bergauf, wo auf sanfter Höhe das Anwesen des Albin Löscher liegt, der ihre Schwester Barbara geheiratet hat.

Es ist kein allzu großes Anwesen. Zehn Stück Vieh hat der Schwager im Stall. Er mäht gerade in seinem Obstgarten Gras, und als er die hohe Frauengestalt heraufkommen sieht, blinzelt er zuerst ein wenig unsicher. Als er aber dann die Schwägerin erkennt, lehnt er sofort die Sense weg und geht ihr entgegen.

Albin Löscher ist ein etwas untersetzter Mann mit einem rötlichblonden, zerzausten Schnurrbart. Sein Haar ist schon schütter, obwohl er noch nicht ganz vierzig ist. Seine Augen sind ein wenig unstet. Das hat Notburga immer schon sehr gestört. Aber sie freut sich nun doch, als er sie so herzlich begrüßt.

»Gestern erst haben wir von dir geredet, Schwägerin«, lacht er. »Haben dir die Ohren nicht gesungen?«

»Hoffentlich habt ihr nichts Schlechtes von mir geredet!«

»Von dir kann man doch nichts Schlechtes reden.«

»Aber vom Ferdinand, meinst du?«

Albin Löscher wischt sich die Schnurrbartenden aus den Mundwinkeln, sieht kurz auf die Schwägerin und wieder weg.

»Eigentlich Schlechtes hört man über ihn auch nicht. Manchmal treibt er's halt ein bissel toll. Und doch muß man auch lachen über seine Stückl.«

»Ja, ja. Aber weißt, wie sie ihn seit neuestem heißen? Den Schandfleck von der Jachenau.«

»Das habe ich noch nicht gehört. Sind höchstens ein paar alte Betschwestern, die es gleich als Schand' empfinden, wenn einer einmal ein bissel über die Stränge schlägt.«

Für dieses Wort ist Notburga dem Schwager dankbar, und sie will es ihm auch sagen, als ihr Blick von etwas anderem gefesselt wird.

Droben ist gerade ihre Schwester Barbara unter die Tür getreten. Notburga wird jäh gepackt von diesem Bild. Barbara steht auf der Schwelle des Hauses, groß und blond, ein lockenköpfiges Kind auf dem Arm. Mutter und Kind sind von der Mittagssonne umflossen. Jetzt stellt Barbara das Kind zu Boden und kommt heran.

Und da muß Notburga schmerzhaft die Augen schließen, denn sie hat gesehen, daß Barbara wiederum gesegnet geht. Wie ein Blitz schießt ihr plötzlich ein Gedanke in den Kopf und läßt sie nicht mehr los.

»Gibt's bei euch wieder was Kleines, Albin?« fragt sie.

»Ja, leider.«

Notburga reißt den Kopf hoch und sieht den Schwager flammend an.

»Leider sagst du? Ich möchte Gott auf den Knien danken, wenn ich bloß eines hätte.« Und wieder erfaßt sie der Gedanke von vorhin. »Albin — gebt mir — das Kind, wenn es kommt.«

Albin Löscher bückt sich nach einem Apfel, der frühzeitig vom Ast gefallen ist. Und als er sich wieder aufrichtet, sagt er, als handle es sich um das nebensächlichste Geschäft der Welt: »Kann schon angehen. Ich hätte nichts dagegen.«

Notburga muß sich Gewalt antun, um nicht aufzuschreien in dem Jubel, der ihr Herz erfüllt. Aber da ist die Schwester schon herangekommen. Barbara ist voller im Gesicht und auch in ihrer Statur kräftiger als die Schwester.

»Was treibt denn dich heut zu uns?« fragt sie.

»Nichts Besonderes. Sehn wollt' ich euch halt wieder.«

»So? Ja — dann komm nur. Das Essen ist grad fertig geworden.«

Barbara bückt sich wieder nach dem Kind, nimmt es auf den Arm, dann gehen sie gemeinsam auf das Haus zu.

Als Barbara mit der Küchenarbeit fertig ist, sitzen sich die beiden Schwestern in der Stube allein gegenüber.

Fritzl, der Bub, ist mit seinem Vater auf die Wiese hinausgefahren; Gretl, das Mädchen, das jetzt ein Jahr alt ist, ist schlafen gelegt worden.

»So, und jetzt erzähl mir halt was«, beginnt Barbara. »Du wirst mir doch nicht weismachen wollen, daß dich allein die Sehnsucht nach mir hergetrieben hat.«

»Eigentlich schon«, gesteht Notburga ehrlich, weiß aber in diesem Augenblick, daß die Schwester nie Verständnis für ihre Lage haben wird. Aber da ist ja nun das andere, um das es sich lohnt, den weiten Weg gemacht zu haben.

»Aber sonst geht's dir doch gut?« fragt Barbara weiter. »Wär' ja auch kein Wunder. Hast ja alles, was du willst.«

»Alles, meinst du?« fragt Notburga bitter. »Es ist nicht alles Gold, was glänzt, Barbara.«

»Ach so, du meinst, weil dein Ferdl so in der Gegend 'rumsurrt wie ein Verrückter.«

»Ja, manchmal kommt er mir auch so vor«, seufzt Notburga. »Aber das wäre ja noch nicht das Schlimmste.«

»Schuld bist du selber«, fährt ihr Barbara in die Rede.

Verwundert schaut Notburga auf. »Ich? Wieso denn?«

»Hast ihn ja allweil verhätschelt wie einen Heiligen. Wenn mir's der Meine so machen würde, dem tät' ich schon helfen!«

»So? Und was tätst du dann?«

»Die Tür zusperren. Der käme mir nimmer 'rein.«

»Ach, du redest ja dummes Zeug, Barbara. Du müßtest selber einmal in meiner Haut stecken, dann könntest es eher begreifen. Ich weiß ja, was ihn forttreibt. Hätte ich nur Kinder wie du, wäre alles anders.«

Da senkt auch Barbara den Kopf und meint: »Ja, Burgl, das wird es wohl sein. Kriegst denn gar keins?«

Notburga wirft die Arme über den Tisch und weint bitterlich. »Ich weiß — es nicht —«, schluchzt sie.

Langsam kommt die Hand der Schwester über den Tisch herüber. »Sei still, Burgl. Vielleicht wird doch alles wieder gut.«

Zögernd hebt Notburga das tränenüberströmte Gesicht,

schluckt ein paarmal und schaut dann der Schwester flehend in die Augen.

»Barbara — gib mir — dein Kind.«

Erschrocken zuckt Barbaras Hand zurück. »Was für eins meinst du?«

»Das du — jetzt unterm Herzen hast.«

Barbaras Gesicht wird auf einmal ganz schmal. Es sieht geradeso aus, als horche sie in sich hinein. Dann schüttelt sie langsam den Kopf. Aber noch bevor sie dieses Nein aussprechen kann, greift die Schwester wie eine Ertrinkende über den Tisch herüber nach ihrem Arm. In ihren Augen steht eine verzweifelte Angst.

»Sag nicht nein, um Himmels willen, Barbara — sag nicht nein. Schau, du hast ja schon zwei Kinder und wirst vielleicht noch ein viertes und fünftes haben. Drum schenk mir dein drittes.«

In Barbara ist längst die Eishülle gebrochen. Sie wirkt ja auch nur äußerlich so robust, im Innern ist sie eben doch auch vom Schlag der Rüschens von Gschwend. Es ist ihr nur nicht gegeben, die Worte so zu setzen, daß sie ein wenig barmherzig wirken. Darum hört es sich fast feindselig an, als sie jetzt sagt:

»Und wenn ich ein Dutzend hätt', ich gäb' keins her.«

Notburga zieht ihre Hand zurück. »Du bist grausam, Schwester.«

»Grausam wäre ich, würde ich ein Kind herschenken. Notburga, weißt du überhaupt, was du von mir verlangst? Eine richtige Mutter schenkt kein Kind her. Würdest du es tun, wenn es umgekehrt wäre?«

Da senkt Notburga tief den Kopf. Nur eine kleine Weile hat sie diesen Traum in sich getragen. Jetzt ist er zu Ende.

»Du hast recht, Schwester. Es war ja auch nur, weil — den Albin, weißt, den habe ich schon gefragt, und dem wäre es ohne weiteres recht.«

In Barbaras dunklem Lachen lodert der Zorn.

»Ja, das glaub' ich. Was weiß denn der, was es heißt, ein Kind auf die Welt zu bringen! Und glaub nur ja nicht, Schwester, daß er's dir um deiner schönen Augen willen schenken möchte. Du kennst ihn nicht so wie ich. Da spielt schon seine Habgier mit. Es möcht' ihm halt gefallen, einen Löscher einmal auf dem Roßkogl sitzen zu sehen.«

»Ach, so ist das«, meint Notburga, und durch ihr Herz geht ein trauriger Klang.

»Du brauchst nicht glauben, daß bei mir alles so ist, wie es nach außenhin ausschaut«, fährt Barbara fort. »Vor der Ehe, da hat er sich von der besten Seite gezeigt. Ich war ja auch noch zu jung, als daß ich ihn hätte durchschauen können. Als er mich dann gehabt hat, da hat er sein wahres Gesicht gezeigt. Alles, was er sieht, will er haben. Und nur an sich selber denkt er; die Sorgen lädt er mir auf den Buckel. Und nicht ein bissel lieb will er sein. Ich weiß schon gar keine Zeit mehr, daß er mir einmal ein Bussel gegeben hätte. Und wenn ich einmal gern eins hätte — weißt ja, man hat halt manchmal so einen kleinen Hunger nach Zärtlichkeit —, dann schiebt er mich weg und sagt: Wir sind doch keine Turteltauben! So bin ich halt mit der Zeit verbittert worden. Ich hab' alles in mich hineingedruckt, weil ich mich geschämt habe. Wenn ich meine Kinder nicht hätte, Burgl, ich glaube, ich wäre schon davongelaufen.«

»Ja, das meint man, aber man tut's dann eben doch nicht. Arme, arme Barbara.«

»Ach, Schwester, bedauere mich nicht. Schuld bin ich ja selber. Warum habe ich nicht gefolgt. Unseren Eltern war es ja nie recht. Er hat so falsche Augen, hat der Vater immer gesagt. Aber wie ich halt war, stur und trotzig, habe ich meinen Willen durchgesetzt. Jetzt habe ich ihn da meiner Lebtag. Ändern kann man nichts mehr.«

»Wenn ich dir nur helfen könnte«, meint Notburga.

»Mir kann niemand helfen. Das muß ich schon selber tragen, so wie du das Deine tragen mußt.«

»Ich muß dir ehrlich sagen, Barbara, da ist mir der Meine schon lieber. Wenn es den Ferdl nicht manchmal so ins Dunkle reißen würde, dann wäre er der beste Mensch, den du dir denken kannst. Und das weiß ich, was sie auch hinter ihm her sagen mögen, eines tut er mir nicht an: Er geht zu keiner andern.«

»Das stimmt. Es heißt allgemein, daß er sich mit den Frauen nichts anfängt. In Kochel drüben hat er einmal eine rothaarige Sommerfrischlerin, die sich ihm aufdrängte, so abfahren lassen, daß die ganze Gaststube gebrüllt hat vor Lachen.«

Selig beglückt kann Notburga nun wieder lächeln. »Das tut gut, Barbara, wenn man so was hört. Siehst, das freut mich jetzt so, daß ich jetzt wie neugeboren heimgehen kann.«

»Willst nicht noch ein bissel warten, dann koche ich Kaffee.«

»Nein — ich möchte dem Albin nicht begegnen. Und wenn ich jetzt gehe, komme ich vor der Nacht noch heim. Behüt dich Gott, Schwester, und vergiß, um was ich dich angebettelt habe.«

Die Barbara begleitet die Schwester noch über den Obstanger hinunter. Dann bleibt sie, am Zaun lehnend, zurück und schaut auf die flimmernde Fläche des Sees hinunter.

Notburga mag vielleicht dreißig Schritt gegangen sein, da kehrt sie noch mal um.

»Ich habe vergessen, dich was zu fragen, Schwester. Wenn der Albin so ist, wie du sagst, dann wird er dir wahrscheinlich auch wenig Geld lassen?«

Da schlägt die Barbara plötzlich beide Hände vors Gesicht und weint.

»Seit drei Jahren habe ich mir kein Gewand mehr kaufen können. Nicht einmal für die Kinder habe ich das Nötigste. Das bissel Eiergeld, das mir zusteht, das nimmt er mir auch noch weg.«

Hastig greift Notburga in ihre kleine, mit Glasperlen

besetzte Handtasche aus schwarzem Samt und nimmt alles Geld heraus, das sie bei sich trägt.

»Da, nimm fürs erste dies. Es ist nicht viel, dreißig oder vierzig Mark. Aber daheim habe ich noch das Eiergeld vom ganzen Sommer. Ich glaube, das sind so fünfhundert Mark. Die schick ich dir. Ich brauche es ja nicht.«

Jetzt erst fühlt sie sich ganz beglückt, weil sie hat helfen können, und mit federndem Schritt eilt Notburga den Hang hinunter. In Urfeld hat sie Glück, weil sie das Fuhrwerk von der Mühle trifft, das sie fast bis in die Jachenau mitnimmt.

Wie aber staunt sie, als sie daheim ankommt und ihr die Jungmagd berichtet, daß gegen elf Uhr der Bauer zurückgekommen, dann aber gleich wieder fortgefahren sei, als sie ihm gesagt habe, daß die Bäuerin zu ihrer Schwester gegangen sei.

Sie geht in die Kammer hinaus und kleidet sich um. Sinnend steht sie eine Weile vor dem Fenster und schaut hinaus in die wachsende Dämmerung.

Was mag den Mann so schnell wieder zurückgetrieben haben? Hatte er etwas vergessen, oder war das Dunkle nicht dunkel genug gewesen, um ihn fortzuzerren zu seinen Narrenstreichen? Wie sie es auch durchdenken mag, sie kann es sich nicht recht erklären und fragt hernach die Jungmagd noch mal genauer.

»Hat er vielleicht etwas vergessen gehabt?«

Nein, er habe nur etwas verdutzt geschaut, als sie ihm berichtet habe, daß die Bäuerin bei ihrer Schwester sei. Dann habe er sofort wieder seinen Hut genommen und sei aus dem Hof gejagt. Sie sei überhaupt der Meinung gewesen, daß er der Bäuerin nachgefahren sei.

»Nein, mir ist er nicht nachgefahren«, sagt Notburga leise. Dann geht sie still hinaus.

Und wieder sitzt sie draußen unter den Ahornbäumen und horcht in die Ferne. Es will nicht Nacht werden heute, denn der Vollmond steht groß und rund wie eine fremde

Sonne am Horizont und versilbert alle Dinge im weiten Umkreis. Nichts hat einen Schatten, und in den Blättern des Ahorns singt leise der Wind.

Noch selten hat sie solche Sehnsucht empfunden wie heute. Ist irgend etwas neu in ihr aufgebrochen? Hat das Schicksal eine neue Seite im Buche ihres Lebens aufgeschlagen?

Wieder horcht sie angespannt in die Nacht. Doch kein Räderrasseln ist zu hören. Nur das leise, wehende Plätschern der Jachen hängt wie ein Schlaflied in der Luft. Dann hört sie die Stundenschläge der Turmuhr im Dorf wieder und wieder. Als es zehn Uhr schlägt, geht sie zurück ins Haus und legt sich schlafen. Und da sie doch einen weiten Weg hinter sich hat, schläft sie sofort ganz tief und traumlos ein.

Aber mitten in der Nacht fährt sie aus ihrem Schlaf hoch. Anfangs meint sie, nichts unterscheiden zu können, aber als sie länger hinschaut, nimmt sie die Gestalt ihres Mannes neben ihrem Bett in sich auf ... Seine Gestalt ist hell umschimmert vom Licht des Mondes, das durch die Fenster fällt. Sein Blondhaar glänzt wie Silber, und aus seinem Atem weht nicht die leiseste Spur von Schnapsdunst oder Wein.

In einem Gefühl, das aus Glück und grenzenloser Güte gemischt ist, streckt sie die Arme, legt sie um seinen Hals und zieht seinen Kopf auf ihre Brust nieder.

Ganz verzweifelt drückt er seinen Kopf an ihren Hals, und da fühlt sie, daß seine Augen naß sind.

Sofort richtet sie sich auf. Sein Kopf gleitet in das Kissen. Und da sieht sie, daß sein Gesicht überströmt ist von Tränen.

»Ferdl, was hast denn?«

Er kann nicht sprechen. Nur die Tränen rinnen unaufhaltsam aus seinen geschlossenen Augen. Sie schiebt ihren Arm unter seinen Nacken und spielt mit der andern Hand in seinem Blondhaar.

»Komm, Ferdl, sag mir doch, was dich drückt. Sag mir doch, warum du weinst.«

»Aus Freude«, flüstert er nach einer langen Weile und schlägt die Augen auf. »Aus Freude, daß du wieder da bist.«

»Geh, Ferdl, hast denn du glaubt, ich lauf' dir weg?«

»Mittendrin hat mich die Angst gepackt, und ich habe gemeint, es druckt mir das Herz ab. Burgl, du darfst nie fortgehn von mir. Ich brauche dich doch.«

In dieser Nacht ist es Notburga zumute, als habe sie etwas Geheimnisvolles berührt. Eine Stimme ist da gewesen, so leise wie Elfenraunen. Diese Stimme ist es auch, die am Morgen noch in ihr nachklingt und ihr sagt, daß ihr Leib endlich gesegnet sei.

Noch nie hat Notburga, die Bäuerin vom Roßkogl, Wochen von solcher Spannung durchlebt wie diese, die soeben in einen traumschönen Herbst hineintaumeln. Frohe Erwartung und dumpfe Angst wechseln einander ab. Als sie dann endlich Gewißheit hat, fällt alle Gespanntheit von ihr ab. Überglücklich sinkt sie vor der Muttergottesgrotte droben im breiten Bauernflur in die Knie und schluchzt wie befreit, weil sich endlich nach langem Harren das Tor zum Paradies geöffnet hat.

Noch aber behält sie ihr Geheimnis für sich, obwohl man ihr die Verwandlung hätte anmerken müssen. Ihre Augen bekommen einen vertieften Glanz. Aus ihren Mundwinkeln ist der bittere Zug verschwunden und hat einem wundersamen Lächeln Platz gemacht. Ihre Güte, immer schon die vorherrschende Seite ihres Wesens, wächst ins Maßlose und umgibt sie wie ein goldener Schimmer, in den jeder vertrauensvoll eintauchen möchte.

Niemand weiß etwas. Das Geheimnis ruht tief in ihr. Am allerwenigsten ahnt Ferdinand Sachenpacher etwas. Es wundert ihn nur manchmal, daß sie ihn jetzt noch inniger aufnimmt, wenn er wieder einmal ein paar Tage wie in einem wilden Wirbel durchrast hat und reumütig zurückkommt.

Einmal fährt er gleich drei Tage hintereinander fort und kommt erst spät nach Mitternacht heim. Daß er zwei Tage fortbleibt wie früher, passiert jetzt kaum mehr.

Diesmal hat es aber einen Grund. In Lenggries gastiert eine Theatergruppe. Sie hat im Hof zum Gasthaus »Zur Post« ihre Wohnwagen aufgestellt und spielt im Saal dieses Gasthauses.

Das ist so recht nach dem Geschmack des Ferdinand Sachenpachers. Mit kinderweicher Seele sitzt er mit verschränkten Armen da und folgt mit innerer Spannung dem Geschehen auf der Bühne. Es begeistert ihn bis zum letzten, und es ist wohl mehr als nur eine Geste der Freigebigkeit oder Spenderlaune, daß alles, was hernach in der Gaststube von diesem Theatervölkchen gegessen und getrunken wird, auf seine Rechnung geht. Er ist zum Mäzen dieser Truppe geworden. Sein gutes Herz gibt es ihm ein, zumal er weiß, daß diese Leute oftmals hungrig zu Bett gehen müssen.

Das hat ihm Stefanie, die kleine Naive, ganz offenherzig erzählt und hinzugefügt, daß sie so eine herrliche Kalbshaxen überhaupt in ihrem ganzen Leben noch nicht gegessen habe.

Jawohl, Kalbshaxen hat er bestellt für die ganze Truppe. Es ist ihr drittes Gastspiel; eines soll am Sonntag noch folgen.

Eigentlich hat er heute Notburga mitnehmen wollen. Aber sie hat mit wunderliebem Lächeln gesagt:

»Soll es vielleicht jetzt auf einmal so aussehen, Ferdl, daß ich dir nimmer trau' und deswegen mitfahre?«

»Aber einmal könntest doch mit mir ins Theater gehn. Schau, ich hab' halt soviel Freude an dem Spiel.«

»Du sollst dich auch freuen, Ferdl. Aber mich laß daheim. Ich habe für solche Sachen nichts übrig«, fügt sie mit einiger Überwindung noch hinzu.

Wie herzlich gerne wäre sie mit ihm gefahren! Aber sie lebt so tief in der Verzauberung ihrer Erwartung, daß sie Angst hat vor jeder leichten Erschütterung. Und sie weiß doch, wie es auf dem Gäuwägerl rüttelt und schüttelt, zumal wenn der Ferdl seinen Traber wie einen Teufel über die holprige Straße rasen läßt. Bis spät in die Nacht sitzt sie unter der Lampe, stickt an einem Kinderjöppchen und singt leise die Lieder ihrer Jugend dazu.

Der Sachenpacher aber sitzt um diese Zeit schon wieder aufgelockert hinter seinem dritten Schoppen Rotwein und freut sich kindlich daran, wie die Schauspieler zulangen, wie es ihnen schmeckt, so als hätten sie schon acht Tage nichts Warmes mehr zu essen gehabt. Da er ihnen auch Wein hat hinstellen lassen, lockern sich ihre Zungen, sie werden fröhlich, jeder auf seine Art. Nur das Paar am unteren Tischende sitzt schweigend da. Es ist das Ehepaar Larisch, das erst ein halbes Jahr bei der Truppe ist, wie dem Sachenpacher die Frau Direktor gestern auf sein Befragen mitgeteilt hat. Wahrscheinlich haben sie schon einmal bessere Tage gehabt, sie sind sehr zurückhaltend und haben nichts Komödienhaftes an sich.

Der Mann ist groß und von südländischem Typ. Er hat vorhin in dem Stück einen Oberst gespielt. Wie ein verschüchtertes Reh sitzt die Frau neben ihm. Sie ist jung, und vorhin, in der Hauptrolle als junge Königin, ist sie schön gewesen wie ein Traum. Jetzt, da sie abgeschminkt ist, ist sie blaß und von einer erschreckenden Magerkeit. Dem Sachenpacher tut sie leid, und er fragt den Direktor:

»Ist denn das Frauerl krank?«

»Ingeborg? Ja — das heißt, sie war krank.« Mehr sagt Direktor Reindl nicht.

In diesem Augenblick schaut Ingeborg Larisch zu ihm herüber. Ihre großen dunklen Augen sehen ihn dankbar an. Dann hebt Michael Larisch sein Glas und trinkt dem Sachenpacher zu.

»Hast noch Hunger?« fragt er zu Ingeborg hinüber.

»Nein, danke«, antwortet sie und nippt an ihrem Weinglas.

»Freilich hast noch Hunger. Du schaust mir zu mager aus. Mußt mehr essen, damit du ein bissel zunimmst. Kathi, bring dem Frauerl dort noch drei Paar Weißwürste.«

In diesem Augenblick steht der Direktor auf und klopft an sein Glas. Er will eine Rede halten, und er spricht das Lied vom braven Mann, heißt den Sachenpacher einen edlen Gönner und einen Mäzen der schönen Künste und hätte sein Loblied wohl noch weitergesungen, wenn ihn der Sachenpacher nicht unterbrochen hätte.

»Hör auf mit dem Schmarrn«, schreit er lachend und drückt den Direktor auf die Bank nieder. »Da, hock dich hin und sauf, sonst wird dir der Magen kalt.«

Dröhnendes Gelächter erfüllt die Gaststube. Der Sachenpacher reißt einen seiner drolligen Witze hinterher und ist wieder ganz in seinem Element. Aber immer, wenn er zum andern Tischende hinschaut, sieht er Ingeborgs Augen auf sich gerichtet, so daß es ihn geradezu verwirrt. Der Wein mag ihre Wangen jetzt ein wenig gerötet haben. Sie sieht schön aus wie ein Engel, denkt Ferdinand Sachenpacher und merkt plötzlich, wie ihn schon wieder eine seiner sprunghaften Ideen anfällt.

Ha, das ist wieder was für ihn. Jawohl, er wird den Großknecht mit dem Leiterwagen herschicken. Der soll die ganze Bande hier aufladen und nach dem Roßkogl fahren. Sie müssen ihm eine Separatvorstellung geben auf dem Hügel bei den Ahornbäumen. Die Notburga soll auch ihre Freude haben. Und alle dürfen zuschauen, all seine Leute und die Fischerkinder auch. Hernach wird er sie dann auf seinem Hof bewirten.

So sehr begeistert ihn sein neuer Plan, daß er sich lachend auf die Schenkel schlägt. Aber er sagt noch nichts. Das soll eine Überraschung werden, und die ganze Jachenau wird wieder einen neuen Gesprächsstoff haben oder ein mißbilligendes Kopfschütteln.

In diesem Augenblick steht die junge Ingeborg Larisch vor ihm und reicht ihm die Hand.

»Ich danke Ihnen von ganzem Herzen, lieber Herr.«

»Was denn? Was denn?« stottert er, verwirrt von dem tiefen Blick ihrer Augen. »Für was dankst mir denn?«

»Für alles Gute, das Sie uns getan haben. Und ich wünsche Ihnen für Ihr ganzes Leben nur das Beste.«

Ferdinand Sachenpacher fühlt, daß dieses Wünschen aus ehrlichem Herzen kommt, und er sagt: »Du solltest einmal vier Wochen zu uns auf den Roßkogl kommen. Die frische Luft da oben würde dir guttun.«

»Das — wäre schön. Aber es wird leider nicht gehen.«

»Alles geht, wenn man will. Ich werde einmal mit meiner Notburga reden. Setz dich noch ein bissel her zu mir.«

»Danke, ich muß aber jetzt wirklich gehen.«

»Sie ist nämlich von ihrer Krankheit her immer noch etwas erschöpft«, mischt sich jetzt der Direktor ein, der dem Gespräch stirnrunzelnd gefolgt war. Das ginge ihm ja gerade noch ab! Vier Wochen ohne Ingeborg Larisch. Ingeborg ist seine beste Kraft, und es war schon arg genug, daß sie zuletzt nicht mehr hat auftreten können.

Noch einmal trifft den Sachenpacher einer ihrer tiefen Blicke, dann schließt sich hinter ihr die Tür der Gaststube. Bald darauf folgt ihr auch der Mann nach. Auch er bedankt sich beim Sachenpacher für alles Gute, das er getan habe, und fragt ihn dann fast drängend, ob er am Sonntag zu der großen Vorstellung »Maria Stuart« komme. Seine Frau spiele die Maria Stuart.

»Freilich komm' ich«, antwortet der Sachenpacher. »So was lasse ich mir nicht entgehen.«

Dann trinkt er wieder. Er stößt mit der Frau Direktor an, die schon ganz glasige Augen hat, und duldet es, daß die kleine Naive in seinem Haar krault. Aber als sie noch zudringlicher wird, sich auf seinen Schoß setzt, den Arm um seinen Nacken schlingt und ihn küssen will, da schiebt er sie unwillig von sich.

»Kindl, Kindl«, sagt er, »mach keine Dummheiten. Was willst denn mit mir, ich könnt' ja dein Vater sein!«

Mitternacht ist längst vorüber, als der Sachenpacher den Mylord aus dem Stall holt und heimfährt.

Mit flimmernden Sternen liegt die Nacht über den Kastanienbäumen des Wirtsgartens. Unter diesen Bäumen stehen die drei Wohnwagen der Theatergruppe Reindl. In einem der Wagen brennt noch Licht. Die Vorhänge sind zugezogen; man könnte höchstens durch einen kleinen Spalt in das Innere des Wagens sehen. Aber es ist niemand da, der hineinsehen möchte, und er würde auch nicht viel sehen. In dem einen der beiden schmalen Betten liegt eine junge, schöne Frau. Frau Ingeborg Larisch. Michael sitzt daneben auf einem niederen Hocker. Seine schönen, schmalen Hände sind in dem leeren Raum zwischen seinen Knien zusammengefaltet. Das Gespräch wird im Flüsterton geführt.

»Ich weiß nicht, Michael«, sagt die Frau. »Ich glaube, ich werde es doch nicht tun können.«

»Wir müssen doch, Inge. Es bleibt uns ja keine andere Wahl. Was sollen wir denn mit dem Kind! Wir werden nie mehr in die Höhe kommen.«

Das Kind, es ist ein Knabe, liegt in einem Körbchen im Hintergrund des kleinen Raumes. Ach, es weiß noch nicht, wie in dieser Nacht über sein Schicksal entschieden wird.

»Mir ist so bang ums Herz, Michael«, sagt die Frau wieder. »Bist du denn auch sicher, daß das Kind es bei ihm gut haben wird?«

»Ich habe alles genau ausgekundschaftet«, antwortet der Mann. »Der Sachenpacher hat einen großen Hof, aber keine Kinder. Man hat mir erzählt, daß er nur deswegen manchmal die Nächte durchmacht. Vielleicht ist es sogar ein gutes Werk, wenn wir es tun.«

»Ja, ein gutes Werk. Aber — es ist doch unser Kind,

Michael. Und schau, seit wir nun seit gestern diesen Plan gefaßt haben, kommt es mir immer vor, als wären wir das Elternpaar aus Hänsel und Gretel, die auch ihre Kinder in den Wald geschickt haben.«

»Ja, bloß daß da die Frau die treibende Kraft war. In unserem Fall bin ich es. Aber es muß sein, Inge. Willst du denn immer bei dieser Schmiere bleiben? Ich muß versuchen, wieder bei einer großen Bühne anzukommen. Wir müssen beide 'raus aus diesem Hungerleben.«

Ingeborg Larisch schweigt eine Weile. Sie versteht die Beweggründe des Mannes. Aber versteht er seine Frau? Weiß er, was es heißt, sich von einem Kind zu trennen, wenn es erst sechs Tage alt ist? Und dann — sie hat heute abend diesen Sachenpacher immerzu ansehen müssen. Darf man so einem Menschen etwas aufbürden, das ihn vielleicht in große Verlegenheit bringt und eine Last für ihn wird?

»Er ist ein guter Mensch«, sagt sie.

»Ja, und gerade deshalb soll es dir leichter fallen, Inge. Ich meine es doch gut mit dir und weiß genug vom Leben, um dich ganz zu verstehen. Drum folge meinem Rat. Wer weiß, ob wir dem Kinde jemals im Leben das bieten können, was es bei diesem reichen Sachenpacher erwartet. Die Frau soll der reinste Engel sein.«

»Und wenn er ahnt, woher das Kind sein kann? Wenn er es zurückbringt?«

Michael Larisch steht auf und öffnet das kleine Fenster. In den Kastanienbäumen rauscht der Nachtwind, und von fern her hört man das Brausen der Isar.

Nachdem er das Fenster wieder geschlossen hat, antwortet er: »Bis dahin sind wir über der Grenze.« Sein Gesicht ist plötzlich entschlossen und hart. »Ich hoffe, daß dir die vier Stunden bis zur Grenze nicht zu weit werden. Sind wir erst drüben, trachten wir nach dem Süden, nach Venedig. Irgendwie muß es uns dann gelingen, über den großen Teich zu kommen, nach Amerika. Ich wünsche es so brennend, auch für dich.«

»Ach, Michael, es kommt doch im Leben nicht so sehr darauf an, ob sich unsere Wünsche erfüllen, sondern wie wir der unerfüllten Herr werden.«

Michael Larisch bleibt hart. Sein Plan steht unbeirrbar fest. »Komm mir jetzt nicht damit«, sagt er. »Es ist mein Wille und damit basta. Jetzt kannst du mir beweisen, ob du mich wirklich so lieb hast.«

»Ach, Michael, du weißt doch, wie lieb ich dich habe. Gebe Gott, daß du in deinem Leben nie vergißt, welches Opfer ich jetzt für dich bringe. Komm, leg dich schlafen.«

Das Licht im Wagen erlischt. Lauter hört man jetzt die Isar rauschen, und einmal schluchzt in den Kastanienbäumen ein Vogel ganz laut, als hätte ihn ein Schreck aus seinem Traum gerissen.

Ferdinand Sachenpacher ist am Sonntagabend vom Schicksal der Maria Stuart so sehr erschüttert und innerlich ergriffen, daß er sich in der Gaststube zu keiner Lustbarkeit aufraffen kann. Es ist, als habe etwas Seltsames seine Seele gestreift, das ihn nun nicht mehr losläßt.

Wo ist überhaupt diese Ingeborg Larisch, die Darstellerin der Maria Stuart? Auch ihr Mann fehlt an diesem Abend. Die anderen sind alle da und warten darauf, daß der reiche Bauer aus der Jachenau wieder etwas auftragen läßt. Aber er denkt nicht daran. Nicht, daß es ihn gereut hätte, nein, er denkt einfach nicht daran, sitzt da und nippt nur an seinem Wein.

Herrgott, wie diese Frau gespielt hat! Der Sachenpacher hat so etwas noch nicht erlebt. Ihr Spiel hat ihn zutiefst erfaßt, so daß er jetzt, weil sie nicht mit am Tisch sitzt, meint, man habe sie wirklich hingerichtet.

Hat er sich getäuscht, oder bildet er es sich nur ein, daß sie in dem großen Monolog, bevor sie zum Sterben ging, nur ihn angesehen hat, als spräche sie nur für ihn allein und nicht auch für die andern, die den Saal zum Brechen füllten? Und auch nachher, als der Vorhang sich noch drei-

oder viermal geöffnet hat, hat sie sich nur vor ihm verneigt. Nie wird er den Blick ihrer tiefen Augen vergessen. Es ist geradeso gewesen, als wolle sie sich mit ihrem traurigschönen Lächeln für alle Zeit in sein Herz einschreiben.

Er winkt plötzlich der Kellnerin.

»Bring den Komödianten was zu essen und zu trinken. Da ist auch gleich das Geld dafür.«

Hat man das schon erlebt? Der Sachenpacher geht, ohne sich lärmend wie sonst zu verabschieden. Draußen bleibt er stehen und schaut zum Himmel auf. Heute ist die Nacht nicht so schön. Nur wenige Sterne blinzeln zwischen eilig ziehenden Wolken. Ein weinerlicher Wind geigt durch die Kastanienbäume, unter denen die Wohnwagen stehen.

Der Sachenpacher zieht das Laufwägerl aus dem Vordach der Fremdenstallung. Dann geht er in den Stall, holt den Mylord heraus, spannt ihn vor den Wagen und sitzt auf.

In diesem Augenblick huscht lautlos ein Schatten aus dem Mauervorsprung. Und in diesem Augenblick wird dem Sachenpacher ein sorgsam verschnürtes Bündel von hinten in die kleine Fläche des Laufwägerls gelegt — und schon ist der Schatten wieder verschwunden.

Im Wegfahren meint Sachenpacher von irgendwo ein unterdrücktes Schluchzen zu hören und will schon anhalten. Aber es kann ja auch genausogut ein anderes Geräusch gewesen sein, das Ächzen eines Astes im Wind, das glückliche Lachen vielleicht zweier Liebender in irgendeinem Winkel des weiten Hofraums.

Er fährt zum Hof hinaus. Mylords Hufe klopfen wie im Zorn über die Bohlen der Isarbrücke. Hinter dem Gefährt her hallen elf Schläge der Lenggrieser Kirchenuhr. Da läßt Sachenpacher dem Gaul die Zügel, und wie ein Blitz schießt er die Straße nach Wegscheid dahin.

Heute bin ich früh dran, sagt er zu sich selber und denkt, was die Notburga für Augen machen wird, daß er heute schon so früh heimfindet. Die Zügel lässig in der einen Hand, die Beine nach vorne gestemmt, sitzt er weit zurückgelehnt da. Der sausende Fahrtwind kost um sein Gesicht wie ein verliebter Mund.

Noch nie hat er so über sein unruhiges Leben der letzten Zeit nachgedacht wie heute. Ist ja auch nichts, so ein Leben, sagt er sich, und es fallen ihm dabei die friedvollen Abende ein, die er früher so oft mit Notburga verlebt hat. Wird es je wieder so werden? sinniert er weiter. Vielleicht läßt sie ihn jetzt aus, diese dunkle Bindung an jene rätselhafte Macht, die ihn immer wieder fortgetrieben hat.

Und plötzlich wird er wieder erfaßt von dem Geschehen auf der Bühne.

»Muß das dumme Patscherl nach England fahren, daß sie ihr das Köpferl 'runterhauen können«, sagt er laut vor sich hin. Aber seine Worte ertrinken im Gerassel der Räder. Mylord fegt durch die Nacht wie der Teufel. Da kommt schon Tannern, dann Petern. In Petern brennt in einem Gehöft ein Licht. Der Himmel hat sich jetzt ganz überzogen. Nur vereinzelt sieht man noch einen Stern funkeln. Es wird Regen geben, denkt er. Und das ist ganz gut. Die Erde ist ein wenig ausgetrocknet.

Einmal, als er dann schon über den Berg auf Roßkogl zufährt, meint er ein piepsendes Geräusch gehört zu haben.

Das Wagerl wird's sein, denkt er. Muß ich morgen gleich schmieren lassen . . .

Dann steht das Gefährt im Hof. Nicht einen Stern sieht man mehr. Es fallen die ersten Tropfen. Sachenpacher bringt Mylord in den Stall, reibt ihn ab und schüttet ihm Hafer vor. Dann will er durch die eiserne Tür hinüber ins Haus. Heute ist sie aber verschlossen — jemand muß es gedankenlos getan haben.

Darum muß er noch einmal ins Freie, um vorne bei der Haustür ins Haus zu kommen. Der Regen hat inzwischen stärker eingesetzt. Als er am Gäuwägerl vorbeigeht, denkt er, daß er es wohl unter das schützende Dach ziehen muß.

Da ist plötzlich wieder dieser seltsame Laut. Der Sachenpacher stutzt, horcht. Der Regen rauscht, und dazwischen steigt wieder dieses Wimmern auf.

Zwei Minuten später hat er das Bündel in der Hand, das während der Fahrt unter den Sitz gerutscht war. Wie geblendet steht er da, obwohl er sofort begreift, was in dieser Nacht für ihn angebrochen ist.

Ein Kind hat man ihm in den Wagen gelegt!

Wer mag das getan haben? Das ist ein böser Scherz! Man wird das Kind wieder abholen, und die ganze Jachenau und darüber hinaus das Isartal wird über ihn lachen. Natürlich wird man es wieder abholen. Was soll er denn mit dem Kind?

Was er mit dem Kind soll? Hat er denn selber welche? Ist es nicht Gottes Fügung, daß man ihm das in den Wagen legt, was eine Mutter geboren hat? Und plötzlich sieht er es gar nicht mehr so schlimm. Notburga wird mit heller Freude begrüßen, was er ihr da mitbringt.

Das Kind weint lauter, und der Sachenpacher trägt es vorsichtig ins Haus. Wie sorgfältig das Bündel geschnürt ist! Erfrieren hätte es sicher nicht können. Er legt es auf den Tisch und zündet die Lampe an. Was er dann sieht, ist wahrhaftig ein ganz winziges Menschenkind, ein faltiges Gesicht, ohne Ausdruck noch, das kleine Mündchen bitterlich im Weinen verzogen.

»Sei nur still«, sagt er und berührt mit dem Finger die seidenweiche Wange. Dann geht er hinaus und weckt Notburga.

»Du, Burgl«, flüstert er leise der Erwachenden zu.

Sie richtet sich auf.

»Bist du schon da, Ferdl?«

»Ja, Burgl.« Er setzt sich an ihr Bett und nimmt ihre Hand. Komm, Burgl. Ich hab' dir was mitbracht. Du wirst schaun.«

Und wie sie schaut! Sie beugt sich über das kleine Wesen, das jetzt wieder still ist und mit geschlossenen Augen daliegt.

»Man hat es mir in den Wagen gelegt«, sagt er schließlich.

Notburga richtet sich auf. In ihren Augen ist nicht das frohe Leuchten, das er erwartet hat.

»Wer?« fragt sie mit einem gedrosselten Laut.

»Ja — wenn ich das wüßte. Ich habe es ja selber erst jetzt gemerkt. Du — vielleicht haben's mir die Engel unterwegs ins Wagerl gelegt.«

Sie schaut ihn ganz seltsam an, mit einem Blick, der sein Innerstes trifft. Dann beginnt sie das Bündel aufzuschnüren. Und immer wieder schaut sie ihn dabei an.

»Schau her, ein Bub ist's auch noch«, sagt er und versucht zu lächeln.

»Nichts ist dabei«, antwortet sie. »Kein Brief, kein Zettel. Gar nichts.«

»Was ist denn das?« fragt er und deutet auf ein paar rotgestickte Initialen auf einer schneeweißen Windel.

»I. L.« lesen sie gemeinsam. Dann schaut Notburga ihn wieder an, und er schüttelt den Kopf.

»Das ist komisch«, meint er.

»Weißt du wirklich nicht, Ferdl, wer die Mutter von dem Kind ist? Vielleicht bist du der Vater und denkst dir, weil ich dir schon keins bringen kann, muß ich dir dein Sündenkind aufziehn. Aber so ist es ja gar nicht — ich muß mit dir reden, Ferdl.«

Aber sie kann plötzlich nicht mehr weitersprechen. Noch nie hat sie ihren Mann mit solch erschrockenen Augen gesehen. Sein Gesicht ist ganz fahl. Und die Worte fliegen mit seinem Atem wie ein einziger Schrei aus seinem Munde:

»Für so schlecht hältst du mich? Burgl, das hättest jetzt nicht sagen dürfen. So wahr ein Gott im Himmel lebt, nie habe ich außer dir eine andere im Arm gehabt. Und jetzt kommst mir so. Gib her das Kind. Wenn du schon kein Herz hast, lege ich es wieder hinaus in die Nacht oder vor die Tür andrer Leute hin, die mehr Erbarmen haben.«

Da nimmt sie das Kind mit einer heftigen Gebärde an

sich und trägt es in die Kammer hinaus. Er aber läßt sich schwer auf die Bank niederfallen, stützt den Kopf in die Hände. Seine Schultern zucken, und plötzlich wirft er die Arme über den Tisch und birgt den Kopf darin. Er hört nicht, daß Notburga leise wieder näher kommt, spürt nur plötzlich, wie etwas an ihm niedergleitet und wie sich dann zwei Arme um seine Knie schlingen.

Langsam hebt er den Kopf und schaut auf sie nieder, schaut in ihre Augen hinein, die jetzt wieder so unirdisch schön leuchten, während das Starre aus seinem Blick noch nicht weichen will.

»Ferdl, verzeih mir, daß ich auch nur eine Sekunde an dir gezweifelt habe. Und schau, selbst wenn es so wäre, wie ich im ersten Augenblick gemeint habe, ich könnte dir's ja gar nicht verübeln. Ich weiß doch, wie's dich in der Seele jammert nach einem Kind.«

Schwer legt sich seine Hand auf ihr Haar, gleitet dann langsam an ihrer Wange hinunter. »Was willst jetzt tun?«

»Behalten tu' ich das Büberl. Dann haben wir halt zwei«, fügt sie leise hinzu, so leise, daß er es nicht recht versteht.

Behutsam greift er unter ihre Arme und hebt sie hoch, hält sie in seinen Armen und küßt sie. Als er sie endlich wieder zu Atem kommen läßt, fragt sie ihn:

»Hast nicht gehört, Ferdl, was ich vorhin gesagt habe?«

»Daß du das Büberl behalten willst.«

»Ich habe aber noch was gesagt. Daß wir halt dann zwei haben werden.«

Sein Unterkiefer schnappt herab. Er ist so erschrocken, als ob man ihm gesagt hätte, daß in einer Viertelstunde die Welt untergehe. Dann streckt er ihr mit hilflos scheuer Gebärde die Hände hin, als warte er darauf, daß ihm Notburga dieses zweite Kind hineinlege, von dem sie gesprochen hat.

»Burgl, ist das wahr?«

»Ja, Ferdl. Wenn das Frühjahr kommt, werden wir ein Kind haben.«

»Warum hast du mir das nicht schon früher gesagt?«

»Es war so schön, das Geheimnis für mich allein zu haben. Aber heute habe ich dir recht weh getan, und darum wollte ich es mit einer Freude wiedergutmachen.«

»Freude? Ja, das ist wohl eine Freude«, sagt er. Dann wird er ganz still. Die hohe Standuhr tickt dröhnend durch den Raum. Und draußen rauscht der Regen und baut eine tönende Mauer ums Haus.

Da wird plötzlich sein Blick von etwas angezogen. Es sind die zwei roten Buchstaben »I. L.« in der weißen Windel. Wie Schuppen fällt es ihm plötzlich von den Augen. Ohne daß er es ausspricht, formt sein Mund den Namen »Ingeborg Larisch«.

Notburga sieht mit einer leichten Angst, wie der Bauer am nächsten Morgen den Mylord einspannt und im strömenden Regen talwärts rast. Lenggries reibt sich soeben den letzten Schlaf aus den Augen, als Ferdinand Sachenpacher in den Posthof einfährt, dem Gaul die Zügel lose über den Rücken wirft und ihn dann mit einer Decke zudeckt.

Als er sich umwendet, sieht er den Direktor Reindl gerade aus seinem Wohnwagen kommen. Sein Gesicht scheint verärgert zu sein und hellt sich auch kaum auf, als er den Bauern auf sich zukommen sieht.

Der Sachenpacher geht nicht lange um den Brei herum und fragt, ob er die Ingeborg sprechen könne, die gestern die Maria Stuart so schön gespielt habe.

Das Gesicht des Direktors verfinstert sich noch mehr. »Ach, dieses Pack. Sind alle beide durchgebrannt heute nacht, mitsamt dem Kind.«

Dem Bauern gibt es einen Riß. »Ach so, ein Kind haben sie auch gehabt?«

»Ja, erst sechs Tage alt. Darum haben wir ja fast vier Wochen nicht spielen können. Jetzt, weil wir wieder ins Geschäft gekommen wären, verschwinden sie.«

Der Sachenpacher schaut sich ein wenig um, ob keine

Lauscher um die Wege seien. Dann zieht er den Direktor am Ärmel näher an sich heran.

»Mir hat man heut nacht ein kleines Kind in meinen Wagen gelegt.«

Ungläubig blinzelt der Direktor am Sachenpacher vorbei in den fallenden Regen. »Wie schaut das Kind aus?«

Der Bauer zuckt mit den Achseln. »So genau kann ich das nicht sagen. Wie halt alle kleinen Kinder ausschauen, denk' ich. Tätst du das Kind erkennen?«

»Hat es ein Muttermal auf der linken Schulter?«

»Das weiß ich nicht. Fahr mit. Du mußt mir sagen, ob das das Kind von der Ingeborg Larisch ist.«

»Ingeborg Larisch! Nein, was haben die Larischs mir bloß angetan«, jammert Reindl wieder.

»Dir? Mir haben sie das Kind in den Wagen gelegt, nicht dir. Wie heißt das Kind überhaupt?«

»Es ist noch nicht getauft. Morgen sollte die Taufe sein.«

»Ah, so ist's recht. Dann ist das Büberl auch noch ein Heide. Geh weiter, druck nicht lang umeinander jetzt. Du mußt mit, und wenn alle Strick' reißen. Ich muß wissen, ob das Kind wirklich von der Maria Stuart ist.«

»Von der Ingeborg, meinen Sie. Aber sollten wir nicht doch lieber die Polizei verständigen?«

»Wozu? Soll die vielleicht das Kind aufziehn?«

Damit zieht der Sachenpacher den anderen auf das Wägerl, und in rasendem Galopp geht es auf den Hof.

Direktor Reindl erkennt das Kind auf den ersten Blick und bestätigt, daß es das vor sechs Tagen geborene Knäblein der Larisch ist.

»Gut, gut«, nickt der Roßkogler befriedigt und schaut dabei seine Frau an, als wolle er sagen: Siehst jetzt, wie unrecht du mir getan hast?

Dann stellt er noch genaue Fragen, wie lange die Larischs bei dem Direktor Reindl gewesen seien, um welche Stunde das Kind geboren sei, und was für ein Mensch die Frau Larisch gewesen sei.

Direktor Reindl gibt bereitwilligst Auskunft, hat an Ingeborg überhaupt nichts auszusetzen, sondern lobt sie als seine beste Kraft, ohne die er jetzt dastehe wie die Hühner am Abend vor dem verschlossenen Schlupf.

»Wirst schon wieder eine andere auftreiben«, tröstet ihn der Roßkogler. »Gib ihm jetzt eine Brotzeit, Frau, und wickel ihm für die andern noch was ein. Grad froh bin ich jetzt, Notburga, daß du selber alles gehört hast. Jetzt wirst ja doch keinen Zweifel mehr haben.«

Sie lächelt ihn so grundgütig an, daß ihm ganz weich ums Herz wird.

»Wir müssen ihn taufen lassen«, weicht sie der Frage aus.

»Ja, gleich morgen.«

Eine Stunde später fährt Sachenpacher den Direktor wieder zurück. Da es immer noch regnet, haben sie sich eine Zeltplane über die Köpfe gezogen und eine über die Knie gelegt. Auf der Fahrt versucht der Bauer immer mehr über die Larisch zu erfahren.

Direktor Reindl lobt die beiden in den höchsten Tönen. Aber nicht aus Überzeugung, sondern mehr in der Angst, dem Bauern könne es sonst einfallen, das Kind ihm zu bringen, weil es ja schließlich seiner Abkunft nach in einen Komödiantenwagen gehört und nicht auf einen Bauernhof.

»Bloß eins kann ich nicht verstehn«, meint der Sachenpacher dann und lupft die Zeltplane ein wenig, damit das Wasser nach hinten besser ablaufen kann. »Wenn sie schon so eine gute Seel' ist, wie du sagst, daß sie dann ihr Kind hergibt. Eine gute Mutter gibt kein Kind her. Ich hätte es ja auf der Nachtfahrt verlieren können.«

Dann wäre das Knäblein eben auf der Straße gelegen und vielleicht armselig umgekommen. Allein, wie steht im Familienbuch der Sachenpacher?

»Ohne Gottes Willen fällt kein Sperling vom Dach ...«

Also war es auch nicht Gottes Wille, daß das Komödiantenkind aus dem Gäuwägerl fiel, damit es auf der Straße verkomme.

Am Abend, als es schon dunkel ist, zieht der Sachenpacher im Pfarrhaus die Glocke. Es wird eine ziemlich lange Unterhaltung. Der Sachenpacher erzählt ganz ehrlich, wie sich alles abgespielt hat, daß er das Kind bei sich behalten wolle und daß es eben noch getauft werden müsse.

»›Martin‹ hast du vorhin gemeint?«

»Das hat eigentlich die Notburga gemeint. Also Martin. Martin Larisch.«

»Würde ich dir nicht empfehlen. Gib dem Buben doch deinen Namen. Ich will dir sagen, warum. Das Kind wird der Meinung sein, ihr seid seine Eltern. Dann kommt es in die Schule und heißt nicht Sachenpacher, sondern Larisch. Dadurch käme schon der erste Zwiespalt in die junge Seele. Ganz abgesehen davon, daß auch die andern Kinder zu fragen anfangen, warum er denn nicht Sachenpacher heiße.«

»Einmal müßte er es ja doch erfahren. Oder ist es keine Lüge, Herr Pfarrer, wenn man ein Kind in einem falschen Glauben beläßt?«

»Wenn er einmal alt und reif genug ist, um das zu verstehen, dann kann man es ihm sagen. Aber solange es nicht nötig ist, würde ich das bleibenlassen.«

»Also gut«, sagt der Sachenpacher und steht auf. »Dann mach' ich es halt so.«

Und es wird so gemacht. Der Bub erhält in der Taufe den Namen Martin und etwa vierzehn Tage später amtlich auch den Namen Sachenpacher. So heißt er forthin Martin Sachenpacher.

Das Leben auf dem Roßkogl ist jetzt ganz anders.

»Was so ein Kind alles ausmacht«, sagen die Leute am Hof.

Ja, dieses fremde Kind hat eine grundlegende Änderung gebracht. Nie mehr reißt es den Bauern in durchzechte Nächte zurück, und wie neugeboren geht er durch die Tage.

Das andere Geheimnis hüten sie beide noch und sind in der Erwartung auf das eigene Kind von einem stillen Zauber umsponnen.

Die Wiege mit dem kleinen Martin steht neben Notburgas Bett. Der kleine Bursche gedeiht prächtig unter ihrer liebenden Fürsorge, und oft fragt sie sich, ob sie das eigene Kind wohl mehr lieben werde als dieses da. Und sie sagt sich, daß sie dieses fremde Kind wohl ein wenig mehr werde lieben müssen, weil es die echte Mutterliebe entbehren muß.

Der Sachenpacher macht sich darüber weniger Gedanken. Er genießt das Glück, das nun doppelt über ihn hergefallen ist, in vollen Zügen. Morgens holt er sich oft den kleinen Martin in sein Bett. Dann macht er ihm leise vor, wie ein Hahn kräht oder ein Pferd wiehert. Der Bub sieht ihn dann mit seinen großen Augen unverwandt an und probiert sein erstes Lächeln, das wie ein Flügelwehen eines Engels über das zarte Gesicht hingeht.

Um Lichtmeß herum läßt es sich dann nicht mehr verheimlichen. Allen ist es jetzt sichtbar, daß Notburga Sachenpacher ihr eigenes Kind haben wird.

Ostern fällt spät in diesem Jahr. Aber um diese Zeit schon meint man, daß es soweit sei. Der Schreiner Vierlinger hat eine zweite Wiege gemacht. Auch sie ist blau und trägt die Jahreszahl 1921 auf der Stirnseite. Aber Ostern geht vorüber, der ganze April. Endlich, am zweiten Maitag, scheint es soweit zu sein. Beim Aufwachen am Morgen sieht Ferdinand, daß Notburga etwas gebückt vor dem Bett steht und sich verkrampft am Pfosten festhält.

Sofort ist er hellwach und springt heraus. »Was ist, Burgl?«

»Ich glaub', es ist soweit, Ferdl.«

In fliegender Hast zieht er sich an. Fünf Minuten später sprengt er schon zum Hof hinaus.

Notburga geht zwischen Fenster und Tür hin und her, und wenn das werdende Kind sie quält, hält sie sich immer wieder am Bettpfosten fest. Sie weiß nicht, wieviel Zeit vergangen ist, bis sie das Gefährt wieder in den Hof rumpeln hört und gleich darauf eine junge stramme Person, die neue Hebamme aus Lenggries, in die Kammer tritt.

Bis in den dämmernden Abend hinein müht und quält sich Notburga, ihr Kind ins Leben zu bringen. Doch alle Mühen und aller Schmerz sind umsonst.

In der Stube wandert der Bauer ruhelos auf und ab. Er horcht hinaus in die Kammer, wenn er reden oder stöhnen hört, dann setzt er sein ruhiges Wandern fort. Endlich kommt die Hebamme einmal heraus.

»Was ist?« fragt er gespannt.

»Es ist noch nicht soweit. Aber nur keine Angst, es ist alles normal.«

»Kann ich zu ihr?«

»Warum nicht?«

Es ist schon gleich ganz dunkel in der Kammer, so daß er sich zu ihr hintasten muß. Lange und still sitzt er am Bettrand und hat seine Hand auf ihren kalt schwitzenden Arm gelegt.

»Arme Burgl«, sagt er leise.

»Morgen sind wir reich, Ferdl«, lispelt sie, dann fallen ihr vor Müdigkeit die Augen zu, und sie hört sein Weggehen aus der Kammer nicht mehr.

Es hält ihn nicht mehr im Haus. Draußen umfängt ihn die Nacht, und er geht auf das matte Licht zu, das etwa dreihundert Meter weg hinter einem verhängten Fenster schimmert.

Bei seinem Eintritt in die kleine Stube des Fischerhauses hebt der Fischer seine Augen von der Zeitung, die er gerade liest.

»Was gibt's, Nachbar?«

»Ja, was gibt's! Noch nichts.« Der Sachenpacher fährt sich durch das wirre Blondhaar und richtet dann seine Augen wie hilfesuchend auf die Frau, die am Ofen hinten hantiert. »Hat denn das bei dir auch allweil so lang gedauert, Fischerin? Jetzt quält sie sich schon den ganzen Tag ab. Meinst, daß die junge Hebamme ihre Sache richtig versteht? Meinst, daß ich lieber den Doktor holen soll?«

Die Fischerin trocknet sich die Hände ab und wirft sich

dann einen Schal um die Schultern. »Ich schau' mal hinüber.«

»Ja, geh zu ihr.«

Er begleitet sie aber nicht, sondern schlägt den Weg ins Dorf ein. Eine irrsinnige Angst hält plötzlich sein Herz umklammert. Wie, wenn es schiefgeht? Beim Haagerbauern ist es vor zwei Jahren so gewesen, daß Mutter und Kind gestorben sind.

Immer weiter holt er aus, zum Schluß rennt er, steht dann schwer atmend vor der Gittertür des Friedhofs und stößt sie auf. Dann steht er mit verkrampften Händen vor dem Grabstein der Sachenpacher und bittet seine Toten da unten, daß sie der Notburga beistehen mögen in ihrer schweren Stunde.

Zehn Uhr schlägt es, als er wieder den Berg hinaufgeht. Von weitem sieht er schon, daß das ganze Haus erhellt ist. Seine Schritte jagen über den Hang hinauf. Bei der Ahorngruppe bleibt er noch einmal verschnaufend stehen. Da sieht er eine Frau aus dem Haus treten und ein Wasserschaff leeren. Es ist die Fischerin, die er anschreit und von der er Antwort bekommt, daß auf dem Roßkogl fünf Minuten nach neun Uhr ein Sohn geboren worden sei.

Stocksteif steht Ferdinand Sachenpacher. Nun ist er da, der große Augenblick, sehnlichst herbeigewünscht, herbeigeflucht, herbeigebetet. Es überwältigt ihn so sehr, daß er sich einen Augenblick auf die Hausbank setzen muß, wo die leeren Milchkübel aufgestülpt sind.

»Ein Sachenpacher«, flüstert er vor sich hin. »Ein echter Sachenpacher . . .«

Da legt jemand eine Hand auf seine Schulter. Die Hebamme ist es.

»Sie können ruhig zu ihr gehn. Es ist alles in bester Ordnung.«

Er preßt ihre Hand so fest, daß sie aufschreit vor Schmerz. Vor der Stube streift er die Schuhe ab und schleicht sich leise in die Kammer. Mit tiefem Erbarmen betrachtet er die Züge der Erschöpften und getraut sich kaum zu atmen, um sie nicht zu wecken. Doch Notburga schläft nicht. Aus einem schmalen Spalt ihrer Augen hervor betrachtet sie ihren Mann und atmet dann glückselig auf. Sie hat schon Angst gehabt, daß er in ihrer schweren Stunde wieder in irgendeinem Wirtshaus gesessen und laut gezecht hätte. Aber es weht kein Bierdunst aus seinem Munde, sondern der Duft der Mainacht hängt an seinem Gewand, und sie streckt ihre Hand nach ihm hin.

»Jetzt hast deinen Buben, Ferdl ...«

Es reißt ihn neben dem Bett in die Knie, und ohne sich um die Hebamme zu kümmern, die wieder einmal nachschauen gekommen ist, küßt er seiner Frau immer wieder die blutleeren Lippen und versichert ihr, daß er ihr dies nie vergessen werde.

»Jetzt müßten eigentlich in der ganzen Jachenau die Glocken läuten«, sagt Ferdinand Sachenpacher, als ihm genau zwei Jahre später um die Mittagszeit ein Mädchen geboren wird.

»Ferdl«, lächelt die Notburga matt. »Sei doch nicht so hochmütig.«

Er sitzt neben dem Bett und hält ihre Hand.

»Hochmut ist es nicht«, meint er. »Nur Freude ist es, reine Freude, weil wir jetzt ein Paar haben. Eigentlich versteh' ich's nicht. Wenn einer den letzten Schnaufer gemacht hat, dann läutet man die Glocken. Aber wenn einer den ersten Schrei tut, dann bleiben sie stumm.«

»Sie läuten ja jetzt, horch doch«, sagt Notburga.

»Es schickt sich halt grad so auf die Stund'. Die Mittagsglocken sind's, Burgl.«

Draußen leuchtet der schöne Maitag. An den Fenstern flitzen die Schwalben vorüber, und einmal hört man den hellen Schrei eines Kindes.

»Das war der Andreas«, stellt der Roßkogler fest. »Muß gehn jetzt und ihm sagen, daß er ein Schwesterl hat.«

»Ferdl«, ruft ihn die Frau, als er schon an der Tür ist. »Nicht bloß der Andreas hat ein Schwesterl gekriegt, der Martin doch auch.«

»Der Martin? Ja, ja, freilich, der Martin.«

»Du vergißt, Ferdl, daß wir jetzt drei Kinder haben, nicht bloß ein Paar.«

»Drei, ganz richtig, drei«, antwortet er und nimmt umständlich auf dem Stuhl wieder Platz. »Alle guten Dinge sind drei.« Dann starrt er eine Weile auf den Fußboden, hebt dann plötzlich den Kopf. »Sag einmal, Burgl, wie ist das eigentlich, kennst du einen Unterschied in der Lieb' zu den Kindern?«

Die Antwort kommt nicht gleich. Es ist gerade, als ob Notburga zuerst lange in sich hineinhorchen müsse, um die richtige Antwort auf diese Frage zu finden.

»Dasselbe wollte ich dich schon ein paarmal fragen, Ferdl, weil es mir manchmal vorkommt, als wärst du dem Andreas mehr zugetan als dem Martin.«

»Meinst?« fragt er etwas verblüfft und betrachtet dann seine Hände. »Ich kann mich eigentlich nicht erinnern, daß ich den Andreas bevorzugt hätte. Nein, das ist auch nicht der Fall«, setzt er gleich lauter hinzu. »Habe ich dem Andreas vielleicht schon einmal was gekauft, das der Martin nicht gekriegt hätte?«

»An dem allein liegt es nicht, Ferdl. Aber ich habe schon ein paarmal gesehn, wie du den Andreas gestreichelt hast, und der Martin ist daneben gestanden und hätte am liebsten geweint.«

»Tatsächlich? Das bin ich mir gar nicht bewußt gewesen. Da muß ich in Zukunft Obacht geben.«

»Ja, das wollte ich dir sagen, Ferdl. Ich weiß nicht, ich mag den Martin genauso gern wie den Andreas. Mir ist's manchmal, als müßte ich dem Martin sogar noch mehr Lieb' schenken.«

»Komisch«, meint der Roßkogler. »Wo er doch nicht von unserm Blut ist.«

»Aber er ist auch ein Geschöpf Gottes, und ich glaube, es wäre eine Sünde, wenn man da einen Unterschied machen tät'.«

Tagelang muß der Roßkogler über dieses Gespräch nachdenken, und er vergißt es auch nicht mehr. Nie mehr zärtelt er seinen Buben, wenn Martin dabeisteht.

Oh, wie tollen die beiden Buben jetzt schon durch diesen Sommer. Kaum haben sie am Morgen ihre Suppe gegessen, sind sie schon draußen und treffen sich auf halbem Wege mit den Fischerkindern. Was gibt es nicht alles zu erforschen und zu bestaunen. Die Zeit wird oft zu kurz, denn kaum, daß man etwas richtig begonnen hat, läutet auf dem Turm des Roßkoglhofes die Essensglocke.

Am Abend fallen sie dann todmüde in ihre Betten, ohne sich tagsüber um die kleine Schwester gekümmert zu haben. Manchmal aber ruft Notburga den einen oder den andern, damit er die kleine Margret im Leiterwägerl ein wenig um den Hof herumfahre. Martin tut es gerne und ohne Murren. Andreas drückt sich vor dieser Beschäftigung, wo er nur kann. Er ist in seiner Art so grundverschieden vom Martin, daß Notburga ihn oft mit heimlicher Angst betrachtet. So sieht sie einmal, wie er mit einem Stein nach dem Hofhund wirft, der angehängt ist und nicht fortlaufen kann. Einmal nimmt der Großknecht ihm ein scharfgeschliffenes Messer aus der Hand. Und da stampft der kleine Kerl in einem hell aufspringenden Jähzorn mit beiden Füßen den Boden.

So steigen die Ängste zuweilen bangend in ihr auf, verflüchten sich dann wieder, weil sie denkt, daß ja erst die Jahre ein Menschenkind formen und mit dem Schulgehen der Ernst des Lebens beginnt.

Bis dahin aber, meint sie, ist es noch lang, und sie merkt gar nicht, wie schnell die Zeit dahingeht. Eines Tages ist es dann soweit. Die beiden Buben gehen — neu eingekleidet — an der Hand des Vaters hinunter in die Schule, wo der alte Lehrer sie lächelnd empfängt und meint:

»So, jetzt wollen wir einmal sehen, was in den zwei Sachenpachern steckt.«

»Der Andreas, mein' ich, hat das hellere Köpferl«, mutmaßt der Roßkogler. »Aber er ist auch etwas lauter als der Martin.«

»Na ja, wir werden ja sehen. In ein paar Jahren kommt ja auch schon das Töchterl in die Schule. Wie bloß die Zeit vergeht!«

Ja, die Jahre rasen dahin, und es geschieht so allerhand. Die Jachen hat jetzt kaum mehr Wasser, seit sie drüben das große Kraftwerk gebaut haben. Dafür aber hat die ganze Jachenau jetzt blendendweißes Licht, und die Petroleumlampen sind in den hintersten Winkel der Dachböden gestellt.

Dem Roßkogler fliegen die ersten grauen Fäden ins helle Blondhaar, Notburga ist nicht mehr so schlank wie in der Zeit vor den Kindern, auf ihrer Stirn zeigen sich die ersten Falten, aber das mag von den vielen Zweifeln kommen, die heimlich in ihr zehren, ohne daß sie sich darüber ausspricht. Andreas ist es, der ihr so sehr zu denken gibt. Sein ganzes Wesen sprüht von Heftigkeit, und oft ist es so, daß ihre Hand hochzuckt, ihn zu schlagen. Aber dann läßt sie die Hand wieder sinken und denkt: Ist es recht, wenn ich mein eigenes Kind schlage und das andere zärtle?

Das, ja, das sind ihre Zweifel, die sie oft in ein verwirrtes Denken hineintreiben.

Eines Tages aber geht es doch nicht mehr anders. Sie steht in der Küche am Herd, als ihrer Hand ein Schöpflöffel entgleitet. Andreas, der am nächsten steht, tut so, als hätte er es gar nicht gesehen. Da sagt Notburga:

»Heb ihn auf, Anderl.«

Der rührt sich nicht, sieht nur den Martin an, der viel weiter weg ist.

»Buck dich, Martl. Hast nicht gesehn, daß der Mutter der Schöpflöffel 'nuntergefallen ist?«

Martin springt sofort von der Bank. Da tritt Notburga dazwischen.

»Dir hab' ich's angeschafft, Anderl.«

Der Bub sieht sie trotzig an.

»Ich mag nicht.«

Da trifft ihn ein harter Schlag der Mutter ins Gesicht. Ihre Finger zeichnen sich rot auf der Wange ab. Aber der Bub verzieht keine Miene, nur seine Brauen schieben sich finster zusammen, wie bei einem jungen Wolf, wenn er Gefahr wittert. Das bringt Notburga in einen heftigen Zorn, aber sie schlägt ihn nicht mehr, sondern faßt ihn beim Genick und zwingt ihn unerbittlich nieder, damit er den Schöpflöffel aufhebe. Nur widerwillig tut er es jetzt, legt ihn auf den Herdrand und geht mit blassem Gesicht, aber steil aufgerichtet hinaus.

Dieser Vorfall gibt Notburga neuerdings schwer zu denken, und sie erzählt ihn in Gegenwart der Kinder dem Manne. Der hört es sich ruhig an, dann erst beginnt die Ader an seiner Schläfe zu klopfen, wie immer, wenn ihn etwas stark erregt. Seine hellen Augen umfassen dann den Andreas ganz scharf.

»Du, wenn das noch einmal vorkommt, dann streich' ich dir aber das Lederzeug an, daß du die Engel singen hörst.«

»Können Engel singen?« fragt darauf die kleine Margret, die ein bildschönes Dirndl geworden ist.

»Ich hab' sie schon einmal singen hören«, antwortet ihr Martin, worauf Andreas spöttisch den Mund verzieht.

»Das war höchstens der Wind«, sagt er spöttisch.

»Ja, aber im Wind singen die Engel, gelt, Mutter?«

»Ja, Martin, im Wind und im Regen. Überall ist Gottes Stimme.«

Notburga versucht es in der Folgezeit dann mit Liebe und erschrickt beinahe vor der hölzernen Steifheit, mit der Andreas ihren Liebkosungen begegnet. Wie ganz anders ist dagegen Martin. Wenn sie ihn einmal an sich zieht, schmiegt er sich warm und voller Bereitschaft an sie, daß sie sein kleines Herz klopfen hört. Er legt seine Arme um ihren Hals und schmiegt seine Wange an die ihre.

»Ich hab' dich furchtbar lieb, Mutter«, sagt er.

»Ich dich auch, Bub«, antwortet Notburga und fühlt dabei, wie eine warme Welle durch ihr Herz geht.

Aber nicht nur innerlich, sondern auch äußerlich sind die beiden Buben grundverschieden. Andreas ist klein und untersetzt, hart und zäh wie ein Wurfholz. Sein Haar ist dunkel wie das der Mutter, aber nicht so weich, sondern trocken und zäh. Die Augen stehen bei ihm schräg und die Backenknochen ein wenig vor. Sein Kinn ist trotzig vorgeschoben und der Mund von hartem Schnitt.

Martin dagegen ist schlank und biegsam wie eine Gerte. Sein Gesicht ist schmal, sein Mund von träumender Weichheit. Sein Haar ist blond, die Augen aber ganz dunkel. Ja, man könnte Martin viel eher für den wirklichen Sohn des Sachenpachers halten als Andreas.

Zwischen den beiden Buben steht quicklebendig und immer lächelnd die kleine Margret, die nun schon ins fünfte Jahr geht. Sie gleicht aufs Haar ihrer Mutter, hat dagegen aber wieder die blauen Augen des Vaters. Über ihrem Näschen tanzen lustig ein paar Sommersprossen und geben dem runden Gesichtchen etwas Keckes. Im Wesen aber ist sie anschmiegsam und zärtlich. Sie ist des Sachenpachers besonderer Liebling.

So wachsen die drei Kinder auf dem Roßkogl heran, haben eine unbeschwerte und schöne Kindheit, indessen die Zeit, wie von unsichtbaren Flügeln getrieben, dahinrauscht.

Ja, sie geht dahin. Die Monate und Jahre haben es eilig, über die Berge zu kommen, und so wie die Buben sich straffen und Margret ein gertenschlankes Mädchen wird, dem die Mutter jetzt die Zöpfe schon aufsteckt, genauso beginnen des Roßkoglers Schultern sich nach vorne zu neigen, ohne daß er selbst es weiß. Nur Notburga sieht es, wenn sie ihm manchmal vom Küchenfenster aus nachschaut, und ihr Herz durchzieht dann eine leise Wehmut, weil sie dann weiß, daß auch sie über den Mittag ihres Lebens bereits hinausgewachsen ist.

Der Roßkogler ist stiller geworden. Gelassen schaut er in seinen Abend hinein mit dem Gefühl eines Menschen, der von sich weiß, daß er pflichtgetreu durchs Leben gegangen ist, das nun immerhin schon an die sechsundfünfzig Jahre währt.

Ja, die Buben gehen bereits das letzte Jahr in die Schule und sind mächtig in die Höhe geschossen. Sie sind schon zu allerlei Arbeiten zu gebrauchen, wenn auch der Andreas sich gerne davon drücken möchte.

Eines Abends sitzen Ferdinand Sachenpacher und Frau Notburga draußen unter der Gruppe der sieben Ahornbäume auf der Bank. Goldschön fließt das Abendrot über die Flanken der Berge nieder. Nur auf dem Rautbergkopf zuckt noch ein hellerer Schein hin, ganz kurz nur, dann geht auch seine Kuppe in ein zitterndes Rot und leuchtendes Purpur hinein.

Der Bauer hat seine stille Stunde und sitzt mit dem besonnten Schweigen, das er sich angewöhnt hat, neben seiner Notburga. Beide haben sie die Hände im Schoß gefaltet. Lange schaut der Sachenpacher auf die seinen nieder, als wolle er die Adernstraßen zählen, die sich auf dem Braun der Haut verzweigen. Auf einmal hebt er den Kopf.

»Ich hab' mir jetzt schon die ganze Zeit durch den Sinn gehn lassen«, sagt er langsam, »daß der Andreas den Hof früher übernehmen soll, als ich ihn in die Hand gekriegt hab'.«

Still lächelnd faßt Notburga nach seiner Hand.

»Fühlst dich schon alt werden, Ferdl?«

»Nein. Aber ich weiß ja, wie hart es mich angekommen ist, so lang zu warten, so lang den Knecht machen zu müssen. Und warum sollen wir zwei nicht auch noch was

Schönes vom Leben haben, Burgl? Ich laß das Austragshäusl neu verputzen und laß die Mauer zwischen den zwei kleinen Kammern herausreißen, so daß wir eine schöne, große Stube zum Wohnen haben.«

Notburga nickt.

»Das tust, ja. Aber mit dem Austraggehn hat es noch lange Zeit. Der Andreas wird ja im Mai erst vierzehn.«

»Hast du gemerkt, wo die vierzehn Jahre hingekommen sind? Bis man sich umschaut, sind wieder zehn Jahre vorbei, dann sind wir gewiß reif für den Austrag. Was meinst denn du? Wird der Anderl ein richtiger Bauer?«

»Das kann man jetzt noch nicht sagen. Und was machen wir aber mit dem Martin? Ganz leer dürfen wir ihn auch nicht ausgehn lassen.«

»Vielleicht hat er Lust, daß er was lernt, den Hof muß ich auf alle Fälle dem Anderl geben. Oder bist du anderer Meinung?«

»Nein, nein! So wie du meinst, ist's schon recht, Vater. Aber eines habe ich schon festgestellt, geschickter als der Anderl packt der Martin alles an.«

»Wenn er erst einmal aus der Schule ist, dann nehme ich ihn schon an die Hand.«

Im Ahorn rauscht der Wind lauter, und von irgendwoher hört man ein Kapellenglöcklein läuten. Es ist eine ihrer friedvollsten Stunden, nach denen sich besonders Notburga zuweilen sehnt. Man kann sich wohl glücklich fühlen, so in stillem Ausrasten dazusitzen in dem Wissen, daß alles wohlgeordnet ist für die kommende Zeit.

Da aber kommt ein Tag, der mit seinen Auswirkungen scharf wie ein Messerstich in Notburgas Herz dringt.

Andreas hat wieder einmal in einem seiner Anfälle von wilder Lust mit den andern Streit gesucht. Es ist in der großen Pause um zehn Uhr, die der alte Lehrer Kipferl dazu benützt, daß er in der Küche bei seiner Frau eine große Tasse Kaffee und zwei Weckerln genießt. Wenn der Kaffee recht heiß ist, dauert die Pause um fünf Minuten länger.

Gerade in diesen fünf Minuten geschieht es heute, daß der körperlich viel stärkere Niedereder-Anton den Andreas zu Boden zwingt und ihm die Gurgel zudrückt.

Martin sieht den Bruder in seiner Bedrängnis, und obwohl er selbst Mühe hat, zwei andere abzuschütteln, reißt er sich mit einem Ruck los und will den Anton von Andreas wegreißen. Die andern stürzen nach, fallen übereinander her, balgen sich auf dem Boden.

Andreas hat durch Martins Hilfestellung etwas Luft bekommen und stößt blitzschnell mit seinem Taschenmesser zu, so daß der Anton wild aufschreit und seinen Oberarm hält.

Im Nu ist die ganze Rauferei zu Ende. Martin sieht das Messer liegen und hebt es auf, hält es noch in der Hand, als plötzlich der Lehrer unter ihnen steht und aufgeregt an seiner Nickelbrille rückt.

»Was ist hier los?«

»Gestochen hat er mich, der Hund«, jammert der Niedereder mit verzerrtem Gesicht.

Andreas steht da, ein wenig bleich und greift nach seinem Hals.

»Wer hat gestochen?«

»Der Sachenpacher.«

Der Lehrer schaut sich mit traurigen Augen um, und da fällt sein Blick auf das Taschenmesser in Martins Hand.

»Martin — du?« Der Lehrer will es gar nicht fassen. »Du hast mit dem Messer —?«

»Nein, nein«, stottert Martin erschrocken. »Ich hab' das Messer liegen sehn und hab' es aufgeklaubt.«

Der Lehrer sieht ihn durchdringend an. Er will es nicht recht glauben. »Gib das Messer her«, sagt er dann. »Los, hinauf jetzt! Und du, Anton, geh in die Küche zu meiner Frau, damit sie dich verbindet. Recht tief scheint der Stich ja nicht zu sitzen. Schlimmstenfalls mußt du nach Lenggries zum Doktor.«

Im Hinaufgehen ins Klassenzimmer raunt Andreas seinem Bruder Martin zu: »Nimm es auf dich, Martl!«

»Ja, aber ich war's doch gar nicht.«

»Nimm's nur auf dich. Dir passiert nicht soviel wie mir, weil du sonst nie raufst.«

»Ich kann doch nicht etwas zugeben, was ich nicht getan habe!«

»Ach so, du kannst nicht?« spöttelt Andreas. »Du bist mir ein Bruder. Anstatt daß wir zusammenhalten, druckst mich in den Schlamassel 'rein.«

»Es ist doch dein Messer, Anderl.«

»Kann genausogut das deine sein. Der Vater hat uns damals beiden das gleiche gekauft. Martl, wenn du mich diesmal deckst, steh' ich ein andermal für dich ein. Man weiß nie, in was für eine Lage der Mensch kommt. Und wenn du mir jetzt hilfst, schenk' ich dir meinen Adlerflaum.«

Sie sind im Klassenzimmer angelangt. Es ist eine gemischte Klasse, und die Sachenpacher-Margret ist auch darunter. Sie sitzt, nur durch den Zwischengang getrennt, vom Andreas einen Meter entfernt. Es geht ganz turbulent zu. Eigentlich hat niemand gesehen, wer gestochen hat. Aber es ist gestochen worden. So etwas war in einer Schule noch nicht vorgekommen.

Da geht die Tür auf, und es wird mäuschenstill. Der Lehrer geht an die Tafel und nimmt den Tatzenstecken aus der Rinne.

»Sachenpacher«, sagt er und schaut über seine Brillengläser über die Bankreihen hin.

Martin spürt den Stoß in seinem Rücken und steht auf.

»Komm 'raus!«

Mit blassem Gesicht steht Martin dann vor dem Lehrer, senkt seinen Blick zu Boden.

Der Lehrer, sonst dem Martin sehr zugetan, fordert ihn auf, daß er ihn anschauen solle.

Zögernd hebt Martin den Kopf. Um seine Augen flirrt es.

»Hast du wirklich gestochen, Martin?«

»Ja.«

»Warum hast du gestochen?«

»Ich hab' — mich nimmer anders 'nausgesehn.«

»Ach so. Und da muß man gleich zum Messer greifen. Du kannst von einem großen Glück sagen, daß es nur ein wenig in die Haut gegangen ist. Wer hat eigentlich angefangen zu raufen?«

»Das weiß ich nimmer.«

»So, dann muß ich dir halt dein Gedächtnis ein wenig auffrischen. Heb die Hand her.«

Martin streckt die Hand vor, dann die andere und dann wieder die rechte. Ohne Wimpernzucken nimmt er die zielsicher geführten Schläge hin. Beim dritten Schlag schreit plötzlich die Margret:

»Herr Lehrer, der Martin war es ja gar nicht.«

Andreas wirft ihr einen wütenden Blick zu und zischt:

»Wart nur, am Heimweg schopf ich dich.«

»Warst du es, Martin Sachenpacher?« fragt der Lehrer.

»Ja«, antwortet Martin und streckt wieder die Hand vor. Vielleicht ist der Lehrer aus dem Konzept gekommen, oder er denkt, daß für einen Messerstecher sechs Tatzen zuwenig seien. Er holt schon zum siebten Schlag aus, als sich der Andreas in seiner Bank aufrichtet und sagt:

»Mehr als sechse sind verboten.«

Verblüfft und zornig zugleich hält der Lehrer inne. »Ich glaube, daß auch du dir noch sechs verdient hättest, Andreas, denn so wie ich dich kenne, hast ja doch du die ganze Rauferei angestiftet.«

Dann wirft er den Tatzenstock auf seinen Platz zurück und nimmt auf seinem Podest Platz.

»Also, machen wir weiter. Vierhundert geteilt durch sechzehn. Achensteiner, wieviel sind das?«

Auf dem Heimweg will Andreas seine Schwester Margret wirklich »schopfen«. Aber Martin packt ihn mit solch derber Kraft an der Brust und schüttelt ihn hin und her, daß Andreas ganz verdutzt die Augen aufreißt.

»Hö, hö, wie hätten wir's denn?«

»Wenn du die Margret anrührst, schlag' ich dich windelweich.«

Andreas zuckt in Unbehagen die Schultern.

»Wirf dich nur zu ihrem Schutzpatron auf.«

Die Kunde von der Messerstecherei ist den Kindern bereits vorausgeeilt, und Ferdinand Sachenpacher steht bereits mit aschfahlem Gesicht vor dem Haus und hat die Hände hinter dem Rücken versteckt. In seinen dunkelblauen Augen flimmert es in verhaltenem Zorn.

»Auweh, der, mein' ich, weiß es schon«, zischelt Andreas. »Martl, jetzt mußt schon zur Sache stehn, sonst hast die sechs Tatzen umsonst eingesteckt.« Unwillkürlich verlangsamt er den Schritt, so daß Martin und Margret als erste bei dem Vater ankommen. Der Vater wartet, schaut nur den Martin durchbohrend an, bis auch Andreas herbeigezottelt kommt.

»So — was war da los heut? Du sollst den Niedereder-Anton gestochen haben?«

»Wer hat denn das schon wieder 'plappert?« fragt Andreas gereizt. »Gewiß der Fischer-Muckl drüben.«

»Das geht dich nichts an. Ich habe dich gefragt, Martin. Ist das wahr?«

Martin schaut dem Vater offen ins Gesicht. Er möchte gerne weiter zu dem stehen, was er in der Schule schon zugegeben hat. Aber er kann den Vater nicht anlügen. Tränen treten ihm plötzlich in die Augen, als er in das kummervolle Gesicht des Vaters schaut.

In diesem Augenblick tritt die Margret mutig vor den Vater hin.

»Vater, der Martl war es gar nicht. Der Anderl war's — ich hab' es genau gesehn.«

Ganz langsam bewegen sich des Roßkoglers Brauen, dann zucken sie schnell zwei, dreimal empor, als empfände er inneren Schmerz. Sein Blick hängt auf Andreas.

»Warst du's?«

»Kann schon sein«, antwortet Andreas bockig.

»So, du stichst und bist dann zu feig, dafür einzustehn? Läßt einen andern für dich schlagen?«

Er reißt den Stock hinter seinem Rücken hervor und packt mit der andern Hand Andreas an der Brust, wirbelt ihn hoch und schleudert ihn mit hartem Knall mitten in den Hof. Dann wirft er angeekelt den Stock fort.

»Nein, ich darf nicht, sonst erschlag' ich dich noch in meiner Wut.«

Andreas brüllt auf dem Boden wie ein Berserker, obwohl er sich eigentlich gar nicht weh getan hat. Zornbebend reißt ihn der Vater hoch, zerrt ihn in den Hausflur, schiebt ihn die Kellertreppe hinab und schiebt den Riegel vor. »So, da bleibst drunten bis morgen früh. Ich will dich nimmer sehn heut ...«

Hernach sitzt er blaß und erschöpft in der Küche. Notburga tritt vor ihn hin und fährt ihm durchs Haar.

»Reg dich nicht auf, Vater.«

»Da soll man sich nicht aufregen! Burgl, heut ist was zerbrochen in mir.« Er legt die flache Hand auf das Herz. »Da drinnen hat heut etwas einen Sprung gekriegt.« Wieder schüttelt er unverständlich den Kopf. »Steht für seine Tat nicht ein, läßt den andern an seiner Statt schlagen. Höher geht's doch schon nimmer.«

»Er wird's kein zweites Mal tun.«

»Schuld bin ich selber«, braust der Bauer auf. »Weil ich in ihn hineingeschaut habe wie in einen Spiegel. Aber von jetzt an werde ich ihn ganz anders anpacken müssen, sonst wird noch ein Lump aus ihm.« Und wieder ruhiger werdend: »Gehn wir jetzt essen. Aber der da unten kriegt nichts bis morgen früh. Soll sich ja niemand unterstehn und ihm heimlich was geben!«

Seit die Kinder da sind, hat stets die Bäuerin mit ihnen in der Küche gegessen. Nur der Bauer sitzt drinnen mit am großen Tisch bei den Ehehalten. Bevor er heute zum Tischgebet das Kreuz schlägt, sagt er:

»Hörts einmal, Leut'. Mein Bub, der Anderl, hat heut 'was getan, was sich mit der Ehre eines Sachenpachers nicht verträgt. Aber er war zu feig, für das, was er getan hat, einzustehn und hat dem Martl die Schuld zugeschoben. Ich will nicht hoffen, daß jemand unter euch ist, der ihm heimlich was zu essen zusteckt im Keller drunten. So — das hab' ich euch sagen wollen.«

Mit dem Ereignis auf dem Schulhof ist etwas ins Rollen gekommen, was das Leben des Martin Sachenpacher in die schweren Schatten seines Herkommens hineintreibt.

Am anderen Morgen gehen die drei wieder gemeinsam zur Schule. Kaum sind sie außer Hörweite des Hofes, sagt die Margret:

»Ich hätte dir gestern schon was hinunterbracht in den Keller, aber der Vater hat's verboten, weißt. Hast Hunger gehabt?«

»Pah —«, prahlt Andreas. »Die Nacht war gar nicht lang für mich, weil ich geschlafen hab' wie ein Murmeltier. Ich hab' nämlich zwei Flaschen Wein ausgetrunken.«

»Dann hast du einen Rausch gehabt?«

»Und was für einen.«

Als sie in die Nähe der Straße kommen, stutzt Martin plötzlich.

»Da schaut hin.«

Am Ufer der Jachen, unweit der Brücke, stehen zwei stämmige Burschen. Es sind der Niedereder-Alois und der Thomas, die älteren Brüder des Anton, der gestern gestochen worden ist. Sie sind sechzehn und siebzehn Jahre alt. Der Thomas krempelt gerade seine Hemdsärmel hoch.

»Die warten auf uns«, sagt Andreas ahnungsvoll. »Was tun wir jetzt?«

»Davonlaufen dürfen wir nicht«, antwortet Martin. »Das schaut wie Feigheit aus.«

»Beim Hanslbecken sind ein paar Zaunlatten locker«, sagt da die Margret wie in einer Erleuchtung.

Schon haben sie sich damit bewaffnet, und im nächsten Augenblick treffen die Gegner aufeinander. Die beiden Burschen fallen gleich über den Martin her, dessen erster Schlag ins Leere geht. Da bekommt der Niedereder-Thomas einen Schlag über den Schädel, daß er verdutzt zurücktaumelt, um sich dann auf die Margret zu stürzen, denn sie war es, die diesen Schlag geführt hat, weil der Anderl so lang gezaudert hatte. Dieser hat sich erst jetzt gefangen und schlägt wie ein Berserker um sich. Dann wirft er plötzlich die Latte weg und springt dem Alois mit einer katzenhaften Bewegung an den Hals, daß es ihn niederreißt. Ungestüm dringt Martin auf den andern ein, und wo irgendeiner der Brüder in Bedrängnis gerät, schlägt die Margret drein. Und ihre Schläge treffen selten daneben.

Im ausgetrockneten Bett der Jachen ringen sie miteinander, bis schließlich die Niederederbuben zurückweichen müssen. Arg mitgenommen stehen sie dann auf der Böschung und wagen es nicht mehr, nochmals anzugreifen. Wut und die ungestillte Rache reißen den Niedereder-Thomas dann wohl hin, herüberzuschreien:

»Du Zigeunerhund!«

»Bist selber!« schreit der Andreas zurück und bückt sich nach ein paar Kieselsteinen.

»Dich mein' ich nicht. Den andern mein' ich. Du bist ja gar kein echter Sachenpacher. Dich haben sie ja bloß aufgeklaubt. Von den Zigeunern stammst ab, daß du es nur weißt.«

Martin ist blaß geworden bis in den Hals hinein.

»Das sage ich aber unserm Vater!« schreit die Margret hinüber.

»Sag's ihm doch!« höhnt es von drüben zurück. »Er muß es ja wissen, wo der herstammt. Der Sachenpacher hat ihn ja in seinem Gäuwägerl mitgebracht in einer Nacht.«

Wortlos dreht sich Martin um und geht. Betreten folgen ihm die Geschwister. Nur die Margret schaut zuweilen um, ob die zwei Burschen vielleicht noch einmal angreifen wollen. Aber die gehen bereits über die Wiese in die andere Richtung davon.

»Der Niedereder-Thomas ist ein Lügenschüppel«, sagt die Margret dann empört.

Martin schaut sie aus unendlich traurigen Augen an. Um seinen Mund zuckt es.

»Wenn er aber doch recht hat?« zweifelt Andreas. »So was kann man doch nicht so ohne weiteres behaupten.«

»Geh, bist du dumm«, lacht ihn die Margret aus. »Dann wäre doch der Martl nicht unser Bruder.«

»Nein, dann wäre er nicht unser Bruder.«

Mittlerweile haben sie die Schule erreicht. Martin nimmt in seiner Bank Platz, steht geistesabwesend auf, als der Lehrer hereinkommt, und setzt sich wieder nieder. Er schreibt Rechenaufgaben in sein Heft und weiß nicht, daß er schreibt. Er liest auf Aufforderung des Lehrers und weiß kaum, was er liest. In seinem Gehirn ist ein entsetzlicher Druck, und alle Gewalt muß er sich antun, daß er nicht hinausschreit. Angst und Zweifel erdrücken ihn fast.

Nach der Pause erscheint Martin nicht mehr. Er ist einfach weggegangen, und niemand weiß, wohin. Der Lehrer setzt einen geharnischten Brief an den Sachenpacher auf und übergibt ihn Margret, daß sie ihn dem Vater überreiche. Dabei macht er sich selber schwere Gedanken, was den sonst so ruhigen und fleißigen Buben plötzlich so verwandelt haben mag.

Martin irrt draußen umher. Er ist bestürzt und nicht imstande, einen klaren Gedanken zu fassen. Er hat das leere Empfinden eines Menschen, der bislang in strahlender Helle gewandelt ist und den nun mit einem Schlag finstere Nacht umgibt, aus der er nicht mehr herauskann.

Dabei ist die Welt ringsum so schön. Kein harter Laut klingt auf, nur einmal ruft der Kuckuck seinen werbenden Schrei in den leuchtenden Vormittag.

Nein, er kommt nicht mehr zur Ruhe. Noch immer klingt dieses furchtbare Wort »Zigeunerhund« in seinen Ohren. Die Zweige raunen es ihm zu, im Plätschern des Baches ist es enthalten.

»Zigeunerhund . . . Zigeunerhund . . .«

Ein Zittern durchläuft seinen Körper. Das Gesicht in die Hände vergraben, beginnt er leidenschaftlich zu schluchzen. »Ist es denn wahr?« stöhnt er. »Bin ich denn wirklich nicht der Sohn vom Sachenpacher?« Und er nimmt sich vor, daß er den Niedereder-Thomas windelweich schlägt, wenn er gelogen hat. Verbeißen wird er sich in ihn, das Gesicht zerkratzen, alle Möglichkeiten einer Marter stellt er sich vor. Für dieses Lästermaul kann nichts schlimm genug sein.

Es reißt ihn wieder auf, und auf einmal weiß er, was er tun muß. Er rennt fast den Berg hinauf und steht dann keuchend und abgehetzt in der Küche vor der Mutter.

Notburga denkt später oft und oft an diesen Augenblick — sie wußte sofort, was angebrochen war. Sein verstörtes Gesicht sagt es ihr, sein weinerlich zuckender Mund, sein großer weiter Blick, der so durchdringend auf sie gerichtet ist. Unwillkürlich greift sie nach der Herdstange, als brauche sie eine Stütze.

»Martin?« fragt sie mit gedrosseltem Laut. »Was ist los, Bub? Wie schaust du aus?«

»Mutter«, hetzt es aus ihm. »Ich muß dich was fragen.«

Also doch, denkt sie und richtet sich auf, wie um den Schlag, der jetzt kommen muß, leichter ertragen zu können.

»Ich bin weggelaufen von der Schule, weil ich es nimmer aushalten konnte.«

»Was hast nimmer aushalten können?«

»Mutter —« er macht ein paar tastende Schritte vorwärts, »sag mir um Gottes willen die Wahrheit. Bist du meine Mutter?«

Obwohl sie darauf gewartet hat, trifft die Frage Frau Notburga wie ein Schlag. Noch nie in ihrem Leben ist sie in einen solchen Strudel der Not gerissen worden. Und noch nie hätte sie ihren Mann so notwendig gebraucht wie in dieser Minute. Vielleicht fände er die Worte, die ihr nicht einfallen wollen. Irrend weicht ihr Blick den bang fragenden Augen des Kindes aus.

»Hast du«, stottert sie endlich mühsam, »hast du schon einmal das Gefühl gehabt, Martin, daß ich dir keine gute Mutter war?«

»Mutter, du weichst mir aus!«

»Woher weißt du — wer sagt dir das überhaupt?«

In übersprudelnder Hast erzählt er ihr, was am Morgen an der Jachen geschehen ist. Und sie weiß nun, daß sie zur Wahrheit stehen muß, daß es kein Ausweichen mehr gibt. Es ist Unsinn gewesen, jemals zu glauben, daß es nie aufkommen werde.

Zwischen seinen Brauen steht jetzt eine steile Falte. »Mutter, bitte, bitte, die Wahrheit.«

Sie geht vom Herd weg, hat die Hände über der Brust verkrampft und geht in der großen Küche auf und ab, mit weiten, schweren Schritten. Dann bleibt sie im Licht des Fensters stehen.

»Ja, Martin, es ist wahr. Eines Nachts hat dich der Vater mitgebracht. Man hat dich in den Wagen gelegt gehabt.«

»Also doch«, sagt er mit heftigem Schlucken und schlägt die Hände vors Gesicht. »Und — meine wirkliche Mutter?«

»Bub, hör auf zu fragen. Der Vater wird dir das alles besser sagen können.«

»Bloß eins noch«, verlangt er drängend. »Wer war meine Mutter und — wo ist sie?«

Herr, verzeih mir die Sünde, betet Notburga heimlich. Es ist ja eine barmherzige Lüge. Und vielleicht ist es gar keine Lüge. Vielleicht ist es wirklich so, wie ich ihm jetzt sagen will.

»Deine wirkliche Mutter ist — tot.«

Sein Kopf sinkt auf die Brust. Dann dreht er sich langsam um und geht hinaus. Notburga ist nicht fähig, ihn zurückzurufen. Es ist, als habe diese Stunde alle Kraft aus ihr fortgenommen. Wie zerschlagen läßt sie sich auf die Herdbank nieder und kann nun endlich weinen.

So findet sie nach einer halben Stunde der Roßkogler, als er von den Wiesen heimkommt.

»Na, na, was ist denn?« fragt er verdutzt, als er sieht, daß das Essen erst zur Hälfte zubereitet ist.

»Er weiß es«, sagt Notburga. Mehr bringt sie nicht heraus, aber die paar Worte genügen, daß auch der Bauer jäh erbleicht.

Er bleibt trotzdem ganz ruhig, nimmt den Hut ab und fährt sich mit gespreizten Fingern durchs Haar.

»Wie war es?« fragt er dann. »Wer hat's ihm gesagt? Von unseren Leuten jemand?«

Notburga erzählt ihm schnell, was sie weiß, und Ferdinand Sachenpacher nickt dazu.

»Einmal hat die Stund' kommen müssen, Burgl«, sagt er dann. »Damit hätten wir eigentlich rechnen sollen. Siehst, es war doch ein Fehler, daß ich nicht schon längst selber mit ihm geredet habe. Daß er es jetzt auf so dreckige Weise hat erfahren müssen, ist für ihn erst recht schwer. Wo ist er denn jetzt?«

»Ich weiß es nicht. Ich habe ihn zum Hof hinausgehn sehn.«

»Ja, laß nur. Ich werd' mit ihm reden.«

Dann geht er vor in die Stube. Plötzlich hat er einen tollen Gedanken und kehrt wieder um.

»Horch einmal, Notburga. Hat er wegen mir auch gefragt? Ich mein', ob er auch weiß, daß ich nicht sein Vater bin?«

»Nein, danach hat er nicht gefragt.«

»Dann lassen wir's vorläufig dabei. Im Grund genommen glauben ja doch viele, daß ich der Vater bin.«

Da dreht sich Notburga um. »Nein, Ferdl. Jetzt müssen

wir schon ganz bei der Wahrheit bleiben. Und — es schaut ja dann so aus, als ob du die Ehe gebrochen hättest.«

»Ach so, ja, da hast auch wieder recht. Obwohl — viele werden es ja doch meinen.«

»Was andere meinen, ist nicht so schlimm, Ferdl. Aber vor den Kindern muß man ehrlich dastehen können. Sie kommen jetzt in das Alter, wo sie zu denken anfangen werden.«

Am liebsten hätte der Roßkogler auf der Stelle mit Martin gesprochen. Aber wo ist Martin? Spurlos verschwunden. Er kommt nicht zum Essen heim, er ist am Nachmittag unauffindbar. Erst gegen Abend findet ihn der Roßkogler hoch droben am Fuße des Meßnerberges wie leblos im warmen Gras liegen.

Ein Stein fällt ihm vom Herzen, als er ihn so liegen sieht. Jetzt fühlt er erst, welch namenlose Angst er den ganzen Nachmittag in sich herumgetragen hat. Und jetzt fühlt er erst, wie sehr ihm dieser Knabe ans Herz gewachsen ist. Nie hat er das so gefühlt und begriffen wie in dieser Minute, da er sich leise über den Schlafenden neigt und sich dann behutsam neben ihn setzt.

Ruhig geht Martins Atem. An seinen Wangen sieht man die eingetrockneten Tränenspuren. Der Mund steht ein klein wenig offen, und von seinen Händen liegt eine auf seiner Brust und die andere im Gras.

Es ist ein Abend von feierlicher Schönheit, ohne Wind und Wolken. Ferdinand Sachenpacher schaut einem Bussard nach, der lautlos durch das Abendrot segelt, und denkt dabei an jene Regennacht, als er diesen schlafenden Knaben da durch die Nacht gefahren und seiner Notburga in die Hände gelegt hat. Lange schaut er auf das schmale Gesicht, und da ist ihm, als steige ein anderes Gesicht aus vierzehnjähriger Versenkung herauf und als sähen ihn zwei Augen von der Bühne herunter wieder an, so groß, so schwermutsvoll und bittend, als wollten sie sagen: Nimm ihn an dein Herz, und sei ihm ein guter Vater . . .

In diesem Augenblick schlägt Martin die Augen auf, erschrickt ein wenig, als er den Vater neben sich sitzen sieht, und setzt sich auf. Sie sprechen nichts, nur die Hand des Vaters greift hinüber nach der seinen.

Der Bussard ist jetzt wieder da, zieht einen herrlichen Bogen, steht dann fast unbeweglich eine Weile in der Luft, um dann wie ein Steinbrocken herunterzusausen auf seine Beute.

»Hast es gesehn?« fragt der Roßkogler.

Martin schweigt, gräbt nur seine Hand tiefer in die des Vaters.

»Grad so ist es heut auf dich 'runtergesaust, gelt?«

»Ach, Vater«, sagt Martin schließlich. »Ich werd' nicht fertig mit alldem. Es ist so schwer.«

»Was ist denn so schwer, Bub?«

»Daß du — daß du nicht mein Vater sein sollst.«

»Bin ich's denn nicht immer gewesen?«

»Besser hätte kein Mensch zu mir sein können als du und die Mutter. Und jetzt soll alles nicht wahr sein? Ich war doch immer so stolz auf dich, Vater.«

Diese Anerkennung aus dem Mund des Buben tut dem Sachenpacher ungemein wohl.

»Und bist du's jetzt nimmer?«

»Freilich, aber ich denk' mir halt —«

»Du sollst nicht soviel denken. Im Grunde genommen ändert sich ja gar nichts, es sei denn, daß du dich änderst und dir denkst, du müßtest jetzt weniger brav und folgsam sein.«

»Das sollst du nicht glauben, Vater. Du und die Mutter, ihr bleibt doch meine liebsten Menschen. Weil —«, er stockt und blickt ein wenig hilflos um sich, »— weil mich meine wirklichen Eltern nicht haben wollten.«

»Das kannst du nicht beurteilen, Bub. Du sollst nicht schlecht denken von ihnen. Ich weiß es nicht, warum sie dich hergegeben haben, wie sollst du es beurteilen können?«

Der Abend ist nun schon ganz schwer ins Land gefallen.

Einmal hört man das Echo eines Schusses durch den Bergwald rollen, dann wieder Stille, bis auf den Wind, der leise durch die Dämmerung geigt.

»Erzähl mir, Vater«, sagt Martin plötzlich. »Erzähl mir von der Regennacht, in der du mich heimgebracht hast.«

Ferdinand Sachenpacher erfindet eine Regennacht, die anders gewesen ist als hundert gleiche Regennächte. Der Regen sei wie ein leiser Gesang gewesen, aber kein Tropfen sei auf ihn gefallen, denn er war in seinem Bündel unter den Sitz gerutscht.

»Und, Vater — hast du meine Mutter gekannt?«

Der Roßkogler nickt und erfindet um der Barmherzigkeit willen das Märchen von einer erschreckend schönen Frau mit einer Stimme, die von der Bühne her wie eine sanfte Gewalt in alle Herzen drang.

Nach dem Vater fragt Martin nicht, und der Roßkogler erwähnt ihn auch nicht. Die ersten Sterne flimmern auf, und der Roßkogler sagt:

»Wie wär's, wenn wir jetzt heimgingen?«

»Ja, nur eins noch, Vater. Die Mutter erzählte uns einmal, daß jede Mutter, die stirbt, uns Kindern als Stern herunterlacht. Meinst du, daß es der dort ist, der helle über der Benediktenwand?«

»Vielleicht«, antwortet der Roßkogler. »Der leuchtet so feierlich, ja. Und deine Mutter hat auch geleuchtet.«

Langsam gehen sie den Hang hinunter und treffen am Zaun der Jährlingsweide die Mutter, die bangenden Herzens gewartet hat.

Eine Zeitlang geht Martin wie traumversponnen umher, dann fängt er sich wieder. Das ungeheuer Neue, das für ihn heraufgebrochen war, verhängt sich wie mit Nebeln, verliert sich aus seinem Gedächtnis immer mehr und drängt ihn noch stärker zu den Menschen hin, die ihm bisher Vater und Mutter gewesen sind.

Oh, was ist er doch für ein herrlicher Vater, dieser Roßkogler. Man kann doch mit allen Fragen zu ihm kommen, und je grauer seine Schläfen werden, desto weiser werden seine Erklärungen für alle Dinge des Lebens. Genauso ist es mit der Mutter. Vielleicht ist ihr Herz nie so weit geöffnet gewesen für den Findelsohn, wie um diese Zeit. Ihre Güte überwältigt ihn oft, und einmal drängt er sich in einer beinahe wilden Zärtlichkeit an sie und sagt:

»Weißt, Mutter, mir ist, als müßte ich dich jetzt noch viel mehr lieben als vorher, weil du mir meine Kindheit so verschönt hast.«

Auch für Margret hat sich nichts geändert.

»Mein Bruder«, sagt sie manchmal in still verhaltener Zärtlichkeit, als möchte sie ihm damit beweisen, daß für sie keine Gültigkeit hat, was die Niederederbuben über das trockene Flußbett der Jachen in ihrer ungestillten Rache herübergeschrien hatten.

Nur einer gibt sich Mühe, so zu tun, als wisse er nichts. Andreas. Er beherrscht sich nur, weil der Vater hart mit ihm ins Gewissen gegangen ist und ihm bedeutet hat, daß er sich ja nicht einbilden solle, daß er jetzt auf Martin herunterblicken könne. Manchmal fällt es ihm zwar verdammt schwer, seinen Triumph zu verbergen, aber in seinem Innern zischt ihm doch immer eine Stimme zu: Ich bin doch hier einmal der Bauer, und du wirst mein Knecht sein ...

Im übrigen hat auch er sich gut herausgewachsen, ist in die Höhe geschossen und ist ein ganz passabler Bursche. Der Roßkogler weiß schon, daß er die beiden jetzt, wenn sie aus der Schule kommen, in die Arbeit des Hofes einspannen wird, damit ihre überschüssige Kraft nicht ins Kraut schießt.

Als es Winter wird, müssen die beiden mit in den Wald zum Holzfällen. Als es Lichtmeß wird, kann auf dem Roßkogl bereits auf einen Knecht verzichtet werden. Die beiden ersetzen ihn nun. Oh, es wird ihnen nichts geschenkt. Sie fahren das gefällte Holz auf guter Bahn nach Lenggries und kommen immer erst bei Dunkelheit zurück. Der Vater entlohnt sie dann am Sonntag vor dem Kirchgang. Es ist eigentlich kein Knechtslohn, sondern ein kleines Taschengeld, jedem gleich bemessen. Es ist nicht viel, aber Martin hat über sein erstes selbstverdientes Geld eine solche Freude, daß ihm fast die Tränen kommen. Andreas dagegen steckt die zwei Mark mit einem spöttischen Lächeln in die Hosentasche und sagt nachher:

»Da hat er sich aber weh getan, der Vater.«

Notburga fällt es endlich auf, daß Martin in dieser Zeit erschreckend abgemagert ist und daß seine Hände tiefe Schrunden haben. Eines Abends, als sie bereits im Bett liegen, sagt sie:

»Du, Ferdl, ich will schon seit langem mit dir was bereden.«

Der Bauer war bereits im Einschlafen und dreht sich gähnend um. »Was denn?«

»Ich glaube, dem Martl wird die Arbeit zu schwer.«

Sofort ist der Roßkogler wieder hellwach. »Geh, wie kommst denn jetzt darauf? Der Martl arbeitet ja viel besser als der Anderl.«

»Ja, das ist's eben. Er will vor dir bestehen und nicht zeigen, wie hart es ihn ankommt. Heut habe ich seine Hände gesehn, die sind voller Risse.«

Eine Weile ist es ganz still. Nur das Surren einer Fliege ist zu hören, die wie betäubt um das Milchglas der Lampe taumelt.

»Ja, was meinst dann du?« fragt der Bauer.

»Ursprünglich haben wir ja gemeint, daß der Martin was anderes lernen sollte.«

»Aber was?«

»Du müßtest ihn halt einmal fragen.«

»Gut, morgen dann. Und jetzt schlaf.« Er löscht das Licht aus, und gleich darauf geht sein Atem in Schlaf über.

Der andere Tag ist ein Sonntag. Es ist bereits Ende Februar, aber noch immer strenger Winter. Der Schnee liegt hoch, und sie stampfen in dem schmal ausgeschaufelten Weg hintereinander her. Andreas weit voraus, dann folgt Margret. In einigem Abstand geht Martin und hinter ihm der Roßkogler.

»Tu ein bissel langsam, Martl, ich muß dich was fragen«, sagt der Roßkogler, bleibt stehen und zündet sich seine erloschene Zigarre an. »Die Mutter hat gemeint, daß dir die Bauernarbeit zu schwer wird?«

Martin lächelt verlegen. »Es geht schon, Vater.«

»Zeig einmal deine Hände her.«

Martin streift die wollenen Fäustlinge ab und hält dem Vater die Hände hin.

»Die schaun ja bös aus. Warum hast denn nie was gesagt zu mir? Geh zu jetzt, wir kommen sonst zu spät. Wir können im Gehen auch noch weiterreden. Hast du vielleicht schon einmal dran gedacht, daß du gern was lernen möchtest? Oder möchtest vielleicht auf eine höhere Schule gehn? Auf keinen Fall möchte ich dich zwingen, Bauernarbeit zu tun, wenn es dich nicht freut.«

Martin schweigt dazu. Sie haben jetzt die Straße erreicht, wo der Schneepflug gefahren ist und sie nebeneinandergehen können.

»Darf ich offen zu dir reden, Vater?« fragt dann Martin.

»Nur offen. Du solltest schon wissen, daß mir Heimlichkeiten verhaßt sind.«

»Ich habe immer nur einen Wunsch gehabt, Vater, daß ich — Jäger werden dürfte.«

Das kommt dem Roßkogler so überraschend, daß er auf der Straße stehenbleibt und laut herauslacht.

»Also, wenn ich an alles gedacht hätte, aber auf das wäre ich nicht gekommen. Jäger willst werden? Warum hast dann nie was gesagt?«

»Ich hätte auch nie was gesagt, wenn du mich nicht gefragt hättest, Vater. Aber jetzt ist es heraußen.«

Auf dem Kirchturm läutet es jetzt zum letztenmal, und der Roßkogler setzt die Schritte so weit, daß Martin Mühe hat, an seiner Seite zu bleiben.

»Muß ich halt einmal mit dem Förster reden«, meint der Roßkogler nach einer Weile. »Aber gar so leicht brauchst du dir den Beruf nicht vorzustellen. Es wird heutzutage keinem mehr was geschenkt. Aber wie gesagt, wenn du deine Freude dran hast, ich will dich nicht hindern.«

Da sind sie auch schon bei der Kirche angelangt, aus deren halbgeöffneten Türen brausend die Orgelklänge ertönen.

Fünf Jahre später.

Es ist ein heißer Augusttag. Aus einem wolkenlosen Himmel brennt die Sonne unbarmherzig nieder auf Mensch und Tier. Die Kühe der Schroffenalm haben sich deshalb in den Schatten der Bäume zurückgezogen, und ihre Glocken bimmeln harmonisch durch die Mittagsstille. Im Schatten des weitvorspringenden Daches der Almhütte sitzt die Sennerin Magdalena Burgstaller, die einzige Tochter des Bauern Burgstaller von der Schroffen, einem Einödhof, drei viertel Stunden Fußmarsch südwärts von Jachenau.

Der Vater hat sie heuer zum erstenmal allein auf die Alm geschickt, und sie genießt das ungebundene Leben der Freiheit auf den Bergen mit der ganzen Unbekümmertheit ihrer achtzehn Jahre.

Jetzt, um diese Stunde, sitzt sie regungslos vor der Hütte, die Arme über der Brust verschränkt, den Kopf an die Holzwand gelehnt. Die Augen hat sie geschlossen, aber sie schläft nicht. Manchmal huscht ein verträumtes Lächeln um ihre Mundwinkel, und einmal lacht sie sogar laut auf. Was mag ihr da bloß Drolliges eingefallen sein?

Plötzlich hört sie einen Stein klirren und öffnet die Augen: Den Hang herunter kommt der Jäger Martin Sachenpacher. Mit langen Sprüngen hetzt er herunter, die Büchsenläufe funkeln hinter seinem Rücken in der Sonne. Jetzt setzt er über den Almzaun und steht gleich darauf vor Magdalena.

»Grüß dich, Magdalen. Herrschaft, hat's heut eine Hitz.«

Sie reicht ihm die Hand. »Dann setz dich zu mir in den Schatten. Oder hast keine Zeit?«

»Doch, jetzt habe ich ein Stünderl Zeit. Meine vierzehn Tage Bergdienst sind um, jetzt habe ich meine zwei freien Tage.«

»Hast du schon was gegessen?« fragt sie und steht auf.

Er drückt sie wieder auf die Bank zurück. »Bleib nur sitzen, ich habe bei der Loni auf der Brandlalm schon was gegessen.«

»So, so, bei der Loni.« Ihre hellen Augen funkeln ihn spitzbübisch an. »Wird dir halt besser schmecken bei der als bei mir?«

»Geh, was du dir zusammenreimst«, lacht Martin, nimmt seinen Hut ab und legt ihn auf die Bank. Dann streicht er sich mit den Fingern durch das volle Haar. »Die Loni und mein Kamerad Florian sind doch schon seit Jahr und Tag miteinander versprochen. Meinst vielleicht, ich möcht' einem Kameraden das Mädl abspenstig machen?«

»Das brauchst du wirklich nicht. Du kannst andere genug haben. Nach dir sind's ja ganz narrisch.«

Er schaut sie ganz perplex an.

»Nach mir? Davon hab' ich noch nichts gemerkt.«

»Weil du es halt nicht merken willst.«

»Kann auch sein. Hast vielleicht ein Tröpferl Milch da, Magdalen? Durst hab' ich, daß ich's nicht sagen kann.«

»Freilich kriegst Milch, soviel du willst«, antwortet sie und geht in den Keller.

»Nach mir sind sie alle narrisch?« sagt Martin leise vor sich hin und lächelt. Wie kommt es, daß er das noch gar nicht bemerkt hat? Er macht sich trotz seiner neunzehn Jahre nicht viel aus Frauen, denn als reinster Begriff all dessen, was Frauen und Liebe heißt, steht in seinem Herzen unverrückbar die Mutter, Notburga Sachenpacher. Neben ihr besteht kein anderer Begriff als der einer eisernen Pflichtauffassung. Oh, man hat es ihm gar nicht so leichtgemacht, Jäger zu werden. Der Vater hatte beim Kirchgang an jenem Wintertag gar nicht so unrecht, als er sagte: »Heutzutage wird keinem mehr was geschenkt.« Man hat ihn in eine Lehre genommen, die nicht von schlechten Eltern gewesen ist. Zunächst hat er als gewöhnlicher Holzknecht arbeiten müssen. Dann hat man ihn auf Kurse geschickt, auf Schulen, und bis er endlich ein Gewehr tragen durfte, vergingen fast vier Jahre.

Die Magdalen kommt mit einem Krug voll Milch zurück und hält ihn Martin hin.

»Trink, Jäger . . .«

Er trinkt in langen Zügen, und als er absetzt, sind seine Lippen voll Rahm.

»Jetzt müßte ich dir ein Busserl geben«, lacht er und wischt sich mit dem Taschentuch den Rahm weg.

»Wer? Du?« lacht die Magdalena zurück. »Dein Bruder tät's. Aber du? Du bist ja viel zu ernst zu was Lustigem.«

Martin schaut das Mädchen von der Seite an, sehr lange und sehr nachdenklich. Dann sagt er:

»Ob das was Lustiges ist, weiß ich nicht, Magdalen. Ich glaub', daß das sogar was recht Ernsthaftes sein könnte.« Dann schweigt er wieder und schaut den sonnenflimmernden Hang hinauf. Ein paar Rehe treten aus der Schonung, legen sich dann auf einem Rasenvorsprung in die Sonne.

Das Mädchen sitzt neben ihm. Er spürt ihre Nähe mit einem Male wohltuend, und eine warme Woge geht durch sein Herz. Und auf einmal legt er scheu seinen Arm um ihren Hals. Es ist etwas aufgebrochen in ihm in dieser wunschverlorenen Einsamkeit der Almlandschaft. Sie duldet es ruhig, nur als er sie näher an sich ziehen will, sein Mund schon fast über dem ihren ist, da biegt sie den Kopf weg und strafft sich. Sofort ist er ernüchtert und bedrückt zugleich. Ja, er hat in diesem Augenblick das Gefühl, daß er nie mehr versuchen wird, in so eine Situation zu kommen.

Da sagt sie, wie nebenbei:

»Dein Bruder war gestern auch da.«

»Wer? Der Anderl?«

»Freilich! Der hat aber ein anderes Mundwerk als du. Nein, was der alles gesagt hat! Aber ich weiß nicht, ob man ihm alles glauben darf. Warum lachst du jetzt?« fügt sie hinzu.

»Mir ist grad was eingefallen«, antwortet er, steht auf und greift nach seinem Gewehr.

»Was denn? Darf ich's wissen?«

»Warum nicht? Mir ist eingefallen, daß einer, der bei dir anklopfen will, mehr sein müßte als ein kleiner Jäger, daß er zumindest einen Hof haben müßte — wie der Roßkoglerhof einer ist.«

»Das ist nicht wahr«, verteidigt sie sich. Aber der Jäger hat bereits nach seinem Hut gegriffen.

»Behüt dich, Magdalen. Und recht schönen Dank für die Milch.«

Ein wenig verdutzt bleibt sie zurück, schaut ihm nach, wie er das Almgatter öffnet und wieder verschließt und dann im Wald verschwindet.

In Gedanken versunken eilt Martin talwärts. Er freut sich nun auf die beiden freien Tage nach dem anstrengenden Bergdienst. Freilich ist es ja nicht so, daß er sich nun zwei Tage lang in den Schatten hinter dem Haus oder unter die Ahorngruppe legen wird, um zu faulenzen. Sie werden jetzt alle Hände voll zu tun haben mit dem Grummet, und außerdem hat der Vater immer etwas parat für ihn, Schreibarbeiten, die sich angesammelt haben und erledigt werden müssen. Er hat nicht nur eine saubere, gestochene Handschrift, sondern auch einen guten Satzbau, so daß ihm der Vater jede Eingabe ans Finanzamt oder an den Landwirtschaftsverband gerne überläßt.

Immerhin, er kann ausrasten dabei. Der strenge Bergdienst hat sein Gesicht in diesem Sommer hager gemacht. Seine nackten Knie sind mit Narben bedeckt, ein Zeichen, daß er sich im Fels nicht schont. Wie soll man sich auch schonen, wenn es immer wieder einmal im Revier kracht, ohne daß man eine Spur von dem Schützen entdecken kann. Erst gestern abend wieder. Aber der Schuß war so weit weg gefallen, daß alle Mühe, dem Hall nachzugehen, vergebens gewesen wäre, zumal dann schnell die Nacht hereinfiel.

Martin kommt aus dem Wald heraus auf eine kleine, mit Moos bewachsene Lichtung. Heiß liegt die Sonne über dem grünen Teppich, und dort drüben steht eine flirrende Fliegensäule. Schon will er weitergehen, aber dieser tanzende Schwarm fesselt ihn doch irgendwie. Als er dann hingeht, sieht er, daß es sich um den Aufbruch eines Rehbocks handelt, auf dem sich dicke, fette Fleischfliegen niedergelassen haben.

Er verbeißt einen Fluch und sagt: »Hier war es also.« Hat der Lump vielleicht gewußt, daß er um diese Zeit in der Jagdhütte war?

Plötzlich hört er ein Geräusch und reißt blitzschnell das Gewehr herunter. Unter den Bäumen taucht das bärtige Gesicht des ersten Jägers, des Florian Grassl, auf. Seine weißen Zähne blitzen in dem braungebrannten Gesicht.

»Sei so gut«, lacht er, »und brenn mir eine 'nauf!« Dann senkt sich sein Kopf wieder eifrig zu Boden. Martin geht auf ihn zu.

»Was suchst denn, Flori?«

»Schau mal her, Martl.«

Martin beugt sich nieder und sieht nun auch deutlich die Fußspur im weichen Boden. »Na so was!« entfährt es ihm, und er beugt sich noch weiter hinunter. »Große Füße sind es zwar nicht.«

»Das wäre die eine Feststellung. Fällt dir sonst nichts auf?«

»Daß es ungenagelte Schuhe sind.«

»Ja, richtig. Und daß auf einem Absatz das Eisen fehlt. Hier sieht man's ganz deutlich. Weiter drunten aber, da war das Eisen noch dran. Also muß er es auf der kurzen Strecke zwischen der Hartmannquelle und hier verloren haben.«

»Ein Anhaltspunkt, der uns im Augenblick leider nichts hilft«, sagt Martin. »In der Lichtung liegt ein Aufbruch.«

»Weiß ich schon. Der Förster hat ihn auch schon gesehn. Gibt's sonst was Neues im Revier?«

»Nichts von Bedeutung. Und bei dir?«

»Auch nichts. Aber wenn du am Mittwoch ins andere Revier gehst, dann schau doch, ob ich auf der Kochleralm meine Pfeife liegengelassen habe.«

»Gut, mach ich! Behüt dich, Flori.«

»Servus, Martl.«

Martin geht weiter talwärts und betritt nach einer guten halben Stunde das Forsthaus.

Förster Lechberger sitzt mit seiner Frau im Gartenhäuschen und trinkt Kaffee. Martin bleibt stehen und nimmt Haltung an.

»Vom Dienstgang zurück. Ohne besondere Vorkommnisse.«

Der Förster hebt das schmale Gesicht mit der Narbe an der rechten Wange.

»Ohne besondere Vorkommnisse?«

»Das heißt — in der Lichtung droben, oberhalb Fuchseneck —«

»Ja, ich weiß. Das sagst mir hernach drinnen. Frau, schenk ihm eine Tasse Kaffee ein.«

Kurz darauf sitzen sie sich im Dienstzimmer gegenüber. Der Förster hat sich eine Zigarre angezündet, bläst den Rauch gegen die Decke und schaut dann plötzlich den jungen Jäger an.

»Du hast also den Aufbruch auch gefunden? Wo warst du gestern abend, als der Schuß fiel?«

»Zwischen der Staffelalm und dem Hirschhörnl.«

»Entschieden zu weit weg, und ich mache dir deswegen auch keinen Vorwurf, Sachenpacher. Aber nun was anderes. Mir ist aufgefallen, daß in letzter Zeit ausgerechnet in dem Revier gewildert wird, in dem du Dienst machst. Vor drei Wochen am Langenecksattel und gestern oberhalb des

Fuchsenecks. Der Lump muß genau wissen, wo du dich gerade aufhältst.«

Martin ist feuerrot geworden. Der Förster will ihm keinen Vorwurf machen, hat er gesagt, aber es klingt doch fast so.

»Ich habe — ich will —«

»Du brauchst nach keiner Ausrede zu suchen, Sachenpacher. Ich weiß, daß du gewissenhaft deinen Dienst versiehst. Es ist mir nur aufgefallen, es kann aber auch sein, daß es reiner Zufall ist. Mach dir zunächst keine großen Sorgen. Raste dich einmal zwei Tage ordentlich aus, und melde dich ab, bevor du Mittwoch früh ins Dreier-Revier weggehst.«

Der Weg vom Forsthaus nach Roßkogl führt am Gasthaus »Zur Post« vorbei. Der schattige Garten ist voller Gäste, Einheimische und solche, die zur Erholung hergekommen sind. Martl überlegt einen Augenblick, ob er sich nicht auch eine Halbe kaufen soll, seine Kehle ist von der Hitze wie ausgetrocknet. Aber irgendwie ist er durch die Worte des Försters niedergeschlagen, er mag jetzt nicht unter Menschen sein, zumal er die grölende Stimme des Andreas heraushört. So macht er einen Bogen um den Wirtsgarten und geht den schmalen Fußweg hinter dem Kirchenberg auf den Roßkogl zu.

Beim Fischer sitzt die ganze Familie einträchtig auf der Hausbank. Alle Monate einmal kommen sie an einem Sonntag zusammen. Die Kinder sind ja nun auch schon groß und in alle Welt verstreut, bis auf Simon, den Ältesten, der, wie früher sein Vater, als Holzfäller in den Wald geht.

»Ah, der Martl«, ruft der Fischer ihn an. »Pressiert's schon? Setz dich ein bissel zu uns.«

Es ist lange her, daß Martin die Fischers alle beisammen gesehen hat, und er staunt, wie groß und sauber zum Beispiel die Evi geworden ist, die in Lenggries bei einem Bauern bedienstet ist. Und er staunt noch mehr, wie vornehm die Klara geworden ist, die in Tölz in einem kinderlosen Haushalt dient. Ist es nicht schon eine Ewigkeit her, daß man zusammen zur Schule gegangen ist? Wie bereitwillig die beiden Mädchen auseinanderrücken, damit er zwischen ihnen Platz hat. Sofort ist der Ton von früher wieder da. Was einer aus der Kinderzeit vergessen hat, weiß der andere. Es ist eine lockere, fröhliche Unterhaltung, bis der Simon in etwas spöttischem Ton fragt:

»Hast du schon recht viel Wilddiebe gefangen, Martl?«

Sofort verändert sich Martins Gesicht. Hart sind seine Brauen zusammengeschoben. »Was noch nicht ist, wird sicher noch werden«, antwortet er. »Soll sich nur keiner einbilden, daß er auf die Dauer davonkommt.«

»Ich glaub', daß dabei nichts Gutes herausschaut«, meint der Simon weniger spöttisch als vorhin.

»Ich tu' meine Pflicht, weiter nichts«, sagt Martin und steht auf.

Als er den kurzen Weg zum Roßkoglhof zurücklegt, steht die Sonne schon über den westlichen Bergen, und der Himmel verwandelt sich langsam in ein zitterndes Rot.

Das wildschöne Abendrot ist erloschen, und die Dämmerung steigt langsam aus dem Tal. Martin sitzt auf der Bank unter der Ahorngruppe und wird mit dem nicht fertig, was ihn heute beim Heimkommen wie ein Zauber berührt hat. Seine Gedanken sind in etwas verstrickt, und nun weiß er nicht recht, wie er mit diesem Neuen fertig werden soll.

Es ist alles so schnell gekommen, und er wundert sich, daß er siebzehn Jahre gebraucht hat, um zu sehen, daß die Margret, seine Ziehschwester, sich zu einem schönen, vollerblühten Mädchen entwickelt hat, mit Augen, die so tief sind wie ein träumender Bergsee.

Dieses Aufleuchten heute in ihren Augen, als sie ihn begrüßt hat! Ist das früher schon so gewesen? Nein, nein, das hätte er doch wohl merken müssen. Oder?

Ja, Margret ist siebzehn geworden, und niemand scheint das bemerkt zu haben. Martin kommt es vor, als sei die Margret über Nacht einfach vom Kinde zum Weibsein erwacht. Als er ihre Hand länger als üblich in der seinen gehalten hat, ist Margret plötzlich verlegen und rot geworden, hat ihre Hand schnell aus der seinen gezogen und sich abgewendet.

Fledermäuse huschen vorüber, irgendwo schreit ein Nachtvogel, und manchmal geht ein leises Rascheln durch die Blätter der Bäume.

Auf einmal ist es Martin, als spüre er den Atem eines Menschen hinter sich. Er denkt an Margret, und es ist, als ob sein Herz einen Schlag lang aussetzte. Dann wendet er langsam den Kopf und lächelt. Es ist der Vater, der hinter ihm steht und nun neben ihm Platz nimmt.

Umständlich zündet er sich seine Pfeife an. Im Aufflammen des Streichholzes sieht Martin, wie grau die Haare des Vaters geworden sind. Noch nie hat er das so bemerkt wie in diesem Augenblick. Versonnen bläst der Roßkogler den Rauch in die Dunkelheit. Dann sagt er:

»So grundverschieden seid ihr. Du sitzt hier und träumst, der andere sitzt drunten im Wirtshaus und sauft.«

Martin antwortet nicht, vermeidet es überhaupt, über den Andreas etwas zu sagen, weil es ihm nicht liegt, sich selbst etwa in ein schönes Licht rücken zu wollen. Da spricht der Alte schon weiter:

»Andererseits sollte man's ihnen gönnen, den jungen Leuten, daß sie lustig sind und ein bissel übern Durst trinken. Wer weiß, was die nächste Zeit schon alles bringt.«

»Wie meinst du das, Vater?«

»Mir gefällt's nimmer. Es kann einer nicht dauernd Länder stehlen, ohne daß die andern einmal die Krallen zeigen.«

»Ach, das meinst du?« lacht Martin in seinem jugendlichen Unverstand. »Aber sie kamen doch freiwillig zu uns. Zuerst die Österreicher, dann die Sudetendeutschen und —«

»Dann war's aus«, unterbrach ihn der Alte. »Die Tschechen sind schon mit Gewalt kassiert worden, und weil das Kassieren so leicht war, notieren sie jetzt schon Polen. Aber diesmal machen sie die Rechnung ohne den Wirt, mein' ich.«

Der Nachtvogel ruft wieder, und das Motorengebrumm eines Autos steigt drohend von der Straße herauf. Die Scheinwerfer des Wagens greifen wie Riesenarme in den Fichtenwald hinein, der die Straße säumt.

»Ich weiß nicht, Vater, ob du nicht zu schwarz siehst«, meint Martin nach einer Weile.

Der Alte schüttelt den Kopf. »Ich sehe genau, was kommt, weil ich meine Augen offengehalten habe, schon lang, die ganze Zeit her.«

Er sagt noch etwas, das Martin nicht versteht, weil er es schon im Davongehen sagt. Zwischen dem fernen Rautbergkopf und dem Zwölferköpfl saust einer flammenden Rute gleich eine Sternschnuppe nieder und erlöscht im schattendunklen Abgrund.

»Margret«, flüstert Martin, und damit sind seine Gedanken wieder bei dem Mädchen. Des Vaters Worte sind schon vergessen.

Vom Kirchturm herauf hört er die zehnte Nachtstunde schlagen. Die Mondsichel ist im Westen verschwunden. Ein warmer Wind weht von den Bergen nieder, und manchmal klingen vom Dorf herauf die grölenden Stimmen von Angetrunkenen. Herb liegt der Geruch des frisch gemähten Grummets in der Luft.

Martin geht zum Haus zurück. Da, beim Pflanzgartenzaun, dort, wo die hohen Sonnenblumen stehen, hat sich da nicht etwas bewegt?

Die Nacht ist von einer feierlichen Schönheit. Die flimmernden Gotteszeichen der Sterne haben den dunkelblauen Himmel bestickt wie einen Krönungsmantel.

»Margret . . .«, haucht sein Mund in die Nacht hinein.

Aber das Mädchen rührt sich nicht. Sie bleibt stehen, und

ihr Gesicht leuchtet matt im Sternenlicht zwischen zwei Sonnenblumen. Ihr Herz schlägt genauso schnell wie das seine.

Jetzt steht er vor ihr. Sie ist etwas kleiner als er, und er schaut auf sie nieder wie auf ein fremdes Geschöpf, das er nie gesehen hat und das Gott für ihn an den Pflanzgartenzaun gestellt haben mag.

»Du brauchst dich gar nicht zu wundern«, sagt sie schließlich. »Nein, kein bissel zu wundern brauchst du dich, daß ich da stehe.«

»Ich wundere mich nicht«, antwortet er mit einer Sicherheit, die er selber nicht begreift.

»Ja, dann ist's schon recht.«

»Ich freue mich bloß, daß du hier bist, Margret.«

»Ich wäre schon hinkommen zu dir auf die Bank, aber ich hab' den Vater reden hören.«

Seine Hände langen an ihr vorbei nach den Staketen des Zaunes, so daß sie wie gefangen vor ihm steht. Sie schlägt vor seinem fragenden Blick die Augen nieder. Die Finger ihrer rechten Hand spielen mit dem Eichenlaub auf seinem Joppenkragen.

»Und — warum freut es dich, Martl?«

»Weil — weil — ach du, ich weiß es ja selber nicht, was das ist mit mir.«

»Ja schau, dann geht's dir genau wie mir«, sagt sie in einer kindhaften Freude. »Ich habe mich auf dein Heimkommen gefreut wie noch nie. Gar nicht erwarten habe ich's können, und gemeint habe ich, ich müßte hinüberschrein zum Fischer, weil du so lang da drüben gesessen bist. Und grad mit der Evi hast es so gut können.«

»Wir haben aber ganz belanglose Sachen geredet, Margret. Von früher, weißt.«

»Ach so, von früher«, sagt sie, und ihre Hand spielt immer noch verlegen mit dem Eichenlaub. »Ach —«, flüstert sie dann —, »Bruder, mein lieber Bruder Martin —«

Es trifft ihn wie ein Schlag. Was will sie damit sagen?

Sie weiß es doch, daß er nicht ihr leiblicher Bruder ist. Warum dann dieses leise Seufzen, warum der Ton der Traurigkeit und Entsagung in ihrer Stimme?

Seine Hände lassen die Staketen los, legen sich um ihre Hüften. Und plötzlich schmiegt sich seine Wange in ihr Haar.

»Ach, Margret —«

»Was denn, Martl? Komm, sag's schnell, was du jetzt denkst.«

»Ich glaub', ich hab' dich gern, Margret.«

Ein leises, glückliches Lachen.

»Ich dich schon lang«, flüstert sie. Dann legt sie ihre Arme um seinen Hals. »Du hast es nur nicht merken wollen, dummer Bub, du.«

Dann schließt sie wieder die Augen. In seine Arme geschmiegt, kommt ihr zu Bewußtsein, daß diese Stunde nun ein Tor in ihrem Leben aufgestoßen hat. Was wird hinter diesem Tor sein?

Aber noch ehe Martin es erfassen kann, ist sie unter seinen Armen weggehuscht und eilt ins Haus.

Seit er aus der Forstschule zurückgekommen ist und seinen Dienst als Jagdgehilfe macht, hat Martin sein eigenes Zimmer. Es liegt am Ende des breiten Flurs neben der großen Königskammer, die nur ganz selten einmal benützt wird, wenn Besuch kommt.

Heute kann er lange keinen rechten Schlaf finden. Immer wieder muß er an die Begegnung mit Margret unter den Sonnenblumen denken. Die Hände hinter dem Kopf verschränkt, liegt er da und starrt gegen die Decke hinauf.

Es ist aber auch zu merkwürdig. Siebzehn Jahre hat er nun neben Margret dahingelebt und nie etwas anderes in ihr gesehen als eine Schwester. Selbst dann noch, als ihn wie ein Blitz aus heiterem Himmel die Nachricht getroffen hat, daß er nicht des Roßkoglers Sohn ist. Zu Andreas hat sich dann allmählich das Verhältnis geändert. Jedes brüderliche Empfinden ist entwichen, bei ihm wie bei Andreas, wenn sie sich auch nach außen hin als Brüder zeigen.

»Mein Bruder, der Herr Jäger«, kann Andreas zum Beispiel sagen, wenn er mit anderen über Martin spricht. Oder es sagt Martin, wenn von Andreas die Rede ist: »Mein Bruder, der zukünftige Roßkogler.«

Im Verhältnis zu Margret aber hat sich gar nichts geändert. Immer hat sie in seinem Herzen als die kleine Schwester weitergelebt, kein Schatten ist auf dieses Bild gefallen.

Plötzlich hört er einen Schritt draußen vor der Tür und hält beklommen den Atem an. Sollte es etwa Margret sein?

Leise wird die Türklinke niedergedrückt, dann schiebt sich Andreas herein. In seinem Gesicht ist fröhliche Heiterkeit. Den Hut hat er aus der Stirn gerückt, der Hemdkragen steht weit offen.

»Licht hab' ich noch bei dir gesehn, da hab' ich mir gedacht, ich schau' nach, ob du vielleicht vergessen hast, es auszudrehn«, sagt er.

Aus seinem Atem schlägt Biergeruch, seine Augen sind ein wenig verschwommen.

»Ich war noch wach«, antwortet Martin und richtet sich auf den einen Ellbogen auf. »Hast ein bissel zuviel erwischt, mein' ich.«

»Zuviel? Ach wo! Zuviel ist es nicht. Was werde ich denn haben? Acht halbe Bier und drei Schoppen Wein. Ich vertrag' schon was, und bis man da übern Berg 'raufkommt zu uns, verdampft schon wieder viel.«

Andreas zündet sich eine Zigarette an und stellt sich ans Fenster.

»Übrigens«, sagt er dann, ohne sich umzuwenden, »komme ich jetzt nicht vom Wirtshaus, sondern von einem Stelldichein.«

»Ja?« fragt Martin, ohne wissen zu wollen, bei wem er

war. Andreas aber gehört zu jener Sorte von Burschen, die gerne mit ihren Erlebnissen prahlen wollen. Er dreht sich jetzt um, setzt sich auf das Fensterbrett und lacht.

»Ja, bei der Staudacher-Marille war ich jetzt von zehne an. Ist aber nicht viel los mit der. Steht immer da und will die Sterne anschaun.«

»Die Staudacher-Marille? Ist das die, die so lang bei ihrem Bruder in Kochel war?«

»Ja, jetzt ist sie aber wieder daheim. Hat sich sonst eigentlich ganz nett entwickelt. Bloß die oberen Zähne stehn ihr ein bissel vor, und wenn sie dir ein Busserl gibt, dann meinst, ein Gockl pickt dich.«

Er muß wieder über seine eigenen Worte lachen. Martin aber bekommt eine strenge Falte zwischen die Brauen. Es stört ihn, daß der Bruder so von einem Mädchen spricht, das ihm sicher volles Vertrauen geschenkt hat.

»Was ist denn eigentlich mit dir? Hast du denn noch immer kein Mädl?« fragt Andreas.

Martin spürt, wie ihm eine rote Welle ins Gesicht schießt. »Nein, noch gar nichts«, antwortet er schnell.

»Das versteh ich nicht. Was mich betrifft, muß ich das Temperament vom Vater haben. So in seine Vierzigerjahre soll's ja der Vater ganz toll getrieben haben. Ist schon wahr, ich muß sein Temperament geerbt haben.«

Aber nicht seinen Charakter, denkt Martin, der den Vater immer mehr bewundert. Plötzlich fällt ihm ein: »Warst du nicht gestern bei der Burgstaller-Magdalen droben?«

Über Anderls Augenbrauen zuckt es blitzschnell hin. Dann schnellt er die Asche seiner Zigarette zu Boden.

»Ich? Wann soll ich oben gewesen sein? Ach ja, stimmt«, besinnt er sich plötzlich. »Freilich war das gestern.« Er wirft die abgerauchte Zigarette in weitem Bogen zum Fenster hinaus. »Zufällig bin ich vorbeikommen bei ihr. Hat sie dir's gesagt?«

»Ja, sie hat mir's gesagt.«

»Was sagst denn zur Magdalen? Blitzsauber, was?«

»Ich hab' nicht so genau hingeschaut.«

»Ja, mir scheint«, lacht Andreas, »bei dir müßte ein Mädl ein Geweih aufhaben wie ein Zwölferhirsch oder ein Sechserbock, daß du es der Mühe wert findest, hinzuschaun.«

Das ist so drollig herausgesprudelt, daß auch Martin lachen muß.

»Übrigens«, fährt Andreas fort, »die Magdalen — mit der könnte man sich schon sehen lassen. Weiß keine im ganzen Tal, die so sauber ist wie sie. Bloß so zurückhaltend ist sie halt.« Er rutscht vom Fensterbrett und gähnt. »Jetzt werd' ich mich schlafen legen. Die Nacht dauert sowieso nimmer lang. Gute Nacht, Bruderherz.«

»Gute Nacht, Anderl.«

Sein Schritt geht über den Bretterboden zur Tür, dann den Gang entlang zu seiner Kammer. Martin horcht auf diesen Schritt und denkt nach, was ihm dabei aufgefallen ist. Aber er kommt nicht darauf, und gleich danach fallen ihm die Augen zu.

Am andern Morgen denkt Martin, während er sich ankleidet, daß er nun hinuntergehen und Margret die Hand geben werde. Er wird in ihrem Blick suchen, ob in ihr die Stunde unter den Sonnenblumen noch lebendig ist. Wenn es paßt, wird er sie schnell einmal um den Hals nehmen und küssen.

Während Margret in der Küche die Morgensuppe herrichtet — seit sie so erwachsen ist, kann die Mutter immer etwas länger schlafen —, denkt sie: Wenn er jetzt herunterkommt, der Martl, dann werde ich ihm die Hand geben und ihn ganz genau anschauen, ob er das Treffen unter den Sternen noch nicht vergessen hat. Und dann werde ich ihm ein Bussel geben, damit er weiß, daß es mir wirklich Ernst ist.

Da öffnet sich die Küchentür, und Martin kommt herein.

»Guten Morgen, Margret.«

Sie hat gerade die große Kupferpfanne vom Feuer gehoben, hat also keine Hand frei. Ihr Gesicht ist wie mit einer brennenden Lohe übergossen, das kann der Widerschein des Herdfeuers sein oder auch eine grenzenlose Verlegenheit.

Martin geht an ihr vorbei und setzt sich auf die Bank beim Fenster.

»Ist der Vater schon auf?«

»Schon lang, kennst ihn ja.«

»Hast gut geschlafen, Margretl?« Er hängt das »l« an ihren Namen, damit es recht zärtlich klingt, und sie schaut auch schnell in sein Gesicht.

»Ja, gut habe ich geschlafen«, lächelt sie dann.

»Ich war noch lang wach und habe nachgedacht — über dich hauptsächlich.«

»Gibt's da viel zu denken?«

»Über dich selber nicht, aber über das, was du gesagt hast.«

»Was habe ich denn gesagt?«

Da steht er auf, geht zu ihr hin und legt seine Hand auf ihre Schulter.

»Margret, schau mich an. Du hast gesagt, daß du mich gern hättest? Oder war das bloß so eine Laune, weil die Sterndl so schön geleuchtet haben?«

Wie eine leise Trauer kommt es in ihre Augen. »Martl, glaubst du wirklich, daß ich dich angelogen habe? Es ist bloß — was werden die Eltern dazu sagen?«

Mutlos läßt er seine Hand sinken. »Ja, was werden die Eltern dazu sagen?« spricht er nach.

Es ist eine Weile ganz still. Keiner weiß, was er sagen soll. Das dürre Astholz prasselt im Ofen, und der schwarzgescheckte Kater streicht schnurrend um Martins Beine.

»Gleich müßten sie es ja gar nicht wissen«, sagt Margret und lächelt über ihre gute Idee.

»Heut nicht und morgen auch noch nicht«, antwortet er.

»Aber lang ließe es sich doch nicht verheimlichen — und ich möchte auch keine Falschheiten hinter ihrem Rücken.«

»Wie lang bleibst diesmal fort?«

»Vierzehn Tage, wie immer.«

»Wenn das Wetter schön bleibt, komme ich am Sonntagnachmittag hinauf zu dir. Wo kann ich dich treffen?«

»Wenn ich's gewiß weiß, bleibe ich in der Jagdhütte.«

Und dann geht es ganz plötzlich. Ohne daß jemand recht den Anfang macht, haben sie sich umfangen und küssen sich.

Der Kater streicht schnurrend um ihre Beine, und auf dem Herd läuft die Milch über. Vielleicht ist es gut, daß die Milch überläuft, denn so kann sich Margret noch rechtzeitig mit einem leisen Schrei losreißen, bevor der Vater die Küche betritt.

»Jetzt sind s' alle zwei herinnen in der Küche und lassen die Milch überlaufen«, sagt der Roßkogler und reißt das Fenster auf.

Die Margret ist schon draußen. Martin richtet umständlich etwas an seinen Strümpfen. Als er sich aufrichtet, ist sein Gesicht immer noch ein wenig rot.

»Habt ihr viel Grummet draußen, Vater?« fragt er.

»Ja, ziemlich. Aber das macht nichts, du kannst dich deswegen schon ausrasten. Ich will nicht, daß du dich in deinen freien Tagen auch noch abschindest.«

Martin horcht plötzlich auf. Über den Flur draußen geht Andreas' Schritt. In einem gleichmäßigen Rhythmus gehen die Genagelten über das rote Ziegelpflaster. Kein Ton dabei klingt anders. Aber gestern, vielmehr heute nacht, als Andreas über den Flur gegangen ist, da war es anders. Wie war es aber? Wie war das überhaupt? Über was hat er gestern abend nachgedacht, bevor ihm die Augen zugefallen sind?

Wenig später sitzen sie alle gemeinsam mit den Ehehalten in der großen Stube bei der Morgensuppe. Im Radio kommen gerade die Frühnachrichten. Polen und Danzig —

Danzig und Polen. Der Roßkogler hört aufmerksam hin und sagt dann:

»So lang treiben sie es, bis es kracht.«

»Pah —«, prahlt Andreas. »Das macht unsere Jachenauer Feuerwehr — die paar Polen da.«

»Hornochs«, sagt der Roßkogler verächtlich und steht auf. »Wenn du sonst auch so tüchtig wärst wie mit dem Maul, wär's schon recht. Was verstehst du schon von der Politik, wenn du nicht einmal von der Landwirtschaft was verstehst!«

Andreas legt den Löffel weg und blinzelt mit schiefgehaltenem Kopf zum Vater hin.

»So? Ich versteh' nichts? Was hab' ich denn schon wieder verkehrt gemacht?«

»Ja, siehst denn du nichts? Schau ihn doch an, deinen Weizenacker drunten, wie grasgrün er noch dasteht, wo er schon reif werden soll, der Weizen. Was man auf der Landwirtschaftsschule lernt, ist für uns in der Jachenau noch lang nicht maßgebend. Bei uns wird einfach kein Getreide reif, weil der Winter zu lang dauert. Aber nein, deinen Schädel hast durchsetzen müssen, und wer kann den Spott einstecken? Ich natürlich. Hätt' ich dir nur nicht nachgegeben.«

Darauf antwortet Andreas lieber nicht. Wegen dieses Weizenackers hat er schon Sticheleien genug einstecken müssen. Aber er hat ja seinen Kopf durchsetzen, hat der Natur trotzen wollen. Doch die Natur war schon gleich gegen ihn und seinen eigenwilligen Versuch gewesen. Am Anfang ist der Weizen ganz schön aufgegangen. Aber dann ist mehr als hundert Tage der Schnee darauf gelegen, und die Saat ist erstickt. Was jetzt dort unten neben der Straße wuchert, ist gerade recht für eine Streu.

Der Alte steht wieder nahe beim Radio, und als die Nachrichten zu Ende sind, dreht er es ab. »Jetzt bin ich bloß neugierig, was das noch wird.« Er dreht sich um und schaut die Buben an. »Mittendrin wird's einrücken heißen.«

»Mich erwischen sie nicht«, sagt Andreas schnell. »Erstens muß ich für die Landwirtschaft abgestellt werden, und zweitens hab' ich einen Herzfehler.«

»Merkwürdig, daß dir beim Saufen nichts am Herzen fehlt«, sagt der Vater. »Gestern, mein' ich, hast du dich wieder ganz schön anpumpt.«

»Ist nicht so arg. Bin kurz vor zwölf Uhr schon daheim gewesen.«

»Ja — und um zwei bist fort. Ist das nicht lang genug? Aber bilde dir nur nicht ein, daß du heut blaumachen kannst. Das Grummet muß 'rein und wenn's acht Uhr abends wird.«

Dann schaffen sie im Grummet. In seiner raschen Art ist Martin allen weit voraus, hebt nur manchmal den Kopf und schaut nach Margret aus, die an diesem Morgen voller Glück und Heiterkeit schafft, als sei alles keine Arbeit.

Ja, ganz tief und ganz stark ist Margret erfaßt worden von ihrer jungen Liebe, die so unbändig ist, daß sie am liebsten den Stamm des Vogelbeerbaumes dort am Wiesenrain umklammert und gerufen hätte: »Ich hab' dich lieb ...«

Fühlt Martin, was in dem Mädchen vorgeht? Ja, er fühlt es schon, aber mittendrin packt ihn wieder etwas anderes. Dann ist ein merkwürdiger Rhythmus in seinem Ohr. Klip, tut es einmal — und dann klup. Klip — klup — klip — klup ...

Der ungleichmäßige Schritt eines Menschen kann es sein. So, als wenn auf einem Absatz das Eisen fehlt.

Es läßt ihn nicht mehr los, und als sie gegen Mittag heimkommen, geht er in Andreas' Kammer hinauf.

Das Zimmer ist schon aufgeräumt. Er findet Andreas' Feiertagsschuhe nirgends, und es wird wohl so sein, daß die Hausmagd sie fortgenommen hat, um sie zu putzen.

Auf der Bank im Hausflur findet er, was er sucht. Unter einem Dutzend Paar Schuhen, die bereits zur Hälfte geputzt sind, greift er Andreas' Schuhe heraus — und verfärbt sich.

Am Absatz des rechten Schuhes fehlt das Eisen.

Diese Feststellung trifft ihn wie ein Schlag. Einen Augenblick steht er starr vor Schrecken, dann schüttelt er den Kopf. Nein, das kann nicht sein. Ein dummer Zufall ist es, weiter nichts. Auf einmal steht Andreas neben ihm.

»Was tust denn du mit meinem Schuh?«

Martin packt ihn mit seinem Blick, daß Andreas unwillkürlich zur Seite schaut.

»Hast ein Absatzeisen verloren.«

Andreas nimmt ihm den Schuh aus der Hand. »Ja, wirklich, das hab' ich noch gar nicht gemerkt.«

Martin läßt ihn keine Sekunde aus den Augen. »Wirklich noch nicht?«

Andreas zuckt nervös mit den Schultern, aber im nächsten Moment reißt er sich zusammen. »Was soll denn die saudumme Fragerei?«

Martin ist ganz ruhig jetzt, lächelt unschuldig wie ein Kind. »Warum schreist denn so? Ich werde doch noch fragen dürfen? Es könnte ja sein, daß ich so ein Eisen gefunden hätte.«

Andreas zuckt leicht zusammen. »So? Wo denn?«

»Ich habe gesagt, es könnte sein. Noch habe ich's nicht gefunden, aber vielleicht finde ich's noch. Was du übrigens für eine kleine Schuhnummer hast. Höchstens Größe achtunddreißig.«

»Neununddreißig«, antwortet Andreas bissig. »Jeder hat halt keine solchen Trittling wie du. Du hast ja die reinsten Elefantenlatscher.«

»Übertreib's nur nicht«, lächelt Martin. »Nummer zweiundvierzig habe ich, und das ist normal für ein Mannsbild. So eine kleine Schuhspur hab ich übrigens kürzlich einmal in meinem Revier gesehen.«

Andreas zerrt eine zerquetschte Zigarettenschachtel aus seiner Hosentasche und zündet sich eine Zigarette an. Martin sieht, wie seine Hände dabei zittern.

»Es wird mehr Leute geben mit kleinen Füßen.«

»Natürlich. Bloß ist das Auffallende an der Sache, daß bei meiner Spur auch ein Absatzeisen gefehlt hat«, sagt Martin und dreht sich um.

Da faßt ihn Andreas mit einem Griff an der Schulter und zerrt ihn herum. In seinen Augen ist ein unstetes Flackern.

»Was willst du denn überhaupt von mir?«

»Ich von dir?« Martin streift mit einem Ruck die Hand des anderen ab. »Gar nichts, warum? Wie kann man denn bloß so aufgeregt sein?«

»Du hast recht«, lacht Andreas. Es ist ein verzerrtes, künstliches Lachen. »Aber mir ist's vorgekommen, als ob du irgendeinen Verdacht gegen mich hättest.«

»Habe ich einen ausgesprochen?«

»Das nicht, aber so drumherumgeredet. Meinst vielleicht gar, daß ich wildern geh'? Für so dumm brauchst mich nicht anzuschaun. Ich weiß genau, daß ich von dir keine Gnade zu erwarten hätte.«

»Da hast du recht. Du nicht und kein anderer.«

»Du schießt mich über den Haufen wie eine Katz, was?«

»Wenn es sein muß, jawohl.«

Andreas ist grün vor Wut und sucht nach einer verletzenden Antwort. Es dauert eine Weile, bis er sie findet. Aber dann hat er sie und zischt Martin ins Gesicht:

»Ich tu' dir bloß den Gfallen nicht, weißt. Das könnte dir so passen, dann könntest du dich einmal in den schönen Hof 'reinsetzen und den Bauern spielen.«

Martin ist so verblüfft, daß er zunächst gar keine Antwort findet. Dann würgt ihn der Ekel, aber ehe er antworten kann, kommt die Margret mit der vollen Suppenschüssel aus der Küche.

»Kommt zum Essen jetzt. Martl, mach mir die Stubentür auf.«

Sie haben sieben Fuder Grummet heimgebracht und sitzen müde und ausgelaugt von der Hitze des Tages in der Stube beim Abendessen. Nur einer scheint nicht so müde zu sein:

Andreas. Gemütlich schlendert er hernach, die kurze Pfeife zwischen den Zähnen, hinter dem Hof die Jährlingsweide hinauf bis zu der kleinen Fichtenschonung, wo der Fischer-Simon bereits auf ihn wartet. Ohne zu grüßen, setzt sich Andreas neben ihn auf den Rasen.

»Stell dir vor«, beginnt er. »Hat der Saukerl heut meine Schuhe in der Hand und schaut sie genau an.«

Simon erschrickt. »Hat er was gemerkt?«

»Ach woher denn. Auf den Busch hat er geklopft, wissen tut er gar nichts. Es ist aber auch zu blöd, daß ich das Eisen verlieren muß. Er muß meine Schuhspur entdeckt haben. Was tu ich denn da?«

»Andere Schuhe anziehn — größere«, sagt der Simon und lacht. »Am besten ist's, du ziehst vom Martl ein Paar an, wenn du ausgehst.«

Zuerst schaut Andreas etwas verdutzt, dann lacht auch er und stößt den anderen mit dem Ellbogen in die Rippen.

»Du bist noch raffinierter als ich. Die Idee ist gar nicht schlecht. Wenn der Martl nur nicht so große Trittling hätt'.«

»Da ziehst zwei Paar Socken an, dann passen sie schon.«

»Also so was! Wie gesagt, die Idee ist glänzend. Hat der Lechner-Nazl den Bock abgeholt?«

»Ja, heut früh.«

»Und zahlt?«

»Zahlt hat er ihn auch. Da ist dein Geld.«

Der Simon langt in die Hosentasche, nimmt ein paar Banknoten heraus und drückt sie dem Andreas in die Hand.

»Wieviel ist's?«

»Wie wir's ausgemacht haben. Zwei Drittel du, eins ich. Wie steht's nächste Woche? Hast sein Revierbüchl angeschaut, wo er Dienst macht?«

»Bin heut nicht dazukommen. Aber wahrscheinlich ist er nächste Woche im Labelsberg-Revier. Braucht der Lechner wieder was?«

»Er sagt, brauchen kann er alles. Er hat schon seine Wirte, die auf ein Reh warten. Ein Hirsch wär' halt einmal recht, meint er.«

Andreas überlegt eine Weile.

»Unterhalb des Latschenkopfs wüßte ich einen. Aber da müssen wir zu zweit sein. Und du hast ja bloß sonntags Zeit. Außerdem müssen wir warten, bis der Mond voll ist.«

Dies aber dauert wohl noch eine Zeit. Die Sichel des zunehmenden Mondes steht tief im Westen unter flimmernden Sternen. Von dieser Sternenschar kommt wohl das milde Licht, das die Erde so still berieselt. Oder meinen nur die beiden, die wie gestern unter den Sonnenblumen stehen, daß die Erde ringsum vom Sternenlicht durchschimmert ist?

»Nein, so viele Sterne«, sagt Margret und legt den Kopf weit zurück, als möchte sie anfangen zu zählen. Das Licht fällt in ihre Augen, und ihr Mund blüht so rot. »Wie das mit uns zwei noch werden mag?« fragt sie nach einer Weile.

Er schaut über ihren Scheitel hinweg. Träumen ist schön, aber die Wirklichkeit ist eine harte Hand, die ins Dunkel weist.

»In zwei Jahren werde ich befördert«, sagt er nach einer Weile. »Aber auch dann bin ich nichts anderes als ein Jäger. Für dich aber werden sie wohl einen Bauern aussuchen.«

»Weißt du, was ich meine?« antwortet Margret nach einigem Nachdenken. »Daß es bloß auf uns zwei allein ankommt. Ich kann mir gar nicht vorstellen, daß ich jemals einen andern gern haben könnte.«

»Das meinst halt jetzt, Margret. Wer weiß, wie es in einem Jahr schon ausschaut.«

»Bei mir nicht anders wie heut.«

»Ich glaube, bei mir auch nicht.«

»Am liebsten tät ich den Eltern sagen, wie es um uns zwei steht«, sagt sie.

»Nein, Margret, tu's noch nicht. Ich muß im Winter noch

mal fort auf einen Kurs. Wenn ich dann im Frühjahr zurückkomme, schaun wir weiter. Bis dahin bist auch du älter.«

»Und reifer meinst?« lacht sie.

»Jawohl, auch reifer, Margret.«

Auf einmal hören sie einen Schritt über den Hof gehen. Unwillkürlich ducken sie sich tiefer in die Sonnenblumen. Die Haustür wird geöffnet und schließt sich wieder.

»Das war dem Schritt nach der Anderl«, sagt Martin.

»Ja, du, jetzt fällt's mir grad ein. Hast du heut mittag mit dem Anderl was gehabt?«

Ein paar Sekunden überlegt er, ob er ihr den Verdacht mitteilen soll. Aber dann sagt er doch: »Ach, das war nichts von Bedeutung.«

Sie schaut ihn eine Weile prüfend an, dann schlingt sie die Arme wieder um seinen Hals.

Ein Sonntag voll traumhafter Stille. Über der Benediktenwand leuchtet das Licht der Sonne. Schneeweiße Lämmerwölkchen lachen pausbäckig herunter, und die beiden jungen Menschen, die hinter der Walchenalm auf dem sonnenbeschienenen Hang liegen, lachen zurück in den Himmel hinauf, wo die Wölkchen segeln. Sie ruhen in den Almrosenbüschen: Margret und Martin.

»Es ist jetzt wohl so, Martin«, fragt Margret, »daß wir uns nie mehr im Leben trennen dürfen?«

Lange erhält sie keine Antwort auf ihre Frage. Ihre Hand tastet zu ihm hinüber, liegt dann auf seiner Wange.

»Warum sagst du nichts, Martin?«

»Was soll ich denn sagen, Margret? Mir kommt alles wie ein Traum vor.«

»Aber es ist doch alles wahr, Martin. Ich hab' dich lieb, und du hast mich lieb, und das ganze herrliche Leben liegt vor uns. Schau doch hinauf: unsre Zukunft ist wie der Himmel. Soviel Sonne und keine schwarzen Wolken.«

»Wart nur, die Schatten werden schon noch kommen.«

Er weiß es selber nicht, warum trotz allen Glückes sein Gemüt so verdüstert ist. Margret läßt sich dadurch nicht beirren und spricht voller Zuversicht weiter:

»Ich denke, daß der Vater uns am Wolfsbühel oben den Hang geben soll. Dort bauen wir uns ein Haus, nicht groß, aber lieb, mit hellgrünen Fensterläden. Und wenn du dann heimkommst aus dem Revier, dann kann ich dich schon von weitem sehn.«

»Ach ja«, sagt er, dreht sich um und stützt sich auf beide Ellbogen. Zwischen seinen Zähnen hat er ein kleines Zweiglein Almrosen stecken. So schaut er auf sie nieder, eine lange Zeit.

Plötzlich fällt weiter unten ein Schuß. Rollend geht das Echo über die Berge hin.

Martin ist aufgesprungen und greift nach seinem Gewehr. Weiß bis in die Lippen hinein, steht er da. Auch Margret ist aufgesprungen und schaut voller Angst in sein bleiches Gesicht.

»Was ist's, Martl?«

Er greift in seine Tasche, ob er auch Patronen bei sich hat.

»Ach — ganz vergessen hab' ich's, daß ich um vier Uhr am Wildstadel drunten hätte sein sollen. Da wartet der Florian, der andere Jäger, auf mich, weißt. Und weil ich so lang nicht gekommen bin, da wird er halt jetzt geschossen haben.«

»Ach so«, lächelt sie erleichtert. »Und ich habe schon gedacht, daß es vielleicht Wilderer sind!«

»Geh, was du gleich denkst. Es tut mir leid, Margret, aber ich muß jetzt gehn.« Schnell preßt er sie nochmals an sich, dann rennt er davon.

»Soll ich nächsten Sonntag wieder kommen?« schreit sie ihm nach. Aber er hört schon nichts mehr, rennt über Stock und Stein dahin und verschwindet im Wald.

Steine fetzen unter seinen jagenden Schritten davon.

Seine Nerven sind zum Zerreißen gespannt. Er weiß genau, was auf dem Spiel steht, und er hört den Förster wieder sagen:

»Es ist mir aufgefallen, Sachenpacher, daß in letzter Zeit ausgerechnet in dem Revier gewildert wird, in dem du Dienst machst . . .«

Das will er sich nicht ein zweites Mal sagen lassen. Er muß den Lumpen erwischen, und wenn er selber dabei draufgehen sollte. Nach seiner Meinung ist der Schuß am Wespenkar gefallen. Mit weiten Sprüngen hetzt er den schmalen Karrenweg hinunter, macht einen Bogen um die Lainalm und steht dann eine kurze Weile verschnaufend und unschlüssig. Zur rechten Hand plätschert die Große Laine talwärts. Es führt kein Steg über das Wasser, und so watet er kurz entschlossen hinein. Das eiskalte Wasser geht ihm bis über die Knie, aber drüben ist wieder weicher Grasboden, auf dem er nun dahinstürmt, bis ihn der Jochensche Jungwald aufnimmt. Erst von da an wird er vorsichtiger und langsamer. Schritt für Schritt, jedes dürre Reis vermeidend, schleicht er jetzt dahin. Seine Augen suchen fieberhaft. Seine Hände, um die Büchse verkrampft, sind jetzt ganz ruhig.

Die Stelle, wo der Schuß gefallen ist, kann nicht mehr weit sein.

Die Sonne dringt kaum in den dichten Jungwald. Manchmal schreckt ein Vogel auf und schnellt sich trillernd in die Luft. Der Jäger getraut sich kaum mehr zu atmen.

Hundertmal hat er in der Forstschule gelernt, wie man sich in solchen Fällen verhalten soll. Aber alles Angelernte ist plötzlich vergessen, die ungeheuere Spannung drängt alles zurück. Die Wirklichkeit sieht ganz anders aus. Sie ist heimtückisch, voller Gefahren. Der Busch dort kann den Tod bedeuten. Die Lichtung da vorne oder die dicke Buche, die wie ein Fremdling unter den Tannen steht. Martin weiß genau, daß sein scharfes Auge jetzt sein Leben ist.

Anrufen und dann gleich krachen lassen, wenn der andere nicht sofort die Hände hochhebt, prägt er sich ein. Und er ist fest entschlossen, es krachen zu lassen, bevor es bei dem anderen aufblitzt.

Er betritt die Lichtung und zuckt, wie von einem Blitz gestreift, zurück.

Da drüben, kaum zwanzig Meter entfernt, kniet einer am Boden und hantiert mit einem Messer.

Ist Martin unversehens auf einen Ast getreten, oder hat der Wilddieb ein anderes Geräusch gehört? Er reißt das Gesicht in die Höhe und horcht. Martin sieht, daß sein Gesicht geschwärzt ist. Und doch durchzuckt ihn eine ungeheuere Gewißheit.

»Andreas ...«, flüstern seine zuckenden Lippen.

Innerlich betet er, daß es nicht Andreas sein möge, obwohl er fühlt, daß es der Ziehbruder ist. Schon die fahrige, hastige Bewegung, mit der er jetzt wieder das Messer ansetzt, zurückreißt und den Aufbruch herausnimmt.

In der Deckung der Bäume schleicht Martin näher, kommt ungesehen auf drei Schritte heran. Lautlos hebt er die Büchse.

»Hände hoch oder es kracht!«

Klatschend wie ein Peitschenhieb ist sein Ruf. Aber es ist doch seine Stimme, vor der Andreas keine Angst zu haben scheint. Langsam steht er auf, ohne die Hände über den Kopf zu heben. Um seinen Mund zuckt ein spöttisches Lächeln.

»Also los, Herr Bruder. Schieß doch! Du hast sowieso Glück gehabt. In fünf Minuten hättest mich nämlich nimmer angetroffen.«

Unter der dünnen Rußschicht wirkt sein Gesicht wie das eines jungen Teufels.

»Am liebsten tät ich schießen«, sagt Martin.

»Warum tust es dann nicht? Es steht dir ja frei. Niemand kann dir beweisen, daß du nicht in Notwehr gehandelt hast. Schieß doch, dann kannst du Bauer werden auf dem Roßkogl.«

In diesem Augenblick weiß Martin, daß er nicht schießen, daß er überhaupt nichts tun wird. Nicht um Andreas' willen, sondern wegen der Eltern, denen er die Schande ersparen will.

»Du Hund!« zischt er, ohnmächtig vor Wut. »Du weißt ganz genau, daß mir die Hände gebunden sind. Bedank dich bei den Eltern, daß ich dich nicht einliefere nach Tölz ins Amtsgericht.«

Überlegen steht Andreas da, bückt sich nach einem Moosbüschel und säubert sein blutiges Messer.

»Ich weiß schon, warum du mich nicht anzeigst. Weil du Angst hast, du könntest dann den Stein im Brett verlieren, den du bei unseren Eltern hast. Ja, ja, schau mich nur nicht so blöd an. Meinst du, ich hätte es nie gemerkt? Du warst immer der Liebe, der Brave und der Gute. Und ich war der Taugenichts.«

In Martins Augen flammt es auf. »Du bist noch viel mehr als ein Taugenichts. Du bist ein ganz gottvergessener Lump.«

»Warum? Weil ich mir den mistigen Bock geschossen habe? Wem gehört er denn? Dir vielleicht? Dem Vater Staat? Hat der liebe Gott das Wild nicht für jedermann wachsen lassen?«

»Red keinen Blödsinn und schau, daß du weiterkommst«, unterbricht ihn Martin wütend. Dann tritt er nahe vor ihn hin. »Du sollst gehn, sonst passiert noch ein Unglück!«

»Gut, geh' ich halt«, lächelt Andreas. »Aber mein Büchsl, das kann ich doch mitnehmen?«

Andreas bückt sich und will seine Büchse aufheben. Da reißt Martin ihn hoch und versetzt ihm eine schallende Ohrfeige. Bevor er zur zweiten ausholen kann, hat Andreas sich weggeduckt und ist mit einem Sprung in der Fichtenschonung verschwunden. Man hört auf dem Steig unten noch eine Weile die jagenden Schritte des Flüchtenden, dann wird es still. Nur im Gezweig pfeift hell und fröhlich eine Amsel.

Und ganz plötzlich schießt wie ein giftiger Pfeil ein Gedanke in Martins Hirn. Hat Margret gewußt um die verborgene Leidenschaft des Bruders? Ist sie deswegen zu ihm gekommen und hat ihn da droben auf dem Almrosenhang festgehalten, daß der andere ungestört mit seiner Beute abziehen kann?

Er preßt die Lippen zusammen. Ach, wenn sie unter einer Decke stecken. Wieviel mag dieser Bruder ihr gelten? Und nun wird man von ihm auch noch verlangen, daß er die Sache auf sich beruhen läßt, daß er keine Meldung macht! Man wird ihn daran erinnern, daß man ihm sein Leben lang nur Wohltaten erwiesen habe und daß er sich doch auch ein klein wenig dankbar zeigen könne.

Martin schüttelt den Kopf. Er wird sich auf gar nichts einlassen; er wird, so wie es sich gehört, seine Meldung beim Förster erstatten, mag daraus nun werden, was will. So vollendet er die Restarbeit an dem geschossenen Bock, packt ihn in seinen Rucksack, nimmt Andreas' Gewehr noch an sich und geht talwärts.

Als er zu Hause ankommt, schickt sich der Vater gerade an, zum Sonntagsbier zu gehen. Die Sonne steht schon über den Zacken der westlichen Berge und wirft sein Licht wie ein Scheinwerfer über den Hof her. Ferdinand Sachenpacher steht vor dem Haus, beide Daumen in die Westentäschchen eingehakt. Immer noch ist er eine Ehrfurcht gebietende Erscheinung, wenn auch sein Haar nicht mehr blond, sondern silbern schimmert. Als er Martin daherkommen sieht, mit dem Bock im Rucksack und zwei Gewehren, weiß er sofort, was los gewesen ist.

»Auweh, bist mit einem zusammgestoßen?«

»Ja, Vater, leider.«

Der Sachenpacher erschrickt sichtlich. »Es ist doch hoffentlich alles gut abgegangen? Oder — liegt einer droben?«

Martin schüttelt den Kopf. »Ich wollt', daß ich droben läg, dann wäre für mich alles leichter.«

»Aber, Martl, was soll denn das dumme Gerede! Hast ihn gekannt?«

»Ja, Vater.«

»Sag, wer war es?«

»Der Anderl.«

Das Gesicht des Bauern schaut in diesem Augenblick aus, als hätte ihm jemand Mehl hineingeworfen. Aber dann kehrt das Rot wieder zurück, und seine Hände schließen sich zu Fäusten.

»Martl, sag, daß das nicht wahr ist.«

»Vater, ich habe dich nie angelogen. Es ist leider so. Und du darfst von mir nicht verlangen, daß ich die Anzeige unterschlage.«

Der Vater beißt sich auf die Lippen. Dann reibt er sich mit den Knöcheln das Kinn.

»Bist du der Meinung gewesen, daß ich von dir das verlange?«

Sie schauen sich fest in die Augen.

»Nein, Vater«, sagt dann Martin und wendet den Blick schnell ab.

»Warum schaust jetzt weg?«

»Weil ich mich schäme, Vater — weil ich einen Augenblick geglaubt habe, du wüßtest davon.«

Ein paarmal zuckt es über die Brauen des Vaters schmerzhaft hin. Dann legt er seine Hand auf Martins Schulter.

»Das will ich nicht gehört haben, Martl. Und jetzt komm, jetzt will ich mit dem andern abrechnen. Der sitzt in aller Seelenruhe in der Stube drinnen und macht Brotzeit.«

Unter der Haustür hält der Roßkogler den Martin nochmals zurück.

»Noch was, Martl — erschrick nicht. Heut ist dein Einberufungsbefehl gekommen. Du mußt nach Traunstein einrücken, zu den Gebirgsjägern. Morgen schon.«

»Morgen schon?«

»Ja, ich wollte gerade den Michael hinaufschicken zu dir in die Jagdhütte. Vielleicht ist er sogar schon weg. Es gibt Krieg, Martl. Vielleicht morgen schon oder übermorgen.«

Martin zuckt zusammen. »Meinst wirklich, Vater?«

»Ja, das läßt sich nimmer aufhalten. Es heißt zwar, es geht bloß um Polen, aber die andern werden das nimmer schlucken. Jetzt müssen sie eingreifen.«

Andreas sitzt wirklich in der Stube im Herrgottswinkel und macht Brotzeit. Als die beiden eintreten, schiebt er schnell noch ein Stückchen Rauchfleisch in den Mund und blinzelt mit den Augen.

»Du hast ja einen merkwürdig guten Appetit«, sagt der Vater und wirft seinen Hut auf die Bank. »Ein anderer tät sich verstecken vor Scham.«

»Warum?« fragt Andreas. »Was habe ich denn schon verbrochen? Hat mich halt auch einmal gejuckt, ein Bökkerl zu schießen.« Er wirft einen Blick auf den Rucksack, den Martin abgestellt hat. »Ah, du hast ihn gleich mitgebracht? Respekt, Bruder, Respekt. Da kann die Mutter gleich eine sauere Rehleber machen, das bringt mal ein bissel Abwechslung in unsere eintönige Küche.«

Der Vater schaut ihn lange und schweigend an wie einen Menschen, den er noch nie gesehen hat.

»Wenn dir unsere Küche zu eintönig ist, kannst ja hingehn, wo besser gekocht wird«, sagt er dann, tritt an den Tisch heran und stützt die Fäuste auf die Platte. »Heut ist der Befehl für Martl kommen, daß er einrücken muß. Schad. Für dich wäre es besser gewesen. Vielleicht hätten sie dir beim Barras das beigebracht, was mir danebengeraten ist.«

Die Tür öffnet sich, und die Mutter kommt herein. »Was ist denn los, Vater? Warum schreist denn so?«

»Da geh her, Mutter, und schau dir den an. Gestohlen hat er, oder gewildert sagen wir. Das klingt nicht ganz so kraß.«

»Maria und Josef«, klagt Notburga und schlägt die

Hände zusammen. »Mußt uns denn immer nur Kummer machen, Anderl?«

Da springt Andreas auf, sein Gesicht ist verzerrt, die Augen funkeln.

»Machts doch nicht gar so ein Geschrei wegen dem lausigen Bock. Ich weiß schon, mich habt ihr nie so mögen wie den hergelaufenen Zigeuner. Er war allweil der Liebe und der Brave, und bei mir —«

Weiter kommt er nicht mehr. Der Roßkogler hat ihn an der Brust gefaßt und schleudert ihn dröhnend gegen die Vertäfelung.

»Das mußt ausgerechnet du sagen! Martl, ich hätte es dir nicht übelgenommen, wenn du ihn niedergeschossen hättest. So aber muß ich halt in den saueren Apfel beißen und zusehn, wie sie ihn ein paar Monate einsperren.«

Bleich bis in die Mundwinkel hinein, starrt Andreas den Vater an. »Du wirst doch das nicht zulassen?«

»Da kennst mich aber schlecht. Wenn du gemeint hast, daß ich dich decke, dann hast du dich getäuscht. Das mit dem ›hergelaufenen Zigeuner‹ ist nicht bloß eine Beleidigung für den Martl, sondern auch für mich und die Mutter! Wenn es dunkel wird, soll der Martl dich ins Forsthaus hinunterbringen. Und ich gehe selber mit, daß es dir ja nicht einfällt, auszureißen. So, mehr habe ich dir jetzt nicht zu sagen. Und du, Martl, vergiß, wenn es geht, was er dich geheißen hat. Für mich und die Mutter bist du nach wie vor das, was du allweil warst: unser Bub.«

Schluchzend war Notburga auf die Bank gesunken. Der Roßkogler geht hin und nimmt ihr die Hände vom Gesicht.

»Mußt nicht weinen, Mutter, wegen dem. Schuld bin ich. Ich hätte ihn härter anfassen müssen. Die Güte kann anscheinend nicht jeder vertragen. Dem dort hätte ich auf alle Fälle öfter den Riemen spüren lassen sollen. Und auch die Margret will mir gar nicht recht gefallen in letzter Zeit. Heut ist sie am Mittag fort und noch nicht da. Wo strolcht sie denn umeinander? Steckt ihr vielleicht gar schon ein Mannsbild im Kopf?«

Martin ist bei diesen Worten brennend rot geworden. Hier hätte er nun die Wahrheit sagen müssen. Aber darf er Margret vorgreifen? Und außerdem, dort im Herrgottswinkel sitzt immer noch der Andreas mit verbissenem Gesicht. Um nichts in der Welt könnte er in Gegenwart des Bruders von seiner Liebe zu Margret sprechen.

In diesem Augenblick sieht er Margret auf das Haus zukommen. Ihre schmale Gestalt ist vom Abendrot umschimmert, auf ihrem Antlitz liegt ein Leuchten, das von innen heraus zu kommen scheint.

Ahnungslos betritt sie die Stube und schreckt unwillkürlich zusammen, als sie Martin hier antrifft. Ihr Blick fliegt angstvoll von einem zum andern.

»Wo treibst denn du dich 'rum den ganzen Nachmittag?« fragt der Roßkogler mit einem Unterton von Vorwurf in der Stimme. »Gib mir Antwort, wo warst du?«

Ihre Augen suchen die Martins. Aber der steht da, das Kinn hart vorgestreckt, die Brauen finster zusammengezogen. So schaut er zum Fenster hinaus.

»Aha«, sagt der Vater mit bitterem Klang. »Auch so verstockt wie der andere dort. Schau ihn dir an, deinen Bruder Anderl. Gewildert hat er, und der Martin hat ihn gestellt.«

»Das ist — das ist«, stammelt Margret fassungslos. »Das ist doch nicht wahr, Martl?«

Statt ihr zu antworten, dreht Martin das Gesicht über die Schulter und sagt:

»Ich denk', Vater und Mutter, wegen der Margret sollt ihr euch keine Sorgen machen. Sie war auf der Walchenalm droben bei mir.«

Aus seinem Winkel läßt Andreas ein hämisches Lachen hören.

»Da brauchst du gar nicht zu lachen. Es müssen nicht alle so lügen wie du. Und nun mach dich fertig. Jetzt gehn wir hinunter ins Forstamt. Nein, nein«, sagt der Roßkogler zu Martin, der den Rucksack mit dem gewilderten Bock aufnehmen will, »den soll nur der Herr Wilddieb selber tragen.«

Zähneknirschend und widerstrebend nimmt Andreas den Rucksack auf. Er wagt nicht mehr zu mucksen, denn er will nicht noch ein zweites Mal die Hand des Vaters spüren. Der Rücken schmerzt ihn jetzt noch von dem Wurf gegen die Vertäfelung.

Ja, in dem Vater steckt noch die Kraft eines Dreißigjährigen. Wie er jetzt so zwischen den beiden Buben über den Hof geht, ist sein Schritt auch noch von federnder Kraft. Nur die Schultern neigen sich nach vorne. Es kann aber auch sein, daß die Scham es ist, die ihn den Kopf nicht mehr so aufrecht tragen läßt, wie man es von ihm sonst gewohnt ist.

»Den Sonntag werde ich mein Leben nimmer vergessen«, sagt Notburga in der Stube drinnen.

»Ich kann's überhaupt noch nicht fassen«, antwortet Margret.

»Das allein ist noch nicht das Schlimmste. Du weißt es vielleicht noch gar nicht: Krieg gibt es, und der Martl muß morgen früh einrücken.«

Mit weiten, entsetzten Augen starrt Margret die Mutter an. Dann fällt sie wie ein Stein an die Brust der Mutter und umklammert ihren Hals.

Und das Abendrot fällt so friedvoll in breiten Schwaden durch die Stubenfenster und verwandelt den Raum in eine rötlich schimmernde Halle.

Zwei Tage später verändert ein einziges Wort mit einem Schlag das Weltbild. Es fährt in die schönen Spätsommertage hinein wie ein Sturmwind. Ein einziges Wort, nur fünf Buchstaben:

Krieg!

Noch hat die Erde ihr Antlitz nicht verändert. Das Grummet ist eingebracht, und in den Apfelgärten fallen die reifen Früchte klatschend ins warme Septembergras. Erst als es Nacht wird, bekommt das Tal ein anderes Gesicht. Es glüht kein Lichtschein mehr auf in den Häusern des Dorfes und in den Höfen an den Berghängen. Tiefes Dunkel überall. Die Fensterläden sind geschlossen.

Dunkel und Stille. Von den Bergen weht ein leiser Wind, und zuweilen hört man auf der Straße eilige Schritte und den Motorenlärm abgedunkelter Autos.

Am nächsten Morgen werden im Dorf die Pferde gemustert. Der Roßkogler muß gleich drei abgeben. Drei Pferde und zwei gummibereifte Wagen. Er nimmt die Anordnung der Musterungskommission ohne Wimpernzucken hin, weil er weiß, daß es nur Unannehmlichkeiten gäbe, würde er das hinausschreien, was in ihm tobt.

Mit gerunzelten Brauen stehen auch die anderen Bauern da. Dem Bachstelzer laufen die Tränen über die gefurchten Wangen, als man ihm sein Bräundl wegführt.

»Drei Buben und ein Roß«, schluchzt er.

»Reg dich nicht auf«, sagt einer von Lenggries, der bei der Musterungskommission ist. »Bis Weihnachten ist der ganze Zauber vorbei, und du hast deine Buben wieder und dein Roß.«

»Meinst?« fragt der Bachstelzer voll kindlichen Vertrauens.

»Ja, freilich, da gibt's gar nichts.«

»Plapperer, kurzsichtiger«, sagt der Roßkogler ziemlich laut, und niemand widerspricht ihm.

Und wie er so dasteht, hochaufgerichtet unter den Männern, da will auch ihn etwas Schweres und Dunkles anfallen. Wieder ist das schmerzhafte Ziehen in seinem Herzen wie vor zwei Tagen, als der Martl von ihm Abschied genommen hat. So wie er es sieht, wird der Krieg Weihnachten noch nicht zu Ende sein. Er sieht ein langes Grauen vor sich, ein Grauen ohne Ende. Und er wird auch den Andreas auf die Dauer nicht halten können. Dann steht er allein da in seinem Abend.

Als er dann langsam den Hügel hinansteigt, sind seine Gedanken wieder beim Martin, und er denkt an jene Regennacht, als er ihn heimgebracht hat.

Wo sind die Zeiten hingekommen? Mylord, der ihn so oft durch die tollen Nächte gefahren hat, ist längst nicht mehr. Viele aus jener Zeit, die mit ihm gezecht haben, sind gestorben. Er selbst neigt sich dem Abend seines Lebens zu. Und doch wird es ihm nichts helfen. Er muß noch einmal zurückgehen, muß sich wieder einreihen, und es wird eine schwere Last sein, die auf seinen Schultern zu liegen kommt. Gestern haben auch zwei seiner Knechte, der Michael und der Jörg, den Einberufungsbefehl erhalten. Beim Fischer sind der Simon fort und der Hannes. Überall wird jetzt Not an Arbeitskräften sein, und überall werden die Alten, die mit einem Auge schon auf das Austragstüberl hingeschielt haben, wieder in die Lücken treten müssen.

Ferdinand Sachenpacher hat den letzten Krieg selber mitgemacht und weiß, was das bedeutet. Selten ist ihm so elend zumute gewesen wie bei diesem Gang nach Roßkogl. Oft bleibt er stehen und schaut hinunter ins Dorf, wo in der Sonne das Kreuz des Kirchturms flimmert. Und als er daheim ankommt, setzt er sich zu Notburga in die Küche und fragt sie, was sie vom Krieg halte.

Alle Frauen hassen den Krieg, besonders wenn sie Mütter von Söhnen sind. Martin ist nicht ihr Sohn, aber sie hat vor seinem Fortgehen seinen Kopf an ihre Brust gezogen und hat geweint.

Allein was hilft alles Grübeln! Das Leben geht weiter. Andreas fährt seinen »verunglückten Weizen« heim, der gerade als Streu gut genug ist. Der Vater macht ihm keinen Vorwurf mehr daraus.

Andreas ist stiller geworden. Die heimliche Angst, daß man auch ihn rufen könne, macht ihn schweigsam. Jeden Tag, wenn der Postbote gegen elf Uhr den Hügel heraufkommt, erfaßt ihn eine furchtsame Erwartung, ob für ihn nicht auch dieser verhängnisvolle Brief dabei ist.

Er weiß nicht, daß er vorerst unabkömmlich gestellt ist. Der Roßkogler weiß es, aber er sagt nichts. Soll er nur in dieser Angst leben! Vorerst scheint es überhaupt so zu sein, als brauche man niemanden mehr. Die Siegesnachrichten übertreffen sich, und vielleicht ist es wirklich so, daß Weihnachten alles vorbei ist wie ein böser Spuk.

Arbeit gibt es reichlich. Ende September kommt das Vieh von der Alm heim, die Streuwiesen müssen gemäht werden, und die Auflage für den Holzeinschlag ist auch schon gekommen. Es ist ja jetzt nicht mehr so, daß man schlagen kann, was man will, sondern das wird von oben angeordnet. In der Fülle dieser Arbeit merkt niemand, daß Margret immer stiller wird, daß sie oft dasteht und traumverloren in die Ferne starrt. Sie wartet, wie Andreas, mit kläglicher Angst, mit brennender Ungeduld jeden Tag auf den Postboten. Aber Martin schreibt nicht. Nur ein paar Karten erhalten die Eltern: daß es ihm gutgehe. Zum Schluß stand dann jedesmal: »Grüße auch an alle andern.«

Zu allen andern rechnet er wahrscheinlich auch sie. Und das tut so weh. Aber der Stolz verbietet ihr, von sich aus an ihn zu schreiben. Und so grämt sie sich halt bis zu dem Tag, da die Mutter sie in der Küche weinend antrifft.

Zuerst erschrickt Frau Notburga, aber dann lächelt sie, weil sie meint, zu wissen, was das junge Herz bedrückt. Verliebt wird sie halt sein, und der erste Kummer hat sich eingestellt.

»Was hast denn, Margret?«

Margret will die Tränen tapfer hinunterschlucken. Aber dann kommt sie erst recht ins Schluchzen.

»Geh, geh, Mädl, was tut denn so weh?« Sie legt ihren Arm um die Schulter des Kindes und streicht ihr übers Haar.

»Ich halte es nimmer aus, Mutter.«

»Was hältst denn nimmer aus? Mir kannst es sagen, Margret. Ich glaube, daß ich dich verstehe.«

»Daß er mir nicht schreibt«, schluchzt Margret.

»Also doch verliebt«, sagt Frau Notburga, geht zum Herd und legt ein paar Scheite nach. »Wer ist es denn?«

»Ach, Mutter, es ist halt so schwer zu sagen. Unser — unser Martl ist es.«

Der eiserne Schürhaken entgleitet den Händen der Mutter. In ihrem Gesicht spiegelt sich grenzenloses Staunen. Dann zeigen sich Unmutsfalten auf ihrer Stirne. Der Gedanke, daß die beiden hinter ihrem Rücken schon weiß Gott wie lange zusammengehören, läßt sie in Anbetracht von Margrets Alter tief erschrecken.

»Der Martin?« fragt sie. »Dein Bruder Martin?«

Margret reißt den Kopf in die Höhe. »Er ist nicht mein Bruder, Mutter!«

»Dem Blut nach nicht, aber ich — wir haben ihn nie für etwas anderes gehalten als unsern Sohn.«

»Ich kann doch nichts dafür, Mutter. Das ist auf einmal über mich kommen und —«

»Ja, ja, ich mache dir deswegen auch keinen Vorwurf. Aber — wie lang geht das schon?«

»Noch gar nicht lang, Mutter.«

Diese Antwort scheint Frau Notburga etwas zu beruhigen. Man darf nicht gleich das Schlechteste denken, sinniert sie. Es wird halt so eine kleine Liebelei gewesen sein bei allen beiden. Martin hat sie sicher längst schon wieder vergessen. Deswegen wird er ihr auch nicht schreiben.

Die Margret hat sich in der Zwischenzeit schon wieder gefaßt. Energisch wischt sie mit dem Schürzenzipfel die Tränen fort und sagt:

»Und daß du es gleich weißt, Mutter, ich werde nie im Leben einen andern gern haben können.«

»So tief sitzt es?«

»Ja, so tief.«

»Du dummes Tschapperl du«, lächelt die Mutter gütig. »In deinem Alter nimmt man alles zu ernst. Mit deinen siebzehn Jahren —«

»Achtzehn werde ich schon«, unterbricht die Margret.

»Gut. Aber auch mit achtzehn kann man noch nicht wissen, ob die erste Verliebtheit schon Bestand hat. Das muß sich erst erweisen. Laß erst den Krieg vorübergehn, dann werden wir ja sehn.«

»Dieser verfluchte Krieg«, erbost sich Margret und rennt hinaus.

Nachdenklich bleibt die Mutter zurück. Zu unerwartet ist das über sie gekommen. Auf jeden anderen hätte sie getippt, nur auf den Martin nicht. Und doch — muß sie nicht froh sein? Martin, dieser saubere Bub, wäre für die Margret sicherlich der richtige Mann. Sie weiß aber auch, daß der Vater sich heimlich mit dem Gedanken trägt, die Margret solle einmal Langeneckerin werden. Der alte Langenecker ist schon ein paarmal dagewesen und hat so herumgeredet wegen seines Buben, der einmal den stattlichen Hof übernehmen soll.

Den ganzen Tag trägt Notburga dieses Wissen für sich herum. Erst am späten Abend, sie sind bereits schlafen gegangen, kann sie es nicht mehr für sich behalten und stößt den Mann leise an.

»Du, Ferdl, ich muß dir was sagen.«

Er richtet sich langsam auf. »Das muß schon was Wichtiges sein, wenn du nicht bis morgen damit warten kannst.«

»Zuerst habe ich auch gemeint, das wäre ungeheuer wichtig. Je länger ich aber jetzt drüber nachgedacht habe, desto natürlicher kommt es mir vor.«

»Also 'raus jetzt mit der Sprache. Um was handelt es sich denn?«

»Um unsere Margret.«

»Was hat sie denn ausgefressen?«

»Das gleiche, was wir alle einmal ausgefressen haben, als wir jung und verliebt waren.«

»Auweh! Verliebt ist sie also. Mutter, jetzt siehst es, daß wir alt werden! In wen hat sie sich denn vergafft?«

»Ja, da wirst schauen, so wie ich dumm geschaut habe, als mir's die Margret heut erzählt hat. In unsern Martl.«

»Ha?«

»Ja, ja, es ist schon so, wie ich sage. Die Margret und unser Martl.«

Mit beiden Beinen zugleich ist der Sachenpacher aus dem Bett, schlüpft in die Hose und sucht nach seinen Pantoffeln.

»Wo willst denn hin jetzt?« fragt Notburga.

»Das muß ich von ihr selber hören. Also, so was hab' ich in meinem ganzen Leben noch nicht gehört! Verliebt sich die in ihren eigenen Bruder!«

»So hab' ich zuerst auch gedacht. Aber ist er denn ihr Bruder?«

Der Roßkogler starrt sie verdutzt an. Dann fährt er sich mit gespreizten Fingern durch das Haar.

»Freilich, da hast recht. Die zwei können eigentlich heiraten. Bloß paßt mir das nicht in meine Absicht.« Er beginnt in der Schlafkammer auf und ab zu gehen und bietet einen komischen Anblick dabei, wie ihm die lose herunterhängenden Hosenträger um die Beine baumeln.

»Was wäre denn das für eine Absicht?« fragt Notburga.

»Mit dem Langenecker habe ich's so halbwegs ausgemacht, daß sein Anselm unsere Margret einmal haben könnte.«

»Was? Das hast du?« fragt Notburga ein wenig vorwurfsvoll. »Ferdl, das ist doch gar nicht deine Art. Menschen gibt man doch nicht zusammen wie das Vieh.«

»Na ja, direkt zugesagt habe ich ihm nicht, dem Langenecker. Er hat mich halt gefragt, ob ich was dagegen hätt', und da habe ich dann schon gesagt, daß es wohl die Hauptsache wäre, wenn die Margret seinen Buben auch mag. Anders hätte es gar keinen Sinn. Im übrigen« — er beginnt wieder zu gehen und redet sich in einen kleinen Zorn hinein —, »im übrigen verstehe ich nicht, daß du als Mutter nicht schon lang gemerkt hast, daß es mit den zweien nicht stimmt. Ich kann doch meine Augen nicht überall haben.«

»Das muß erst seit kurzem sein, und als ich heut gemerkt habe, daß mit dem Mädel etwas nicht in Ordnung ist, habe ich sie sowieso gleich gefragt. Und du sollst dich jetzt auch nicht aufregen. Wer weiß, wie alles noch kommt. Die zwei sind noch so jung, da kann sich noch viel ändern. Leg dich wieder nieder jetzt, und nimm's nicht so tragisch.«

Das ist aber leichter gesagt als getan. Zunächst bekommt Ferdinand Sachenpacher noch zu hören, daß der Martin ein wunderbarer Bursch sei und daß es ja nicht unbedingt notwendig wäre, daß alle Bauerntöchter in einen Hof einheiraten. Martins Zukunft sei für alle Zeit gesichert, wenn er heil aus dem Krieg heimkomme. Sie hält ihm unter anderem auch vor:

»Du hast ja selber schon gesagt, daß der Martl einmal eine gute Partie werden wird, wenn er's bis zum Förster bringt. Und daß er dann überall anklopfen könnte. Jetzt, weil er bei uns selber anklopft, möchtest ihm die Tür nicht aufmachen!«

»Das hab' ich nicht gesagt. Ich muß mich bloß erst an den Gedanken gewöhnen. Auf alle Fälle — das bitt' ich mir aus: Der Krieg muß erst vorbei sein. Wenn die zwei dann noch so denken wie heut, dann müssen wir halt in Gotts Namen darüber reden. Und jetzt gib Ruh', ich will schlafen!«

Mitte März kommt Martin erstmals auf Urlaub. Er hat seine Ankunft nicht gemeldet und ist mit dem Abendomnibus von Lenggries herübergekommen.

Die Dämmerung hat schon alles umschlungen, und der Roßkogler, der gerade am Fenster steht und hinausschaut, kann lange nicht unterscheiden, was da langsam den Hügel heraufkommt, bei der Ahorngruppe stehen bleibt und auf den Hof herschaut. Plötzlich erfaßt es ihn.

»Der Martl kommt!«

Mit einem Schrei springt Margret auf und rennt hinaus.

»Spinnt die?« fragt Andreas unwillig und legt die Zeitung zusammen, in der er gelesen hat.

Draußen auf dem Fletz stehen sich Margret und Martin

gegenüber und sehen sich sekundenlang mit staunenden, leuchtenden Augen an.

»Bist du schön geworden«, sagt Martin endlich.

Ach, wenn nur nicht diese dumme Scheu da wäre. Am liebsten möchte sie ihm um den Hals fallen, aber sie weiß, daß man es wahrscheinlich von der Stube aus gesehen hätte.

»Du«, flüstert sie ihm zu. »Sie wissen es jetzt, daß wir beide uns gern haben.«

In diesem Augenblick kommt die Mutter aus dem Haus, wischt sich die Hände an der Schürze ab und nimmt sein Gesicht dann in ihre Hände.

»Martl, Bub, laß dich anschaun. Mager bist worden. Komm nur 'rein jetzt, ich koch' dir gleich was.«

Drinnen in der Stube begrüßt ihn der Vater und die andern. Andreas blinzelt ein wenig verlegen, als er ihm die Hand reicht, und sagt gleich als erstes:

»Du, die Sache mit dem Rehbock ist niedergeschlagen worden wegen Geringfügigkeit.«

In Wahrheit ist es aber so, daß der Förster die Anzeige mit Rücksicht auf den alten Roßkogler nicht weitergeleitet hat. Im Tumult des ausbrechenden Krieges ist das weiter gar nicht aufgefallen.

Der Vater betrachtet den jungen Soldaten mit Wohlgefallen. Die Uniform sitzt ihm wie angegossen, und die Jägermütze mit dem Edelweiß hat er verwegen auf dem kurzgeschorenen Blondkopf.

»Wie lang hast Urlaub?« fragt er.

»Vierzehn Tage.«

»Wird man da recht gezwiebelt in der Kaserne?« will Andreas wissen.

Martin lächelt wie einer, der bereits alle Strapazen hinter sich hat. »Es ist zum Aushalten«, antwortet er, und sein Blick sucht dann wieder Margrets Gesicht.

Gleich darauf wird das Essen aufgetragen. Die Mutter hat ihm Pfannkuchen gebacken und stellt ihm dazu ein Schüsselchen mit Preiselbeeren hin.

»Soso, vierzehn Tage hast«, sagt der Vater. »Jetzt erzähl, mein Bub, wie es so zugeht in der Kaserne.« Er hat »mein Bub« sagen müssen, damit der Soldat seine leichte Fremdheit verliert und der andere, der so hochmütig in der Ecke sitzt und eine Zigarette raucht, begreift, daß die Monate des Fernseins gar nichts verwischt haben und daß Martin noch genauso im Herzen des Vaters wohnt wie eh und je.

Ja, Andreas sitzt ziemlich hochmütig in der Ecke und horcht doch gespannt hin auf das, was Martin erzählt. Zwar glaubt er nicht, daß man auch ihn noch holen werde — es ist ja so ruhig in der Welt. Im Osten ist der Zauber vorbei, im Westen ist köstliche Ruhe. Wozu brauchen sie da noch mehr Soldaten!

Den Vater interessiert das, was Martin zu erzählen hat, ist er doch selber Soldat gewesen, der nun Vergleiche ziehen will zwischen damals und heute.

Einmal macht Martin eine Pause und lächelt.

»Ich erzähle immer von mir und möchte von euch was wissen. Werdet ihr fertig mit der Arbeit?«

»Ich habe verlernen müssen, mir einzubilden, daß ich schon alt werde«, antwortet der Roßkogler. »Und der Anderl — was wahr ist, muß gesagt werden —, er greift jetzt viel besser zu. Hoffentlich bleibt er so.«

Da Martin schon mehrmals gegähnt hat, fragt ihn die Mutter, ob er Schlaf habe.

»Ja, Schlaf. Die lange Bahnfahrt und —«

»Ich richte dir gleich dein Bett her«, sagt Margret in auffallender Eile, worauf Andreas hintergründig lächelt.

Droben hat Margret das Deckbett hochgeschlagen und die Fenster geöffnet, weil sie weiß, daß er nur bei offenem Fenster schläft. Ihr Herz schlägt in einem wilden Rhythmus, aber als dann Martin über die Schwelle kommt, steht sie doch da, mit hängenden Armen und hilflos bis in die Seele hinein.

»Du hast nicht geschrieben, daß du kommst«, sagt sie

leise. »Sonst hätte ich schon ein paar Blumen irgendwo aufgetrieben. Auf der Junghalde drüben habe ich gestern die ersten Krokusse gesehn.«

Langsam geht er auf sie zu und zieht sie an sich. »Krokusse sind keine Sonnenblumen. Und schreiben habe ich's nicht können, weil ich es selber nicht gewußt habe.«

»Du hast ja auch sonst nicht geschrieben. An mich wenigstens nicht.«

Seine Hand zärtelt in ihrem Haar. »Und du? Hast du mir geschrieben? Ich habe darauf gewartet, Margret.«

Ach, was hat das ganze Gerede für einen Sinn? Margret hungert nach ein wenig Zärtlichkeit. Vergessen ist, daß er ihr nie geschrieben hat, vergessen ist alle Sehnsucht, nur die Wirklichkeit lebt.

Da durchgellt ein scharfer Pfiff vom unteren Flur herauf alle Seligkeit.

»Der Vater«, stammelt Margret erschrocken und rennt hinaus.

Ja, der Vater steht unten. Er schimpft nicht und tobt nicht, er sieht sie nur ein wenig von der Seite her an und sagt, indem er mit dem Daumen auf die drittletzte Tür hindeutet: »Dort ist deine Kammer, falls du es nicht wissen solltest.«

Am nächsten Tag aber nimmt der Roßkogler den Martin am Abend mit hinunter ins Dorf. Auf dem Hinweg fällt kein Wort wegen Margret; am Stammtisch sitzt er neben ihm, und er ist es, der das Gespräch so leitet, daß Martin erzählen muß. Es ist wenig, denn in einer Garnison erlebt man nichts. Andere sind auch schon hier gesessen und haben etwas Besseres zu erzählen gewußt, weil sie in Polen dabeigewesen sind.

Es mag vielleicht Stolz dabeigewesen sein, der den Roßkogler aufgestachelt hat, diesen Sohn ein wenig herumzureichen, vielleicht auch die Absicht, allen zu zeigen, wie sehr er Martin nach wie vor als seinen Sohn betrachtet.

Still und mondlos ist die Nacht, als sie gegen zehn Uhr

heimgehen. Ab und zu streicht ein Windstoß über die kahlen Märzwiesen. Keines Tieres und keines Menschen Stimme ist zu vernehmen, nur manchmal, wenn der Wind stärker vom Westen her drängt, hört man das Geplätscher der Großen Laine wie das Raunen unirdischer Stimmen durch die Nacht wehen.

Bei dem großen Feldkreuz an der Weggabelung bleibt der Roßkogler stehen, schiebt seinen Hut aus der Stirne und sieht Martin an.

»Und wie ist jetzt das mit der Margret? Red nur ganz offen.«

Martin wird verlegen und fährt sich mit dem Handrücken über die Stirne. »Ich weiß nicht, Vater, es war ganz einfach da.«

»War da. Soso, war ganz einfach da.«

»Ja, auf einmal war es, als hätte sich ein Vorhang geteilt — und wir waren nimmer Bruder und Schwester.«

»Aha. Ist es dann so, daß ich für die Zeit, wo du da bist, die Margret zur Mutter in die Kammer schlafen legen muß und ich dafür in ihre Kammer geh'?«

Immer tiefer wird Martins Verlegenheit. »Nein, Vater, du sollst dir so was nicht denken.«

»Ja, Martl, ich glaube dir. An dir ist alles sauber und gradlinig. Aber es ist nicht ganz unwichtig, daß wir darüber reden. Glaub mir, die Ruhe, die jetzt herrscht, ist bloß die Ruhe vor dem großen Sturm. Der Krieg ist noch lang nicht aus. Du gehst fort, und die Margret bleibt zurück. Probier' so zu denken, als wäre sie doch deine Schwester, zu der es keinen Weg gibt. Wenn du gesund heimkommst, dann reden wir weiter. Ich bin der letzte, der eurem Glück dann im Weg steht. Bloß jetzt fangt nichts an. Versprich mir das, Martl.«

Unterm Wegkreuz reichen sie sich die Hand, und Martin hätte fast aufgeschrien unter dem harten Druck von der Hand des Vaters.

»Ich möchte in der Zeit, wo du da bist, nicht dauernd

aufpassen müssen«, redet der Roßkogler weiter. »Du hast mir jetzt die Hand drauf gegeben, und das hat Geltung für mich.«

Sie gehen jetzt weiter. Sternschimmernd spannt sich der Himmel über das schlafende Tal und gaukelt einem den Gedanken vor, daß auf der ganzen Welt tiefster Friede sei.

Und dann ist alles mit einem Schlag vorzeitig zu Ende. Sechs Tage hat Martin von seinem Urlaub erst genossen, als er im frühen Morgengrauen des siebenten Tages durch ein Telegramm zu seiner Truppe zurückgerufen wird.

Er macht sich reisefertig, und die Mutter packt ihm in den Rucksack, was sie in der Vorratskammer gerade findet. Draußen geht ein leiser Rieselregen nieder, mit etwas Schnee vermischt. Der Hund jault an der Kette, als Martin aus dem Haus tritt. Er geht hin und streichelt ihm das zottige Fell. Als er sich aufrichtet, sieht er den Vater unter dem erleuchteten Türrahmen stehen, ganz schmal, grau und gebeugt. Martin streckt das Kinn vor, dann wendet er sich schnell ab, weil er fühlt, wenn er jetzt umkehrt, wird das Weggehen nur noch schwerer.

Hinter der Tennbrücke huscht ein Schatten hervor. Margret ist es, ein Schultertuch umgehängt, die Augen in flehender Angst auf ihn gerichtet.

»Geh, Margret«, sagt er und streicht ihr über die nasse Stirne. »Geh ins Haus, Margret, du erkältest dich.«

»Nein, laß mich ein Stück mit dir gehn. Bloß bis zum Wegkreuz hinunter. Wer weiß, wann du wiederkommst.«

»Ach, bald wieder«, sagt er, und es soll zuversichtlich klingen.

Der Morgen ist grau und verhangen. Und durch diese nebelfeuchte Frühe gehen die beiden Hand in Hand den Hügel hinunter. Die Nebel senken sich auf ihre Schultern. Wie Gespenster tauchen vereinzelte Gebüsche auf und verschwinden wieder. Dann sind sie auf einmal am Kreuz.

Und da packt es Margret mit jäher Leidenschaft. Sie faßt nach seinem Arm.

»Nimm mich doch mit. Laß mich nicht allein zurück.«

Martin streicht über ihren Scheitel, seine Hand wird naß vom Nebel. »Aber Margret, das geht doch nicht.«

Aufschluchzend sinkt sie gegen ihn. Dann nestelt sie plötzlich etwas aus ihrem Kittelsack und drückt ihm ein kleines, dünnes Büchlein in die Hand.

»Da, nimm es mit, als Andenken an mich.«

Verwundert liest er den Titel: »Rilkes Gedichte.« Dann schaut er sie an. »Wie kommst du zu dem Buch?«

»Ich habe es schon lang. Seit vorigem Jahr schon. Da hat es einmal ein Gast auf unserer Alm liegenlassen. Ich verstehe nichts davon, aber vielleicht findest du etwas Schönes drinnen. Hab' sonst nichts, was ich dir schenken könnte.«

Er steckt es in die Brusttasche, wo er auch das kleine Gebetbüchlein verwahrt, das ihm die Mutter mitgegeben hat, als er hat einrücken müssen.

»Jetzt wird es Zeit«, sagt er mit schwerer Stimme in ihr Schluchzen hinein. »Du mußt tapfer sein, Margret, und mußt dir denken, daß nicht jede Kugel trifft.«

»Ich will beten für dich«, sagt sie. »Jeden Tag vor dem Einschlafen.« Sie schlingt beide Arme um seinen Hals und küßt ihn. »Und nun geh, mein lieber Martin. Ich will schon tapfer sein.«

Sie steht noch unter dem Kreuz, als seine Gestalt bereits im Nebel verschwunden ist. Wird er jemals wieder aus diesem Nebel auftauchen? Wird sie ihn jemals wiedersehen?

Fröstelnd zieht sie die Schultern ein. Ihr Blick geht flehend zum Gekreuzigten hinauf, über die Wundmale hin und über die Dornenkrone.

Irgendwo schreit eine Krähe im Nebel, und dann hört man das Signal des Postomnibusses. Enger zieht Margret das wärmende Tuch um ihre Schultern und geht mit müden Schritten langsam bergauf.

Mittags erst hebt sich der Nebel. Sieghaft hat die Sonne alles Graue zerrissen. Sie geht am Abend flammend unter und hat damit endgültig den Frühling ins Tal gebracht, denn die Tage gehen nun in strahlender Schönheit übers Land, eine Woche und noch eine zweite. Um diese Zeit aber sitzt der Gebirgsjäger Martin Sachenpacher mit vielen anderen zusammengepreßt im engen Laderaum eines Zerstörers, der gegen Narvik dampft. Der Krieg in Norwegen hat begonnen.

Genau vier Wochen später beginnt er auch im Westen, und da begreifen auch die Einfältigsten, daß dieser Krieg von langer Dauer sein wird.

Das Leben auf den Höfen geht weiter, weil es weitergehen muß. Die Gesichter der Menschen sind verschlossener geworden, und immer öfter ruft in diesem dritten Kriegsjahr die Glocke zum Seelengottesdienst für einen gefallenen Sohn des Tales. Der Rußlandkrieg mäht erbarmungslos die Blüte des Landes nieder.

Die paar Jungen, die noch zu Hause sind, warten nun auch darauf, bald geholt zu werden. Und dann erreicht es auch den Andreas Sachenpacher. Eines Mittags bringt der Postbote den Gestellungsbefehl.

Andreas, die ganze Zeit her sehr ruhig und arbeitsam, gerät in Zorn, beginnt auf Gott und die Welt zu schimpfen und schreit dem Vater ins Gesicht:

»Und ich geh' einfach nicht!«

Der Roßkogler, den Krieg hassend aus ganzer Seele, schaut seinen Sohn lange an. Dann zuckt ein verächtliches Lächeln um seinen Mund.

»So dumm kannst nur du daherplappern. Du gehst schon, weil sie dich sonst an die Mauer stellen.«

»Ich versteck' mich droben auf der Alm, da sollen sie mich erst finden!«

»Red doch nicht so dumm daher. Keiner kann sich auf die Dauer verstecken. Und soll es heißen, daß ein Sachenpacher feig gewesen ist und sich versteckt hat? Schämst dich nicht vor den andern? Weiß Gott, ich verwünsche den Krieg bis zum letzten, aber wenn du das tun willst, dann — ich müßte mich für dich schämen.«

»Aber du kannst doch zum Ortsbauernführer gehn und versuchen, daß ich noch mal zurückgestellt werde.«

»Nein!« antwortet der Roßkogler rauh. »Soll ich hingehn zu dem, der mir die ganze Zeit schon aufgesessen ist, und soll betteln? Das kannst von mir nicht verlangen!«

»Für den Martl tätst es schon«, zischt Andreas gehässig.

Der Vater fährt herum.

»Das kannst auch bloß du sagen. Der Martl tät sich so was wahrscheinlich schönstens verbitten, nicht weil er begeistert ist für den Krieg, sondern weil er weiß, daß es eben Gesetze gibt, denen man sich unterwerfen muß.«

Vielleicht steckt auch wirklich eine kleine Schikane dahinter, daß man die Uk.-Stellung des Andreas Sachenpacher aufgehoben hat. Aber man will damit gar nicht den Andreas treffen, sondern den alten Roßkogler, der sich gar nicht beugen will. Er begehrt nicht offen auf, nein, aber er hat immer so ein spöttisches Lächeln um seinen Mund. Vielleicht vergeht ihm dieses überhebliche Schmunzeln, wenn er jetzt noch mehr anpacken muß.

Schweigend schickt sich der Roßkogler ins Unvermeidliche. Ohne ein Wort zu verlieren, tritt er in die Lücke, die Andreas hinterlassen hat. Es tut ihm nur weh, wenn er sieht, wie auch Notburga die manchmal rastenden Hände aus dem Schoß reißt, um dann schnell anzupacken, damit sie das wieder nachhole, was sie soeben versäumt hat. Doch wie notwendig hätte sie das Ausruhen! Ihr Haar ist silbergrau geworden, ihr Schritt ist längst nicht mehr so rasch und federnd wie früher. Die Margret muß jetzt mehr draußen zugreifen, so daß der Mutter die ganze Hausarbeit allein obliegt, denn in dieser Zeit sind Leute sehr schwer zu bekommen.

Von Martin kommen spärliche Briefe von der Ostfront.

Er schreibt nicht viel, nur daß es ihm gutgehe. Margret nimmt die Briefe alle an sich, sammelt sie in einer kleinen Schachtel und weint über einen der letzten bittere Tränen, weil Martin geschrieben hat:

... und manchmal schaut es so aus, liebe Margret, als gäbe es kein Zurück mehr aus diesem Grauen. In solchen Stunden denke ich dann, Du sollest nicht auf mich warten, sondern den Langenecker-Anselm nehmen, der wegen seiner Prothese wohl nicht mehr an die Front kommen wird.

Ja, der Sohn vom Langenecker ist heimgekommen mit einem Bein. Das andere hat man ihm oberhalb des Knies abgenommen. Ein paarmal ist er schon dagewesen auf dem Roßkogl, ein scheuer, zurückhaltender Mensch, den das schreckliche Erlebnis älter gemacht hat. Aus seinen kargen Erzählungen weiß Margret, daß der Krieg im Osten ein Gang durch die Hölle ist.

Margret hat längst gemerkt, daß es nicht Handelschaft allein ist, die den jungen Langenecker immer wieder nach dem Roßkogl treibt. Einmal hat er eine Kuh gekauft, einmal ein Stierkälbchen zum Tausch angeboten. Es ist ergreifend, diesen großen, jungen Menschen so mühsam über den Hof stapfen zu sehen. Hart schlägt die Prothese auf das Pflaster des Flurs. Manchmal zuckt es in seinem Gesicht wie in verbissenem Schmerz. Die Prothese sitzt nicht recht.

An einem frühen Winterabend kommt er wieder angehumpelt. Margret ist allein in der Stube. Der Vater ist mit den beiden ukrainischen Hilfsarbeitern noch im Walde, die Mägde, wovon eine ebenfalls Ausländerin ist, sind in der Tenne beschäftigt, und die Mutter ist in der Küche.

Unwillkürlich erschrickt Margret, als sie Anselm mit den Krücken über den Hof humpeln sieht. An seinem heißen und langen Händedruck hat sie manchmal schon gemerkt, daß er mehr sucht als nur ihr Mitleid.

Anselm betritt die Stube, bleibt einen Augenblick betroffen stehen, als er Margret allein vorfindet. Dann lehnt er seine Krücken an den Kachelofen und setzt sich.

»Hättest den Vater braucht?« fragt Margret. »Die Mannsleut' sind noch nicht zurück aus dem Wald.«

»Macht nichts«, antwortet Anselm in seiner langsamen Art und zieht dann umständlich eine kurze Pfeife aus seiner Tasche, brennt den Tabak an und macht ein paar hastige Züge. Dann drückt er mit dem Daumen die Glut in der Pfeife nieder. »Weißt, Margret — es ist schon ein rechtes Kreuz bei uns. Die Mutter kann halt gar nimmer recht.«

»Ist die Langeneckerin krank?«

»Krank und auch nicht. Seit der Hansl gefallen ist, will ihr gar nichts mehr von der Hand gehn. Im Haushalt geht es oft drunter und drüber.«

Margret nimmt den Korb mit Wäsche und stellt ihn auf die Bank neben der Tür. Dann geht sie wieder zum Tisch. So lang hat sie gebraucht, um die Antwort zu finden auf seine Klage.

»Ja, Anselm«, sagt sie, »dann wirst du halt bald heiraten müssen, damit wieder Ordnung hineinkommt in den Hof.«

»Ja, das meinen meine Leut' auch«, antwortet er schnell. »Erst heut hat der Vater wieder gefragt, ob ich noch nicht weiter bin mit dir.«

Margret fährt mit dem Gesicht herum. In ihren Augen ist mehr Trauer als Erschrecken.

»Mit mir? Wie meinst denn das, Anselm?«

Der ruhige Klang in ihrer Stimme gibt ihm Mut.

»Margret, du mußt es doch schon längst gemerkt haben, daß du mir nicht gleichgültig bist. Wegen was, meinst du, bin ich allweil gekommen?«

»Wegen der Handelschaft halt.«

»Auch. Aber das war nur Vorwand. Die Hauptsache warst du.« Und plötzlich greift er nach seinen Krücken, humpelt auf sie zu und redet auf sie ein. Wie ein Brunnen springt es aus seiner Brust. All das Zurückgedämmte der ganzen Monate drängt nun aus ihm heraus.

»Schau, Margret, du sollst es gut haben bei mir. Unser Hof ist nicht schlechter als der eure, das weißt ja. Und ich wüßte mir keine liebere Bäuerin wie dich. Und wegen meinem Fuß — schau, Margret, da kann ich ja nichts dafür. Manche haben zwei gesunde Beine, aber ein falsches Herz. Einmal muß ja der Krieg aus sein und das Leben wieder einen Sinn kriegen.«

Margret hört die Worte und hört sie nicht. In ihrem Herzen regt sich nichts, unwandelbar steht Martins Bild vor ihren Augen. Und sie weiß, daß sie jetzt die Wahrheit sagen muß, wie schwer sie ihn auch treffen mag.

»Du sagst ja gar nichts«, sagt er in banger Erwartung. »Darf ich denn gar kein bissel hoffen, Margret?«

Ein tiefes Atemholen, dann antwortet Margret: »Nein, Anselm, hoff lieber nicht.«

Er erschrickt so sehr, daß ihm eine der Krücken entgleitet. Margret bückt sich und hebt sie auf. Dann schaut sie ihm offen in die Augen.

»Es geht nicht, Anselm, glaub es mir.«

»Also doch«, stammelt er mit erloschenem Laut. Seine Schultern sinken dabei nach vorne. Seine Hände umklammern die Spreizen, daß die Knöchel weiß hervortreten. »Ach ja, was soll dir auch so ein Krüppel bedeuten können. Ich weiß, Margret, du möchtest einen haben, der gesunde Füße hat und mit dir über die Wiesen springen kann.«

»Nein, Anselm, das ist es nicht. Komm, setz dich. Ich will es dir ganz offen sagen.« Sie drängt ihn auf die Bank und faßt nach seiner Hand. »Warum es nicht sein kann, Anselm? Es ist — zu spät.«

Betroffen hebt er den Kopf. Seine Augen hängen flehend an ihr.

»Für ein Glück ist es nie zu spät, Margret.«

»Da hast du recht. Aber für ein Glück müßte das Herz noch frei sein. Und meins ist nimmer frei.«

»Ach, so ist es«, sagt er wieder langsam, und seine Augen

gehen in den hintersten Winkel hinein, wo die zwei Wellensittiche in ihrem Käfig zärtlich miteinander schnäbeln. Dann greift er nach seinen Krücken und steht auf. »Dann kann ich mir ja von jetzt an den Weg hierher sparen.«

»Anselm, ich will dir das Kommen nicht verleiden.«

Mühsam humpelt Anselm zur Tür. Dort dreht er sich noch einmal um.

»Und — wer es ist, kannst mir das sagen?«

»Doch, Anselm. Es soll alles ehrlich zwischen uns ausgeredet sein. Der Martin ist es. Unser Martin.«

»Der Martin? Dein Bruder Martin?«

Sie nickt und lächelt glückselig dabei.

Draußen fahren mit hellem Schellengeläute die Fuhrwerke in den Hof.

»Jetzt kommt der Vater. Willst nicht doch ein bissel warten, Anselm?«

Er schüttelt nur stumm den Kopf und geht. Draußen umfängt ihn leichtes Schneegestöber. Es rieselt in seinen Hals hinein. Aber er spürt nichts davon. Weit setzt er die Krücken vor, so daß es manchmal aussieht, als überschlage er sich den Berg hinunter. Als ob ihn jemand jagt, so geht er dahin, und in seinem Hirn hämmern immer nur die Worte:

»Es ist zu spät — es ist zu spät . . .«

Am gleichen Tag geschieht es, daß zweitausend Kilometer entfernt im Osten wieder ein Blatt im Lebensbuch des Feldwebels Martin Sachenpacher gewendet und mit ehernem Griffel ein neues Kapitel eingeschrieben wird.

Kurz nach Mittag hat ein Stoß des Gegners die Division hart in die Flanke getroffen; ein sehr schwerer Stoß, der ganze Kompanien ins Verderben gerissen oder versprengt hat.

Und hier liegen sie nun unter uralten Tannen am Rande eines schmalen Fahrweges: der Feldwebel Martin Sachenpacher und der fremde Leutnant aus einer anderen Einheit. Ein Mann, dessen dichtes Haar schon stark ergraut ist.

Den Leutnant hat es schwer erwischt, und er macht sich auch keinerlei Hoffnungen mehr. Dem Feldwebel hat es nur aus der Wade ein Stück Fleisch herausgerissen. Er hat die Wunde verbunden und ist nur sehr müde vom Blutverlust.

Es ist so still wie in einer Waldkapelle, und zwischen den Lücken der Fichten sehen sie den blauen, kalten Himmel, den ein versöhnendes Abendrot färbt.

Der Leutnant stöhnt, aber Martin ist still. Seine Schmerzen sind nicht übergroß, und er könnte den Offizier vielleicht auf seinen Rücken nehmen und westwärts schleppen. Aber wohin? Der Kessel ist zu, und es kann sein, daß dreißig Meter weiter die russischen Feldwachen stehen. Nein, lieber die Nacht abwarten! Er beugt sich vor und schaufelt mit den Händen Schnee über seine und des Leutnants Füße. Vielleicht verhindert man dadurch das Erfrieren der Beine.

»So also ist das, wenn es ans Sterben geht«, sagt der Leutnant einmal in die Lautlosigkeit hinein. »Eigentlich habe ich es mir anders vorgestellt.«

»Den Tod kann man sich nicht aussuchen«, sagt Martin. »Du mußt dir halt denken, so und nicht anders war es dir von Anfang an auferlegt.«

Dem Leutnant sind die Augen zugefallen gewesen. Aber nun reißt er sie wieder auf. »Duzen Sie mich?«

»Ich hab' dich geduzt, jawohl«, antwortet Martin. »Im Jenseits werden wir auch nicht mehr Sie zueinander sagen. Warum also nicht schon jetzt?«

»Hast recht, schade, daß du kein Pfarrer bist.«

»Wieso?« fragt Martin. »Hast vielleicht was auf dem Gewissen?«

»Ja und nein. — Mehr als zwanzig Jahre habe ich in Amerika gelebt. Ausgerechnet kurz vor dem Krieg fuhr ich wieder nach Deutschland. Wollte was in Ordnung bringen, aber ich kam nicht mehr dazu.«

Martin blickt auf die zitternden Hände des Leutnants. Er sieht den Ehering an seiner Hand.

»Und deine Frau? Ist sie drüben?«

»Ja, und die Kinder. Zwei Buben und ein Mädchen.« Der Leutnant lacht ein bißchen, mit verzerrtem Gesicht. »Der Hartmut wird jetzt Soldat sein und auf amerikanischer Seite kämpfen. Stell dir vor, ich wäre nicht hier, sondern im Westen. Und eines Tages stünde ich meinem eigenen Sohn gegenüber. — Hast du nichts mehr zu trinken?«

Martin hat noch etwas Schnaps in seiner Feldflasche. Aber er leugnet es, weil sie gelernt haben, daß bei Bauchschüssen jeder Schluck Flüssigkeit den Tod bringen kann. Statt dessen greift er in seine Brusttasche und zieht das Gebetbüchlein heraus. Das Bändchen Rilke entfällt dabei seiner Hand und liegt nun auf der Brust des Leutnants. Er schlägt das schwarze Büchlein auf und liest auf der ersten Seite, mit Bleistift hingekritzelt, den Namen der Mutter, Notburga Sachenpacher. Auf der dritten Seite findet er, was ihm angebracht scheint in dieser Stunde in dem großen fremden Wald bei Einbruch der Dämmerung. Und er beginnt zu lesen:

»Du Gott aller Güte, Vater der Erbarmung! Ich erscheine vor Dir mit gedemütigtem, reuigem Herzen, ich empfehle Dir meine letzte Stunde und alles, was nach derselben mich erwartet.«

»Also doch schon meine letzte Stunde«, sagt der Leutnant, der inzwischen das Rilke-Bändchen aufgeschlagen hat. »Da, lies einmal das da vor. Nein, ich will es selber versuchen!

Ewiges will zu uns. Wer hat die Wahl
und trennt die großen und geringen Kräfte?
Erkennst du durch das Dämmern der Geschäfte
im klaren Hinterraum das Abendmahl:

wie sie sich's halten und wie sie sich's reichen
und in der Handlung schlicht und schwer beruhn.
Aus ihren Händen heben sich die Zeichen,
sie wissen nicht, daß sie es tun.«

Voll und schön hat seine Stimme geklungen. Aber in den letzten Sätzen ist sie nur noch ein Flüstern gewesen, und nun legt er sich wieder zurück und stöhnt. Der Stahlhelm fällt ihm tief in die Stirn.

»Feldwebel«, flüstert er dann.

Martin steckt seine beiden Büchlein wieder ein und kramt in seinen Taschen nach etwas Rauchzeug. Er findet gerade noch eine Zigarette.

»Mir auch eine«, stöhnt der Leutnant.

»Hab' nur mehr die da, aber du sollst nicht zu kurz kommen.«

»Wo bist du daheim, Feldwebel?«

»Hinter Lenggries.«

»Lenggries, Lenggries?« Der Leutnant schiebt den Helm aus dem Gesicht. Seine Augen haben einen merkwürdigen Glanz. Dann streicht er mit zitternden Fingern über seine Stirn, als möchte er eine Erinnerung herbeiziehen. Aber die Hand will ihm nicht mehr recht gehorchen.

Dann fallen ihm die Augen zu, und mit dem letzten Blick sieht er noch die Sterne über den Fichtenwipfeln flimmern. Noch einmal öffnet sich sein Mund, aber der Feldwebel versteht kaum, was der Sterbende noch sagt:

»Sag, wo ich geblieben!
Wo geblieben mein Selbst, das wahre, das ganze,
Mit der Prägung, die leuchtend von göttlichem
Glanze . . .?«

Nach dieser Peer-Gynt-Frage schließen sich die Lippen des Leutnants stöhnend und bleiben für ewig stumm.

Martin ist nicht mehr erschüttert davon. Er hat schon

zu viele sterben sehen. Er nimmt ihm die Erkennungsmarke und das Soldbuch ab; er schlägt es auf und liest im letzten Zwielicht des sterbenden Tages, daß der stumme Leutnant neben ihm Michael Larisch heißt, im Zivilleben Schauspieler war und daß seine Frau Ingeborg in New York wohnt.

Die Nacht ist eingefallen. Er sieht die Sterne nicht mehr, und dann beginnt es auch noch zu schneien, langsam und mit großen Flocken. Sie legen sich lautlos auf die graue Gestalt des Leutnants und hüllen ihn ein, wie mit einem weißen Laken.

In der Nacht hat Martin versucht, irgendwo Anschluß zu finden. Aber er irrt nur im Kreise umher. Der Wald hält ihn gefangen, und im Morgengrauen kommt er wieder an die Stelle, wo der tote Leutnant liegt. Man sieht nicht mehr viel von ihm, nur eine Stiefelspitze ragt noch aus dem Schnee.

Und auf einmal ist Martin nicht mehr allein. Kaum daß es tagt, strömen die Versprengten zusammen, die der Wald über Nacht geborgen hat. Auf einer Lichtung sammeln sie sich und machen ein Feuer an. Immer mehr kommen zusammen, angezogen von dem Rauch, der über die Wipfel der Bäume steigt. Der Rauch aber verrät sie, und kaum daß die ersten den heißen Tee gefaßt haben, erfolgt der Feuerüberfall. Ringsum brüllt die Erde auf. Äste und Fichtenkronen brechen wie Spreu. Martin erhält einen Schlag gegen die Schulter und fällt lautlos zusammen. Er hört nichts mehr, nicht das Knattern der Maschinengewehre, nicht das Malmen der Panzerketten der drei Ungetüme, die sich einen Weg durchs Dickicht bahnen. Er spürt auch nicht den Griff der fremden Hand an seiner Schulter. Die Hand dreht ihn herum, und im Gesicht, das zu dieser Hand gehört, zeichnen sich für Sekunden Ratlosigkeit und Erschrecken. Dann legt der Gefreite Alois Federl aus Wegweid bei Lenggries dem Feldwebel Martin Sachenpacher die Hände über der Brust zusammen.

Zu mehr reicht es nicht, denn schon bricht das Jungholz unter den Raupenketten russischer T 34.

Als Martin zu sich kommt, steht die Sonne hoch in einem bleigrauen Mittagshimmel. Lautlose Stille ist um ihn. Überall liegen lautlose, stumme Gestalten. Er schaut um sich und sieht, daß einen halben Meter von ihm entfernt einer der Panzer vorbeigezogen ist. Deutlich zeichnen sich die Raupenspuren im Schnee ab. Dann sieht er an sich selber hinunter, sieht, daß seine Nahkampfspange und das Deutsche Kreuz in Gold fehlen. Und dazu kann er lächeln. Was sollen ihm diese Zeichen der Tapferkeit noch bedeuten? Zwar — aus dem Deutschen Kreuz könnte man vom Goldschmied in Tölz eine schöne Brosche für Margrets Festtagsmieder machen lassen.

Für Margret? Was ist aus seiner Liebe zu ihr geworden? Ein Kindermärchen, zurückgelassen in den bunten Tagen der Jugend, wo er noch nichts geahnt hat von dem, was er in den letzten Jahren erlebte.

Er kommt sich um viele Jahre gealtert vor, als hätte der Krieg ihm dreißig Jahre seines Lebens gestohlen. Und wie er über all das so nachdenkt, fällt ihm auch wieder ein, was gestern gewesen ist, in der Nacht und dann am Morgen. Warum lebt er eigentlich noch? Man hat ihn wohl für tot gehalten. Was war eigentlich? Langsam beginnt er sich abzutasten. Die Wunde an der Wade war gestern schon. Aber das da an der Schulter ist neu und auch die Schramme an der Schläfe, die ihm wohl das Bewußtsein fortgenommen hat. Aber er kann noch stehen. Jawohl, er kann noch stehen und — gehen. Er hängt sich die Maschinenpistole um, ergreift einen abgerissenen Ast und benützt ihn als Gehstock. Gegen Abend stößt er wiederum auf einen fremden, versprengten Haufen. Es sind nicht mehr viel, an die dreißig Mann, die müde und zerschlagen westwärts taumeln. Es hat keinen Sinn mehr, die Magazine noch leerzuschießen, als sie sich plötzlich von einer Übermacht umzingelt sehen. Resigniert heben sie die Hände und werden ostwärts getrieben, bis sie auf einen unübersehbaren Haufen anderer Gefangener stoßen, die auf einer verschneiten Wiese unter freiem Himmel stehen.

Am Osterdienstag trifft auf dem Roßkogl die Nachricht ein, daß der Feldwebel Martin Sachenpacher im Wald bei Mohilew gefallen sei.

Der, der sie zu überbringen hat, drückt sich zuerst eine Weile bei den Ahornbäumen herum, bis er den Roßkogler aus dem Haus treten sieht. Und als er auf Ferdinand Sachenpacher zutritt, weiß der sofort, was das zu bedeuten hat.

Seine Hand zittert heftig, als er das Telegramm nimmt.

»Es ist halt ein Kreuz und ein Elend«, sagt der andere, obwohl er den Auftrag hat, von der Heiligkeit des Soldatentodes zu sprechen.

Der Roßkogler nickt nur, und ein hoffnungsloser Schmerz preßt ihm die Kehle zusammen. Er zerknüllt das Papier in seiner Faust. Ein zweites Mal braucht er es nicht zu lesen. Die Worte werden ihm unvergeßlich bleiben fürs ganze Leben. Und er braucht es auch den andern nicht so wortwörtlich zu sagen, denn auch sie wüßten nichts anzufangen damit, daß es ruhmvoll sei, fürs Vaterland zu sterben. Er wird nur sagen:

»Der Martl kommt nimmer heim.«

Und es erweist sich, daß er in den folgenden Stunden weitaus der Stärkste zu sein hat. Er steht in schweigender Ruhe über dem Schreckensschrei der Mutter und kann nur den Arm um sie legen und ihr tränennasses Gesicht an seine Brust betten. Er geht mit Margret aus dem Haus in den dämmernden Abend hinein, führt sie an der Hand, so wie er sie früher als Kind oft geführt hat, und spricht von etwas anderem — nicht von Martin, der nie mehr wiederkehrt. Der Abendwind spielt mit seinen weißen Haaren, und zuweilen durchbohrt ein schneidender Schmerz sein

Herz, wenn er das Mädchen so hemmungslos schluchzen hört.

»Das Leben geht weiter, Margretl. Es bleibt nicht stehn, und du bist noch so jung. Was sollte ich sagen — oder die Mutter? Du mußt nicht glauben, daß uns der Martl nicht fest ans Herz gewachsen war. Gott verzeih mir die Sünde, aber oft ist es grad gewesen, als hätte ich ihn lieber gehabt als den Anderl.«

»Ich kann mir einfach nicht vorstellen«, schluchzt Margret von neuem, »daß er tot sein soll.«

»Das ist es, was auch alle andern sagen, die es trifft. Das werden sie beim Fischer gesagt haben und beim Elzhammer, wo gleich drei Buben gefallen sind. Dann kommt die Zeit, und der Schmerz wird müder. Was bleibt, ist die Erinnerung an einen lieben Menschen, der früh hat sterben müssen. Und dann muß man anfangen, wieder an sich selber zu denken — du vor allem, Margret, denn auf dich wartet noch das Leben.«

»Gehn wir wieder heim, Vater.«

Sie finden die Mutter in der Küche vor dem Herd stehen. Ihr Gesicht ist wie aus Stein. Ihre Augen sind rot umrändert, und ihre Hände rühren wie abwesend in einem großen Topf, der mit Milch gefüllt ist.

Später beten sie in der Stube den Rosenkranz für den Martin. Auch die Fischers sind herübergekommen, die Stube ist erfüllt vom Murmeln der Betenden, und der Rauch der Kerzen zieht dicht unter den hölzernen Balken hin.

Der Roßkogler starrt unverwandt in die Kerzenflammen. Seine Gedanken fliegen viele Jahre zurück, bis zu einer Regennacht, in der er in seinem Wagen ein Kind heimgebracht hat, und nun kniet er hier und betet für dieses Kind, das ihm fünfundzwanzig Jahre später genommen wurde. Und wie er so hinschaut auf die unruhig zuckenden Kerzen, da meint er, aus jedem Flämmchen lächle Martins Gesicht, froh und jungenhaft, mit einem leisen Staunen in den Augen, als könne er nicht verstehen, weshalb man um ihn so bitterlich klagt.

Eine Woche darauf findet der Seelengottesdienst statt. Die Kirche ist bis auf den letzten Platz gefüllt, und hernach versammelt sich alles um die Familiengrabstätte der Sachenpacher, in der nun auch Martin, wenigstens symbolhaft, ruhen soll.

Im Aufschauen sieht Margret ganz hinten den Langenecker-Anselm stehen, auf seine Krücken gestützt. Er schaut unverwandt auf sie, als möchte er mit den Augen fragen, ob er nun vielleicht ein wenig Hoffnung haben darf.

Zu diesem Gottesdienst sind auch die Löschers herübergekommen, Notburgas Schwester mit den beiden Töchtern. Fritzl, der Sohn, ist längst bei den Soldaten, und Albin Löscher, der Schwager, hat es nicht für nötig gehalten, den Trauernden zu spielen um eines Menschen willen, der ihm von Anfang an ein Dorn im Auge gewesen ist.

Ja, damals, als die Sachenpachers das fremde Kind angenommen und dann selber noch zwei bekommen hatten, damals erloschen in Albin Löscher alle verwandtschaftlichen Gefühle, denn nun gab es ja für ihn und seine eigenen Kinder nichts mehr zu erben.

Notburga hat die Schwester lange nicht mehr gesehen. Sie sitzen am Nachmittag im Roßkoglhof beisammen und haben sich viel zu erzählen von all den Jahren, seit sie ausgeflogen sind aus dem wohlbehüteten Nest des Elternhauses, um das Glück zu finden, jedes auf seine Weise.

Erst spät am Abend brechen die Löschers auf. Der Roßkogler bringt sie mit dem Gefährt an den Walchensee, und als er zurückkommt, sieht er Notburga unter den Ahornbäumen sitzen.

Wortlos setzt er sich zu ihr. Er weiß, wie schwer ihr ums Herz ist, und kann ihr nicht viel helfen, weil er selber eine Stunde ersehnt, in der er sich ganz dem Leid hingeben darf, das ihn getroffen hat. Solange Menschen um ihn sind, darf er es nicht zeigen, denn auf ihn schaut man, er ist der

Große, der Zielbewußte auf dem Roßkogl; an ihm richten sich alle auf, nicht nur die auf dem Roßkogl, nein, auch die Nachbarn, die gleiches Leid schon getroffen hat.

Notburga weiß das, weiß, daß er selber eines Trostes bedarf, daß er dieses Alleinsein mit ihr jetzt gesucht hat. Darum schiebt sie ihre Hand zur seinen hinüber.

»Weißt du, was mir ein kleiner Trost ist in allem?« fragt sie ihn. Und als er keine Antwort gibt: »Daß ich ihm die Kindheit verschönt habe, das tröstet mich. Ich habe ihn immer nah an meinem Herzen sein lassen.«

»Ja, das mag dir ein Trost sein und im gewissen Sinn mir ja auch«, antwortet der Roßkogler und schaut zu den Sternen auf. »Mir will bloß nicht eingehen, daß es jetzt noch hat sein müssen. Ein paar Wochen vielleicht noch, dann ist der ganze Schwindel sowieso vorbei.«

»Ich weiß nicht, Vater. Das haben wir zu Weihnachten auch schon gemeint.«

»Ja, aber jetzt zeichnet sich das Ende deutlich ab, und ich hoffe, daß wenigstens der Anderl durchkommt.«

»Wie der Anderl neulich da war, da habe ich das Gefühl gehabt, als wäre er ruhiger und viel vernünftiger geworden.«

Ferdinand Sachenpacher fährt sich mit der Hand über das schlohweiße Haar.

»Mancher braucht eine harte Schule, um ein ganzer Kerl zu werden. Und ein Krieg ist eine harte Schule. Schau, Burgl, das mit dem Anderl, das habe ich auch festgestellt. Und darum meine ich, wenn er gesund heimkommt, soll er bald heiraten. Die Burgstaller-Magdalen ist ein tüchtiges Mädel und hat brav auf ihn gewartet — die ganze Zeit her. Ich denk', Burgl, daß es nicht zu früh ist, wenn du vom Herd wegrückst und einer Jungen Platz machst.«

»Gern, Ferdl, recht gern. Jetzt könnten wir zwei es auch einmal schön haben, wenigstens ein paar Jahrl noch.«

»Ein paar Jahrl bloß, meinst?« Ferdinand Sachenpacher streichelt über Notburgas Scheitel hin, der schon recht dünn geworden ist. »Mindestens noch zehn Jahre«, fügt er hinzu.

Ein müdes Lächeln zuckt um ihren Mund. »Du vergißt, Ferdl, daß ich jetzt sechzig werde.«

»Ja, und ich siebenundsechzig. Alt sind wir geworden, Burgl, recht alt. Ich weiß gar nicht, wo die Jahre hingekommen sind.«

»Der Krieg zählt doppelt, Ferdl, und ich weiß, daß dich die Jahre müde gemacht haben und daß du dich sehnst, endlich deine Hände in den Schoß legen zu können.«

»Vielleicht ein paar Jahrl noch — bis ich siebzig bin, aber länger mag ich nimmer. Die Jahre sind grad noch recht, daß ich zuschaun kann, ob der Anderl ein richtiger Bauer wird. Vorausgesetzt überhaupt, daß er heimkommt.«

»So grausam wird der Herrgott doch nicht sein, daß er uns gleich beide Buben nimmt.«

»Der Herrgott hat mit dem nichts mehr zu tun«, antwortet Ferdinand Sachenpacher leise und hebt dann horchend den Kopf. Irgendwo rumort es durch die Nacht, ganz weit weg ein dumpfes Grollen, ähnlich einem abziehenden Gewitter. Aber es ist der Krieg, der seine eherne Sprache für eine Stunde und länger in die Nacht wirft, bis die feindlichen Bombengeschwader wieder westwärts abziehen.

Nur das Gebetbuch und das Rilke-Bändchen hat Martin Sachenpacher durch zwei Gefangenenlager retten können, alles andere hat man ihm längst abgenommen. Als ein Wunder will es ihm scheinen und als ein gutes Vorzeichen, daß diese Gaben der Mutter und der geliebten Schwester, die einmal seine Frau werden soll, ihm geblieben sind.

Wieder einmal werden die Gefangenen durchsucht. Seltsam, daß immer wieder irgend etwas bei ihnen gefunden werden kann, das dann ohne Rücksichtnahme auf einen großen Haufen geworfen wird. Dort landen jetzt auch Martins Bücher.

Er preßt die Lippen zusammen, weil ihm die Tränen kommen wollen. Wie unter fremdem Zwang geht er, als die Wachtposten abziehen, zu dem Haufen. Das Gebetbuch hat er bereits in der Tasche. Als er sich nach dem anderen Bändchen bücken will, fällt sein Blick auf eine Frauengestalt in Uniform, die russische Lagerärztin, und er sieht, daß sie ihn beobachtet. Aber auch ein Wachtposten, der sich noch einmal umdreht, sieht, daß Martin sich an dem Haufen zu schaffen macht, und ehe Martin begreift, was ihm geschieht, schmettert ihn ein Faustschlag zu Boden, und er verliert die Besinnung.

Als er nach Stunden — es können auch Tage gewesen sein — die Augen öffnet, weiß er nicht, wo er ist. Er sieht weißgekalkte Wände, auf die dämmeriges Licht durch ein mit Decken verhängtes kleines Fenster fällt.

Der Kopf schmerzt ihn, gerade will er die Augen wieder schließen, als sich die Tür öffnet und die russische Ärztin eintritt.

»Es wird Zeit, daß Sie wieder zu sich kommen«, sagt sie in einem seltsam kehlig klingenden Deutsch. Und dann überreicht sie ihm das Rilke-Bändchen. »Ich liebe diesen deutschen Dichter.«

Und dann erfährt Martin, daß er eine schwere Gehirnerschütterung davontrug und daß ihn die Ärztin in das Revier aufnahm, obwohl man sonst nicht soviel Aufhebens um einen zusammengeschlagenen Gefangenen machte. Sie muß ihn sogar versteckt halten, damit er dem Wachtposten, der ihn zusammengeschlagen hat und für tot hält, nicht wieder über den Weg läuft.

Martin ist völlig verwirrt über die unergründliche russische Seele, in der Härte und Weichheit so eng beisammen wohnen.

Wochen vergehen. Immer noch liegt er im Revier. Die Wunde am Bein war wieder aufgebrochen, aber unter der Pflege der Ärztin erholt er sich dann rasch. Oft hat er mit Olga Broneskawa gesprochen und auch von daheim erzählt, von dem Wald, in dem er jagte, von den Feldern, die nun der alte Vater allein bestellen muß, von der Mutter, für die es eigentlich an der Zeit wäre, die Hände in den Schoß zu legen und die Arbeit einer Jüngeren zu überlassen, und von Margret. Auch die Ärztin hat dann zu berichten begonnen, und Martin hat gespürt, daß sie ihm zugetan war, weil er ihrem Bruder so ähnlich ist, von dem sie vermutet, daß er in deutscher Gefangenschaft sei. Vielleicht hofft sie, daß auch er in Deutschland gut behandelt wird, wenn sie ein Gleiches hier tut.

Vielleicht kommt der Bruder bald heim, denn der Krieg ist aus. Durch sie erfährt Martin, daß die Waffen schweigen und daß Deutschland am Boden liegt.

Ja, der Krieg ist aus. Andreas Sachenpacher ist zwei Tage vor seinem Ende nachts nach Hause gekommen, hat seine Uniform verbrannt und hat seine Bauernkleider angezogen. Er hat Glück gehabt wie immer in seinem Leben, und der Krieg hat seinem lauten Wesen keinen Dämpfer aufsetzen können.

Gnadenvoll geht dieser Sommer über das Land und läßt langsam das schwere Leid vergessen, das über viele Familien gekommen ist. Das Leben geht weiter, und die, die wieder heimgekommen sind, packen es auf ihre Weise an.

Andreas Sachenpacher entwickelt ein eifriges Interesse für all das, was herrenlos in der Gegend herumliegt. Waffen und Munition, die massenweise in den Wäldern liegen, lassen ihn kalt. Aber hinter dem Thomasberg stehen in der Mulde ein paar Lastwagen und ein offener Kübelwagen. Der Kübelwagen befindet sich am dritten Tag nach Kriegsende bereits im Roßkoglstadel, mit Heu zugedeckt. Jetzt geht Andreas daran, die Räder von den Lastwagen abzumontieren und die Motoren auszubauen. Bis andere auf den Gedanken kommen, sich auch einiges zu sichern, hat Andreas die Wagen bereits abgewrackt.

Kopfschüttelnd sieht der Roßkogler diesem Treiben zu. Er versteht die Welt nicht mehr. Lachend erklärt Andreas ihm:

»Was willst denn? Die Sachen sind in der nächsten Zeit Gold wert. Hol' ich sie nicht, tun es andere. Also, schick dich drein, Vater.«

Und der Roßkogler schickt sich drein, zumal der Andreas nach dieser Zeit des Raffens sich ganz wild in die Bauernarbeit stürzt. Er verfolgt damit ein bestimmtes Ziel. Es ist jetzt nicht mehr zu früh, daß ihm der Vater den Hof übergibt. Sein Wesen wird ruhiger, ausgeglichener, ja manchmal ist er geradezu ein geduldiges Lamm, wenn ihn der Vater in irgendeiner Sache maßregelt. Dann beißt er die Zähne zusammen und senkt die Lider halb über die Augen, damit man die darin verborgene Ungeduld nicht sehen kann. In Wirklichkeit brennt alles in ihm vor Gier und Verlangen, endlich hier Herr sein zu können.

Nur eine ist es, die ihn in den Zügeln hält. Magdalena Burgstaller, die Tochter des Schroffenbauern. Sie ist es, die ihn ein wenig mäßigt, sie redet ihm zu, nicht ungeduldig zu werden, wenn sein Vater vom Übergeben noch nichts wissen will. Es sei nun einmal so, daß es allen Alten schwerfällt, abzutreten.

»Hast du überhaupt mit deinen Eltern schon einmal ernsthaft gesprochen, daß wir heiraten wollen?« fragt sie ihn eines Tages.

»Das wissen sie schon lang.«

»Ich meine, ob du gesagt hast, daß du nun nimmer länger allein bleiben willst. Manchmal kommt es mir nämlich vor, als würde es dir gar nicht so arg pressieren mit dem Heiraten.«

Andreas schaut sie zuerst verdutzt an, dann lacht er.

»Da kannst recht haben, Magdalen. Es ist auch so ganz schön. Ich mag dich narrisch gern, das weißt, aber man muß nicht gleich das Fangeisen am Finger haben, wenn man glücklich sein will.«

Magdalena Burgstaller steht auf und hat eine strenge Falte zwischen den Augenbrauen.

»Ach so, meinst du? Und da habe ich jetzt sechs Jahre darauf gewartet, daß du mir das sagen mußt! Nein, Anderl, so haben wir nicht gewettet. Ich hätte nicht auf dich warten brauchen. Aber ich habe es getan, weil ich dich mag, so wie du eben bist, und der festen Meinung bin, daß ich aus dir einen besseren Menschen machen kann, wenn ich erst einmal dein Weib bin.«

Erstaunt zieht er die Augenbrauen hoch. »Einen besseren Menschen? Was paßt dir denn nicht an mir?«

»Gar manches nicht. Aber ich habe deine tollen Stückeln immer gutmütig hingenommen, weil ich dich eben gern habe. Und ich mag auch deinen Vater und deine Mutter. Ich gehe mit Freuden auf den Roßkogl, aber ich will auch nicht ewig warten drauf.«

»Gelt, jetzt sagst auch so! Aber wenn ich vom Heiraten rede, dann sagt der Vater: Kannst schon heiraten, aber den Hof geb' ich noch nicht aus der Hand. Was bin ich dann dort? Ein besserer Knecht und du eine bessere Magd. Ich glaube kaum, daß das im Sinn deines Vaters ist.«

Seufzend wendet sich Magdalena ab.

»Freilich nicht. Aber ich glaube, daß dein Vater nachgibt, wenn er sieht, daß du guttust und ein richtiger Bauer bist. In deiner groben Art wirst ihn halt manchmal vor den Kopf stoßen. Red einmal in aller Güte mit ihm und nimm dich ein bissel zusammen.«

Also nimmt sich der Anderl zusammen und tut nichts mehr eigenmächtig.

Nach einigen Wochen, an einem Sonntag nach dem Essen, als sie ganz allein in der Stube sitzen, packt Andreas es an.

»Ja, wie ist's jetzt, Vater«, beginnt er, »hättest du was dagegen, wenn im Herbst die Burgstaller-Magdalen und ich heiraten?«

Umständlich zündet sich der Roßkogler seine Pfeife an.

»Ich habe dir schon einmal gesagt, daß ich gegen die Magdalen nichts einzuwenden habe. Eine Bessere könntest du gar nicht kriegen.«

»Ja, und sie geht gern her auf den Roßkogl.«

»Kunststück. Wer soll auf den Roßkogl nicht gern hergehn! Ist das schönste Platzl weit und breit.«

»Ja, aber als Magd? Weißt, Vater, als Magd, das kann man ihr doch nicht gut zumuten. Und das wäre auch ihrem Vater gar nicht recht.«

»Als Magd? Wer sagt denn, daß sie als Magd herkommen soll? Als Bäuerin doch.«

»Ja, aber das müßte man schon schriftlich haben.«

Der Alte nimmt die Pfeife aus dem Mund. Dann pfeift er durch die Zähne. »Ah, daher weht der Wind. Übergeben soll ich dir? Hat sie das zur Bedingung gemacht?«

»Das nicht. Aber sie hat gemeint, du würdest schon nachgeben, wenn du siehst, daß ich ein richtiger Bauer bin.«

»So, hat sie gemeint?«

»Ja, und du mußt doch selber zugeben, daß ich mich in letzter Zeit um die Arbeit und um alles gut angenommen habe.«

Der Bauer hängt seine Pfeife an den Nagel an der Wand und steht auf.

»Muß ich zugeben, ja. Hoffentlich bleibst du so. Also, paß auf, so rundweg will ich dir's nicht ablehnen. Muß bloß noch ein paarmal schlafen drüber und die Mutter fragen, was sie meint.«

An diesem Abend trifft der Roßkogler beim Wirt den Bauer in der Schroffen. Sie sitzen zwar nicht beisammen an einem Tisch, aber als der Schroffer bezahlt und sich zum Heimgehen anschickt, tut der Roßkogler das gleiche. Draußen treffen sie sich und bleiben dann auf der Brücke stehen, wo der Burgstaller abzweigen muß.

»Weil sich's grad so schön schickt«, beginnt der Roßkogler das Gespräch, »mein Bub und deine Magdalen möchten heiraten.«

»Das ist mir durchaus nichts Neues, und zu früh ist's auch nimmer, sonst wird meine Magdalen eine übertragene Jungfrau.« Der Burgstaller ist ein Mann von trockener, etwas bissiger Redensart, aber nicht bösartig. Darum fügt er noch hinzu: »Was meine Magdalen an deinem Sprößling so Großartiges findet, habe ich nie verstanden. Sie hätte genug andere haben können.«

Das wurmt nun den Roßkogler auch wieder, und er kann, wenn es sein muß, nicht weniger patzig sein.

»Dann hättest es halt doch tun sollen. Nach dem Roßkogler schlecken sich zehn andere die Finger ab. Herbitten tun wir keine. Im übrigen denk' ich, daß das Sache der jungen Leute ist. Die möchten heiraten, nicht wir zwei. Und wenn es nun dazu kommen soll, dann möchte ich von dir in aller Offenheit wissen, was du deiner Tochter mitgeben willst.«

Der Burgstaller lehnt sich an das Brückengeländer und schaut zu den Sternen hinauf. Dann sagt er, als ob er sich darüber schon längst klarwäre:

»Sechzigtausend Mark in bar, eine Kuh und einen Kuchelwagen.«

»Hm«, macht der Roßkogler und kramt in seiner Tasche nach Streichhölzern. »Die Kuh und der Kuchlwagen gehn in Ordnung. Deine sechzigtausend Mark kannst dir an den Hut stecken.«

»Was?« fragt der andere verblüfft. »Sechzigtausend sind dir zuwenig?«

»Jawohl, sind mir zuwenig, weil du für die sechzigtausend Mark im nächsten Jahr vielleicht nur mehr einen Putzlumpen kriegst, weil's mit unserm Geld dahingeht.«

»Ja, was möchst dann du?«

»Einen Holzplatz, einen schöngestandenen Holzplatz mit gutem Holz drauf, so an die vier bis fünf Tagwerk.«

»Du bist ja narrisch.«

»Kann sein. Aber besser in narrischen Zeiten ein bissel narrisch sein als dumm.«

»Da brauchen wir gar nimmer weiterzureden«, meint der Burgstaller und wendet sich ab, bleibt aber dann stehen und fragt: »Gesetzt den Fall, ich würde auf den Wahnsinn eingehen, wie wär's dann, tätst du übergeben, daß meine Magdalen dann wirklich Roßkoglbäuerin ist und nicht bloß Magd?«

»Darüber kann man schon reden. Geh jetzt heim, und überleg dir einmal alles in Ruhe. Und wenn du meinst, daß es richtig ist, so wie ich dir gesagt habe, dann komm am nächsten Sonntagnachmittag mit deiner Magdalen zu uns. Gute Nacht, Burgstaller.«

Der andere gibt keinen klaren Gruß zurück, brummt nur etwas und verschwindet in der Dunkelheit.

Der Roßkogler sagt daheim gar nichts von dieser Unterredung und ist gespannt auf den kommenden Sonntag. Als er seinen Mittagsschlaf gemacht hat, setzt er sich hinaus auf die Hausbank und wartet. Um halb drei Uhr will er es schon aufgeben. Aber kurz darauf sieht er die zwei nickenden Köpfe der Burgstallerschen Goldfüchse über dem Hügel auftauchen.

Ein Lächeln der Genugtuung spielt um seinen Mund. Dann steht er auf und ruft in den Hausflur:

»Stell Kaffeewasser auf, Notburga. Der Burgstaller kommt mit seiner Tochter.«

Was an diesem Nachmittag zwischen den beiden Vätern ausgehandelt wird, hat Hand und Fuß. Die Magdalen soll fünf Tagwerk Holzplatz als Mitgift bekommen, und der Roßkogler erklärt sich dafür bereit, ins Austragshäusl zu gehen. Dieser Entschluß fällt ihm nun gar nicht mehr so schwer, als er sieht, was für ein prächtiges Mädchen diese Magdalen ist. Die Herzlichkeit, mit der sie ihm und der Notburga entgegenkommt, ist von einer so wundersamen Natürlichkeit, daß sie beide davon bewegt sind. Und während nun die Männer den Stall und die anderen Gebäude des Hofes besichtigen, wird Magdalen von Frau Notburga durch alle Kammern des Hauses geführt.

»Es ist ja nun nicht so, Mutter«, sagt Magdalen während des Rundgangs, »daß ich dich mit einemmal vom Herd wegdrängen möchte. Bleib ruhig das, was du bisher warst, solange es dir Freude macht. Ich tu' auch andere Arbeit gern.«

»Nein, nein«, lächelt Notburga zurück. »Wenn es schon sein soll, dann muß alles seine Richtigkeit haben. Zwei Bäuerinnen auf einem Hof, eine junge und eine alte, das tut nicht gut. Mir wäre es sicher auch nicht recht gewesen, wenn allweil eine alte Roßkoglerin um mich 'rumgestanden wäre. Und — ich habe genug gearbeitet im Leben. Soll ich nicht noch ein paar geruhsame Jahre haben? Schau her, Magdalen, das ist der Brautschmuck von der Urgroßmutter meines Ferdinand.« Sie hebt eine Glashülle hoch, damit Magdalen den Schmuck besser besichtigen kann. »Was die Goldschmiede damals schon für eine schöne Arbeit gemacht haben! Im übrigen, daß ich nicht vergesse, ich muß dir noch vergelt's Gott sagen, daß du den Andreas ein bissel gezähmt hast. Er ist bei weitem nicht mehr der Wildling wie früher.«

»Er ist halt auch älter und vernünftiger geworden«, versucht Magdalen das Lob von sich zu weisen.

»Nein, nein, du hast schon einen guten Einfluß auf ihn ausgeübt, das lass' ich mir nicht nehmen. Geb' es Gott, daß es so bleibt.«

Es dämmert schon, als die Burgstallers wieder heimfahren. Als die Magdalen schon auf dem Gefährt sitzt, fällt ihr noch ein:

»Wo ist denn eigentlich die Margret, die hat sich ja gar nicht sehn lassen?«

»Die Margret ist heuer zum erstenmal auf die Alm gezogen. Sie hat allein sein mögen. Weißt, der Tod vom Martl hat sie schwer getroffen.«

»Ja, ich glaub's. Der Martl war auch ein zu lieber

Mensch. Also — behüt dich Gott, Frau Mutter, und schönen Dank für den guten Kaffee und für die freundliche Aufnahme.«

Langsam rollt das Gefährt aus dem Hof. Die drei Sachenpacher winken dem Besuch nach, bis er über die Bodenwelle verschwindet.

Nun wird die Hochzeit vorbereitet. Die Wochen gehen schnell dahin. Der Herbst kommt mit aller Macht. Margret bringt das Vieh von der Alm zurück. Das Vieh ist gut gepflegt und fett. Margret dagegen hat hohle Wangen. Sie ist braungebrannt von der Sonne dieses gesegneten Sommers, aber der innere Gram hat zu sehr an ihr genagt. Ihre Augen blicken in tiefer Schwermut in die Welt, ihr Mund scheint das Lachen verlernt zu haben.

Als das Vieh untergestellt, die Glocken wieder auf den Dachboden gebracht und die Einnahmen der letzten Monate verrechnet sind, geht Margret in die gute Stube, in der Martins Bild in einem geschnitzten Rahmen hängt. Über die linke Ecke ist ein Trauerflor gespannt, rechts dagegen steckt ein Sträußlein Immergrün. Und als sie so davorsteht und sich in die geliebten Züge vertieft, hat sie wieder das Gefühl, daß Martin gar nicht tot sein kann. Eine innere Stimme sagt ihr, daß er noch lebt. Mit Eifer hat sie in letzter Zeit die Nachrichten gesammelt, wonach Totgesagte plötzlich doch heimgekommen sind. Aber sie behält diese Gedanken für sich, sie schenken ihr aber eine große Kraft, und als drei Tage nach ihrer Rückkehr von der Alm eine graue Gestalt über die Hügel herkommt und sie dann die Langeneckerin erkennt, scheint diese Kraft noch in ihr zu wachsen.

Sie kann sich denken, warum Anselms Mutter kommt; er schickt nun die Mutter vor, weil ihm selber der Mut mangelt.

Dann sitzen sie sich in der guten Stube gegenüber, die junge, blühende und die alte Frau, fest eingewickelt in ein Schultertuch, das so grau ist, wie der Nebel draußen. Die Augen der Alten weichen keinen Augenblick von der Gestalt des Mädchens. Ihre Stimme ist dünn und heiser.

»Hör zu, Margret«, sagt sie. »Mein Sohn meint, daß er ohne dich nicht leben könnte. Dann mach halt, daß er leben kann. Er ist ja so zu bedauern mit seinem verlorenen Fuß. Schenk ihm halt du ein bissel Glück.«

Margrets dunkle Pupillen werden größer. Sie schweigt, sie überlegt. »Ich weiß nicht, Langeneckerin, ob's ein Glück werden könnte. Ich hab' ja einen andern in meinem Herzen.«

»Das hat mir der Anselm schon erzählt. Aber willst du dein Leben lang einem Toten nachtrauern? Dazu bist du noch viel zu jung. Und zu uns muß eine neue Kraft kommen. Schau mich an —«, sie streckt die von Gicht und Rheuma gekrümmten Hände vor, »— ich bin ja zu nichts mehr gut. Und der Anselm hat alle Lust verloren, seit du ihn abgewiesen hast. Er sitzt stundenlang da und starrt in eine Ecke, hat zu nichts mehr Lust und Lieb'. Das ganze Anwesen verkommt noch, und du hättest es in der Hand, Margret — du ganz allein.«

Mit pochender Angst hat Margret den Ausbruch mütterlicher Sorge über sich ergehen lassen. Das Mitleid schnürt ihr das Herz zusammen, und in Gedanken sieht sie den Amputierten daheim sitzen und ängstlich warten, was die Mutter ihm nun für einen Bescheid bringt. Unwillkürlich geht ihr Blick wieder zu dem umflorten Bild an der Wand. Und gerade als ob die Langeneckerin ihre Gedanken fühlt, sagt sie jetzt:

»Den Toten soll man ein gutes Andenken bewahren, aber man soll auch ans Leben denken.«

»Weiß nicht, ob er tot ist«, antwortet Margret leise.

»Tot ist er, der Martin. Der Federl-Alois von Lenggries hat es doch mit eigenen Augen gesehn. Der Anselm ist vorige Woche beim Alois gewesen und hat ihn ganz genau befragt.«

Wieder beugt die graue Gestalt sich vor und greift mit zitternden Händen nach Margrets Hand.

»Margret, laß mich doch nicht ganz ohne Hoffnung von dir gehn. Sag mir wenigstens, daß du es dir noch überlegen willst. Sag mir, daß unser Bub manchmal zu dir kommen darf. Das ist ja noch das einzige Licht, das ihm leuchtet. Ich bitte dich um Christi Barmherzigkeit willen.«

Mitleid und Erbarmen überwältigen Margret.

»Dann soll er halt kommen«, sagt sie. »Ich will es nicht sein, die ihm das Licht wegnimmt. Freilich, zusagen kann ich jetzt noch gar nichts. Das andere ist noch viel zu schmerzlich in mir.«

»Vergelt's dir Gott, Margret. Bis in meine letzte Stund' hinein will ich dir's danken. Schau, er kann halt nichts für die Lieb', mein Bub. Er ist ja ganz krank nach dir.«

Viel schneller und ein wenig aufrechter als vorhin geht die graue Gestalt nun wieder über die Hügel davon, um dem Sohn die frohe Botschaft zu bringen.

Bereits am Sonntag darauf kommt Anselm. Er erwartet keine Zärtlichkeit; es tut ihm schon gut, daß Margret mit ihm am Tisch sitzt, daß sie ihm Kaffee auftischt und mit ihm redet. Sie weiß nicht, daß ihre Worte, so belanglos sie auch sind, neues Hoffen in sein Herz schütten, weiß nicht, daß das wenige, was sie ihm gibt, ihn aus allem Sinnieren herausreißt und seinem Leben wieder neuen Sinn gibt.

Die Eltern sehen das Kommen und Gehen des Anselm nicht ungern, sie meinen, daß Margret dadurch aus ihrer Trauer um Martin ein wenig herauskommt. Insgeheim hoffen sie, daß die Margret es sich mit der Zeit doch überlegen wird und daß vielleicht die bevorstehende Hochzeit des Andreas in ihr den Wunsch wachruft, selber einem Hof vorzustehen, Bäuerin zu sein und Kinder zu haben.

So rückt die Zeit immer näher. An einem Samstag fährt auf dem Roßkogl der reichgeschmückte Kuchelwagen vor, und die Brautkuh wird in den Stall gestellt. Am Montag darauf soll die Hochzeit sein, die erste im Tal nach dem Krieg. Andreas hat in den Tagen vorher viel zu fahren und zu handeln. Es soll ja keine Hochzeit sein, von der die Leute hungrig nach Hause gehn. Für zwei Lastwagenreifen kann man um diese Zeit vieles erwerben, und der Andreas versteht das Geschäft, als wäre er niemals Bauer, sondern immer nur Händler gewesen.

Der Form halber müssen die geladenen Hochzeitsgäste zwar die Fleischmarken für hundert Gramm mitbringen. Die Weißwürste aber, die es gleich nach der Kirche gibt, mögen allein schon an die 200 Gramm wiegen, ganz abgesehen vom Schweinebraten am Mittag und der kalten Platte am Abend. Plötzlich ist auch Wein auf dem Tisch, und solange er nur am Hochzeitstisch getrunken wird, sieht die Nachbarschaft in neidvoller Empörung herüber. Aber als es so ringsum durchsickert, daß auch sie diesen Wein sich kaufen können, wächst die Achtung vor dem noblen Hochzeiter von Stufe zu Stufe, und sie fragen nicht lange, wo er diesen Wein hergezaubert hat.

Ja, es geht lustig zu bei dieser Hochzeit, und manches Leid wird vergessen.

Genau drei Schoppen hat Anselm trinken müssen, bis er den Mut in sich spürt, die Margret zu einem Tanz aufzufordern.

Anselm mit der Prothese.

Schon nach den ersten Schritten wird die Margret feuerrot, und das Erbarmen will sie wieder überkommen mit dem Menschen, der der Freude leben will und doch bei jedem unrechten Schritt die Lippen vor Schmerz zusammenbeißt. Nach dem ersten Walzer stehen ihm die Schweißtropfen auf der Stirn, und Margret bittet ihn, daß sie sich wieder niedersetzen möchten. Sie fühlt, wie er vor Scham zittert, und behält deshalb seine Hand in der ihren, damit er sich nicht so verlassen vorkommt. Dennoch stehen ihm plötzlich die Tränen in den Augen.

»Zu nichts mehr bin ich nutz'«, schluchzt er.

»Tanzen ist nicht das Wichtigste im Leben«, versucht Margret ihn zu trösten.

»Für mich nicht, aber für dich vielleicht, Margret. Du bist noch so jung und hast noch wenig Lustbarkeit gehabt in deinem Leben. Wenn ich doch wenigstens einen Arm verloren hätt' und nicht einen Fuß.«

»Versündige dich nicht, Anselm. Die Arme braucht man genauso notwendig wie die Füße.«

»Ja, oder wenn ich gleich ganz tot gewesen wäre. Margret, wenn ich deine Freundschaft net hätte, ich weiß nicht, ob ich mir nicht schon längst was angetan hätte.«

Margret erschrickt und zieht wie in einem Frösteln die Schultern ein.

»Anselm, das darfst nimmer sagen. Komm, gehn wir in die frische Luft. Ich glaube, du hast ein bissel viel getrunken.«

Nebelfeucht ist die Nacht. Man kann kaum zehn Schritte weit sehen, und die Straßenlampen hängen wie Glühwürmer hinter grauen Schleiern.

Bei jedem Schritt quietscht die Prothese in den Scharnieren, aber Margret gibt sich Mühe, gleichen Schritt mit ihm zu halten. Und so schreiten sie langsam durch die Nacht, Hand in Hand, und Anselm sagt in tiefer Glückseligkeit:

»Wenn mich deine Hand immer so führen tät', Margret, dann hätte mein Leben einen Sinn, und ich könnte wieder lachen lernen.«

Margret hört seinen Worten lange nach und denkt, daß es doch eine schöne Aufgabe wäre, so einem geschlagenen Menschen Lebensfreude und Lachen zu schenken. Seit heute hat sich ihr Leben irgendwie verändert. Sie ist wohl noch die Tochter vom Roßkoglhof, aber ab morgen doch nur mehr die Magd neben einer jungen Bäuerin.

»Ich finde, du nimmst halt alles zu schwer, Anselm«, sagt sie nach einer Weile.

»Meinst?« fragt er zurück und drückt ihre Hand fester.

»Ich nehme es nicht schwerer, als es ist, Margret. Aber ich bin halt so, wie ich bin, kann nicht 'raus aus meiner Haut.«

»Ja, Anselm«, antwortet sie, und ihr ist, als könne es gar nicht anders sein, als mit ihm durch die Nebelnacht zu gehen. Und bevor sie wieder in den matten Lichtkreis einer Straßenlampe kommen, beugt sie sich seinem Gesicht entgegen und küßt ihn; ganz schnell und wie in Angst. Dann faßt sie wieder seine Hand und führt ihn den Weg zurück ins Wirtshaus. Diesmal aber gehen sie nicht mehr in den Saal, sondern sitzen im kleinen Nebenzimmer vor einem Glas Wein. Anselm ist gesprächig geworden. Der Kuß hat ihm Mut gemacht; es geht eine wundersame Ruhe und Wärme von ihm aus. Die Margret fühlt sich seit langem wieder einmal geborgen und verspricht ihm, am nächsten Sonntag zu ihm auf seinen Hof zu kommen.

Drei Tage nach dieser Hochzeit fahren die Roßkogler, die alten und die jungen, nach Tölz zum Notar. Irgendwie hat Andreas es fertiggebracht, die Genehmigung für Kübelwagen zu erhalten. Beim Militär hat man ihm auch das Autofahren beigebracht. Und so braust er auf der staubigen Straße schnell dahin.

»Fahr nicht so narrisch«, sagt Ferdinand Sachenpacher einmal. »Der Mutter könnte der Zugwind nicht passen.«

Andreas, berauscht von der Kunst seines Fahrens, hört gar nicht. Erst als ihm seine junge Frau, Magdalen, die Hand auf den Arm legt, verlangsamt er das Tempo.

Den Alten bewegen seltsame Gedanken. Er erinnert sich an den Tag, da er mit seinen Eltern zum Notar gefahren ist, und es kommt ihm eine Ewigkeit vor, seit er seine Unterschrift unter das Dokument gesetzt hat, das ihn zum Roßkoglbauern machte.

»Weißt noch, Ferdl, wie wir damals zu Fuß heimgegangen sind von Birkenstein?« fragt Notburga in sein Sinnen hinein.

Unter der Wolldecke faßt er nach ihrer Hand. »Damals war's noch eine schöne Zeit, Burgl.«

»Unsere schöne Zeit kommt erst jetzt, Ferdl.«

»Hoffentlich.«

»Ich habe Vertrauen zur Magdalen«, spricht Notburga leise weiter. »Sie wird uns nichts abgehn lassen und hat auch den Anderl fest in der Hand.«

»Wenn man Vertrauen haben kann, ist's gut. Aber noch besser ist was Schriftliches.«

Für zehn Uhr sind sie im Notariat vorgeladen, und sie müssen, als sie ankommen, gar nicht mehr lange warten. Der Notar hat schon alles vorbereitet, und da auch Ferdinand Sachenpacher seine Bedingungen schriftlich niedergelegt hat, geht alles sehr schnell.

Andreas hört sich ruhig an, was er den Eltern zu geben habe. Da ist neben freier Wohnung im Zuhäusl die volle Verpflegung; ferner drei Klafter Holz, kleingemacht, pro Jahr. An Handgeld hat er den Eltern monatlich hundertfünfzig Mark zu geben. Eine Bagatelle, denkt Andreas, weil man ja in dieser Zeit schon soviel für ein halbes Kilo Butter bekommt auf dem schwarzen Markt. Sein Gesicht verzieht sich erst, als der Vater erklärt, daß er den Stängerwald noch für sich behalten will und daß diese sechs Tagwerk Wald erst nach seinem und der Notburga Tod auf Andreas zurückfallen können.

»Warum das?« fragt Andreas, und man sieht ihm an, daß er sich nur mühsam beherrscht.

»Weil man nie weiß, was für Zeiten kommen«, antwortet der Alte.

»Mir kommt das wie ein Mißtrauen vor«, meint Andreas.

»Das dürfen Sie nicht sagen«, mischt sich der Notar jetzt ein. »In letzter Zeit werden solche Bedingungen öfters gestellt. Im übrigen ist es ja nur eine Formsache, denn Ihr Vater sagt ja, daß es nach seinem Tode doch an Sie fällt.«

»Na, dann in Gottes Namen«, brummt Andreas. »Dann haben wir's jetzt also?«

»Bis auf eine Kleinigkeit«, lächelt Ferdinand Sachenpacher. »Du hast vergessen, daß du auch noch eine Schwester hast.«

»Die wird ihr Sach' schon kriegen, falls sie heiratet.«

»Die muß ihr Sach' auch haben, falls sie nicht heiratet.«

»Dann wird sie sowieso bei uns bleiben, und ich zahle ihr guten Lohn.«

»Nichts da! Es muß nicht einer alles haben und der andere überhaupt nichts«, erklärt der Alte. Und sich an den Notar wendend, fährt er fort: »Die Margaret Sachenpacher, unsere Tochter und seine Schwester, hat fünf Tagwerk schlagbares Holz zu kriegen, ob sie heiratet oder nicht. Im Falle ihrer Verheiratung muß sie noch einen Kuchelwagen und eine Kuh kriegen. Sollte sie ledig bleiben, hat sie Wohnrecht auf dem Hof, solang sie lebt. Für diesen Zweck sind zwei Kammern für sie herzurichten.«

»So ist's recht. Nur so weiter«, zischt Andreas und schiebt wütend den Unterkiefer vor. »Da bleibt für uns zwei nimmer viel übrig, Magdalen.«

Der Alte fährt sich mit gespreizten Fingern durch das weiße Haar. »Eine Kleinigkeit doch noch«, lächelt er und schaut seine Schwiegertochter an, die seinen Blick verständnisvoll erwidert. »Die Kleinigkeit von hundert Tagwerk Wiesen und achtzig Tagwerk Wald bleibt euch immer noch. Außerdem dreißig Stück Vieh und alles, was sonst zum Hof gehört. Ich denke, daß sich mit dem ganz schön wirtschaften läßt. Ich habe seinerzeit mit viel weniger anfangen müssen. Du darfst auch nicht vergessen, daß dir die Magdalen ganz schön in die Ehe mitgebracht hat.«

»Das wird auch ganz gut sein«, sagt jetzt Andreas etwas ruhiger und in der stillen Hoffnung, daß nun nichts mehr nachkomme. Es kommt auch nichts mehr nach, und der Übergabevertrag wird unterschrieben.

Auf der Heimfahrt schaut Andreas eine Weile ganz verbissen vor sich hin. Magdalen merkt seine Verstimmtheit und legt ihm die Hand aufs Knie.

»Freust du dich denn gar nicht, Anderl, daß du jetzt Bauer bist?«

Da erst kommt es ihm so richtig zum Bewußtsein, daß er seit einer halben Stunde Bauer und Herr ist auf einem der schönsten Höfe in der Jachenau. Es wird schon alles recht werden, denkt er und hält vor der »Alten Post« in Lenggries.

»Ein bissel müssen wir das schon feiern«, sagt er. »Jetzt tun wir Mittagessen, heut geht alles auf meine Rechnung.«

Wehmütig schaut Ferdinand Sachenpacher sich in der getäfelten Gaststube um und denkt dabei an seine tollen Jahre, in denen er so manche Nacht hier durchzecht hat. Hier in Lenggries ist es auch gewesen, wo man ihm in einer Regennacht das fremde Kind in den Wagen gelegt hat.

Unter dem Tisch langt er nach Notburgas Hand und sagt: »Ach ja, jetzt sind wir alt geworden, Burgl.«

Es läßt sich alles viel besser an, als Ferdinand Sachenpacher es sich gedacht hat. Andreas klemmt sich ernsthaft hinter seine Aufgaben. Da Dienstleute rar sind, muß er selber fest mit anpacken. Er tut es ohne Murren, und wie ein guter Geist lenkt ihn seine junge Frau, ohne daß er es merkt.

Die Alten leben im Austragshäusl. Es ist aber nicht so, daß Ferdinand Sachenpacher sich nun den ganzen Tag auf die faule Haut legt. Er spaltet sein Brennholz selbst, richtet die Werkzeuge her, paßt da und dort einen neuen Stiel ein, bessert Rechen aus und schaufelt Schnee, den es um die Weihnachtszeit fast einen Meter hoch herwirft. Auch Notburga springt immer wieder ein und hilft im Haushalt, lehrt die junge Bäuerin noch dies und das und ist erfaßt von einer tiefen mütterlichen Zuneigung zu ihrer Schwiegertochter, die ihr jeden Wunsch von den Augen abliest. Aber Notburga hat keine Wünsche mehr. Ihr Leben ist nun an der Seite Ferdinand Sachenpachers endgültig in den

Abend hineingeglitten, und eine stille, heitere Zufriedenheit breitet sich über ihr immer noch schönes Altmüttergesicht.

Nur für die Margret ist eine andere Lage entstanden. In ihr erblickt Andreas vom ersten Tag an nicht mehr die Schwester, sondern die Magd. Sie sucht sich ihre Arbeit im Haus nicht mehr selber, sondern sie wird ihr vom Andreas angeschafft. Er bezahlt sie und will dafür etwas geleistet sehen.

Sie spricht zu niemandem darüber, obwohl so manches erniedrigend ist, was Andreas ihr aufbürdet. Er hat nicht vergessen, daß er der Schwester fünf Tagwerk schlagbaren Wald geben muß. Das wurmt ihn, und manchmal, wenn er mit Margret allein ist, läßt er seinen Ärger ungezügelt herausspringen.

»Muß ich dich um Erlaubnis fragen, wenn ich im nächsten Jahr am Söchten droben Holz schlagen will?« fragt er einmal.

»Der Söchten gehört nicht mir«, antwortet Margret. »Mir gehört, soviel ich weiß, der Schachewald.«

»Der Söchtenwald grenzt aber daran, und wenn ich ihn abschlag', hast du im nächsten Jahr Windwurf genug.«

»Ich weiß nicht, da muß ich den Vater fragen. Aber ich glaube, das darfst du gar nicht.«

Andreas lächelt spöttisch. »Wer kann mir was dreinreden? Bauer bin ich am Hof und sonst niemand.«

Das sind nur Kleinigkeiten. Margret sitzt jeden Abend bei den Eltern, und das paßt ihm nicht, weil er sich einbildet, da würde nur über ihn geredet. So sucht er jede Gelegenheit, der Schwester eins auszuwischen, und das macht er, indem er ihr die niedrigsten Arbeiten anschafft.

So kommt es, daß sich Margret schon die ganze Woche darauf freut, am Sonntag Anselm zu treffen. Meist geht sie zu ihm nach Langeneck, und es bleibt nicht aus, daß sie ihm von einem Mal zum andern Mal geneigter wird. Er fühlt, daß Margret unter den veränderten Verhältnissen daheim zu leiden hat. Und allmählich ist es so, daß nicht mehr er es ist, der sich an ihr aufrichtet und Kraft holt, sondern daß sie es ist, die sich bei ihm geborgen fühlt. Es ist nicht die große Liebe, die sie einst Martin geschenkt hat, aber es ist eine tiefe und ehrliche Zuneigung, gepaart mit grenzenlosem Vertrauen. Sie weiß, daß das Schicksal jetzt bei ihr anklopft. Hier kann sie Bäuerin sein, und hier kann sich der Sinn ihres Lebens erfüllen.

Um Lichtmeß herum gibt sie dem Anselm das Jawort, und es ist ganz in ihrem Sinne, als er vorschlägt, in der Fastenzeit, kurz vor Ostern, in der Stille Hochzeit zu halten.

Während sich im Tal der Jachen die Dinge so entwikkeln, nimmt Tausende von Meilen entfernt auch das Schicksal Martin Sachenpachers eine neue Wendung.

Eines Tages erscheint Olga Broneskawa und sagt ihm, schon morgen komme er zu einem Transport, der nach Deutschland fahre. Nur wirklich Arbeitsunfähige und Schwerkranke werden entlassen.

»Aber ich bin doch gesund!« meint er zweifelnd.

»Das weiß außer dir aber nur ich«, sagt sie. »Auf deinen Papieren habe ich eingetragen, daß du schwer an Tuberkulose erkrankt bist.«

So steht er denn am nächsten Tag in der Reihe der zu Entlassenden, von denen einige sich kaum auf den Beinen halten können. Nur das Wissen, heimzukommen, hält sie aufrecht.

Ein Stabsarzt geht mit Olga Broneskawa die Reihe entlang, prüft mit verdrossenem Gesicht die Papiere, zögert, als er vor Martin steht, aber die Ärztin sagt ein paar Worte, und er nickt.

Endlich setzt sich der Trupp in Bewegung, wird hinausgeführt vor das Lager, wo auf einem Geleise Güterwagen stehen, mit einer Lok davor, aus deren Schornstein schwarzer Qualm aufsteigt.

In der Tür dreht Martin sich noch einmal um. Er sieht Olga vor der Baracke stehen. Kaum merklich hebt sie die Hand, dann wendet sie sich ab.

Der Frühling, anfänglich noch mit sanfter Gebärde die Gräser und Knospen streichelnd, ist nun wie ein gewalttätiger Bursche über die Landschaft hereingebrochen. Die Sonne hat Kraft bekommen, sie reißt mit Föhnwind den letzten Schnee von den Bergen, so daß die Bäche für ein paar Tage hoch anschwellen und das Gemurmel ihrer Wellen durch die Nächte geistert.

Am Tag flirren schon die ersten Schmetterlinge durch die Lüfte, und da und dort hört man bereits das Läuten des Sensendengelns in der Stille des Abends.

An einem solchen Sonnentag, es ist ein Samstag, kehrt der alte Roßkogler gerade den Hof und horcht, seine Arbeit unterbrechend, auf den Stundenschlag aus dem Dorf. Er vergleicht seine Taschenuhr und nickt vor sich hin. In einer Stunde trifft er sich mit dem Schullehrer und dem Oberförster im Wirtshaus zum Tarock. Das ist jeden Samstag so, seit er Austrägler ist. Er ist es nun gewohnt, daß er auch für die anderen Leute der »Alte« ist. Der alte Roßkogler. Am Anfang hat es ihm immer einen leisen Stich gegeben, aber er ist es nun einmal, und er wünscht sich nur, daß er recht bald Großvater wird.

Nun ist er fertig, trägt den Besen in den Stall und wäscht sich am Brunnen die Hände. Aufschauend sieht er einen Menschen langsam auf den Hof zukommen, eine graue Gestalt mit einem Bündel in der Hand. Er kneift seine Augen zusammen, um besser sehen zu können. Aber es hilft nicht viel, auch sein Augenlicht hat schon nachgelassen, und er erkennt den Ankommenden erst, als er drei Schritte vor ihm stehenbleibt. Dann aber hat er einen Schreck, wie noch nie in seinem ganzen Leben. Er getraut sich nicht, den Namen laut zu rufen, weil er meint, daß es doch bloß ein Spuk sein kann. Ganz leise und mehr für sich flüstert er:

»Martin . . .?«

Da lächelt die graue Gestalt und kommt auf ihn zu.

»Ja, Vater, ich bin's.«

Immer noch betrachtet ihn der Roßkogler wie eine Erscheinung; er kann es einfach nicht glauben, daß dieser Mann mit dem müden Gesicht eines Alten Martin ist, der als ein Flaumbart in den Krieg zog.

»Willst mich heraußen stehen lassen, Vater?«

»Nein, nein, Martl — Bub —«, er preßt ihn an seine Brust. »Aber wir meinten, du seist gefallen. Wir haben es amtlich gekriegt.«

»So?« fragt der Martin und zieht die Brauen hoch. »Ich bin auch so gut wie tot gewesen. Aber es gibt noch Wunder in der Welt, Vater.«

»Ja, ja, das scheint mir so zu sein«, antwortet der Alte eifrig. »Aber jetzt komm ins Haus. Wie wird die Mutter sich freuen! — Nein, dort hinein. Wir sind im Austrag jetzt, die Mutter und ich. Der Andreas hat geheiratet, mußt du wissen.«

In diesem Augenblick erscheint Andreas unter der Haustür. Er erfaßt die Situation schneller als der Vater. Es erschüttert ihn in keiner Weise, daß ein Totgeglaubter wieder lebendig auf dem Hof erscheint. Und mit der ihm eigenen Gedankenschnelle überlegt er sofort: Jäger braucht man derzeit nicht, also hat er einen guten Knecht mehr. Und es ist ganz gut, daß Martin nicht früher heimkam, sonst wäre es dem Vater gar noch eingefallen, auch für den noch einen Holzplatz zurückzuhalten. Jetzt ist es zu spät dazu. Nicht einen Baum wird er hergeben von dem, was jetzt ihm gehört. Dieser Gedanke stimmt ihn fröhlich, und er sagt überlaut:

»Grüß dich, Bruder! Komm 'rein zu uns. Und die Magdalen soll dir gleich was aufkochen.«

»Zuerst muß ich zur Mutter«, antwortet Martin und folgt dem Vater durch die niedere Tür des Zuhäusls.

»Gut, wie du meinst. Ich komm' dann auch hinüber und bring' eine Flasche Wein mit.« Andreas rennt ins Haus und überrumpelt seine Magdalen gleich mit der Frage: »Wer meinst, ist gekommen? Aber das erratst ja doch nicht. Drum sag' ich dir's gleich: Der Martl ist gekommen!«

»Waaas? Der Martl?«

»Wenn ich dir's sag'! Drüben sitzt er, im Zuhäusl. Koch ihm gleich recht was Gutes auf, damit er die Überraschung leichter verdaut.«

»Der arme Kerl! Vor vierzehn Tagen erst hat die Margret geheiratet. Das muß ja furchtbar sein für ihn.«

Andreas zuckt mit den Schultern. »Das ist jetzt schon, wie es ist. Er wird sich mit der Zeit schon abfinden. Andre Mütter haben auch schöne Töchter.«

»Ja, du könntest es vielleicht. Er aber ist ganz anders veranlagt als du.«

Genau dasselbe, daß er sich halt in Gottes Namen abfinden müsse, wird gerade dem Heimgekehrten drüben im Zuhäusl gesagt.

Zuerst hat Martin den Eltern von seiner wunderbaren Rettung erzählt und warum er nun schon heimgekommen sei. Dann erst fragt er:

»Und wen hat der Anderl geheiratet?«

»Die Burgstaller-Magdalen«, antwortet die Mutter, »wir hätten uns keine bessere Schwiegertochter wünschen können.«

»Ach, die Magdalen? Und — was macht die Margret?«

Betretenes Schweigen. Martin sieht, wie der Vater sich verlegen mit den Knöcheln das Kinn reibt und dann die Mutter anschaut. Notburga hat den Blick zu Boden gerichtet, und allmählich begreift Martin, daß mit Margret irgend etwas nicht in Ordnung ist.

»Was ist mit der Margret? Ist sie krank?«

Der Vater räuspert sich und füllt umständlich seine Pfeife. »Ja, weißt«, beginnt er dann zögernd. »Das ist so eine Sache . . .«

»Was für eine Sache?« fragt Martin drängend.

»Wir haben dich doch alle für tot gehalten. Die Margret hat es am längsten nicht glauben wollen, hat allweil gewartet auf dich. Aber dann hat sie halt doch den Langenecker-Anselm geheiratet. Vor vierzehn Tagen erst.«

»Ach so«, sagt Martin und senkt nun auch den Blick zu Boden.

»Weißt, Bub«, beginnt der Vater, »das Schicksal hat es halt so gewollt, und du mußt dich halt zusammenreißen. Wirst sehn, du kommst schon darüber weg.«

»Ganz sicher«, antwortet Martin. »Und es ist ja auch so, Vater und Mutter —«

In diesem Augenblick betritt Andreas mit einer schon geöffneten Flasche Wein das Stübchen. Ihm auf dem Fuße folgt Magdalen, die den Heimgekehrten mit einer so herzlichen Freude begrüßt, daß der Andreas sagt:

»Erdrück ihn nicht ganz! Er ist ja nur mehr Haut und Knochen.«

Dann schenkt er die Gläser voll, und sie trinken auf die glückliche Heimkehr des Totgesagten.

Der junge Langenecker hört von der Heimkehr des Martin, als er zwei Kälber zum Postwirt bringt, die geschlachtet werden sollen. Die Nachricht trifft ihn wie ein Schlag, und eine unerträgliche Angst preßt sein Herz zusammen, die Angst, daß Margrets Liebe zu dem Totgesagten wieder aufflammen könnte, daß sie alle, die in dieses unsinnige Schicksal nun verflochten sind, vor einem Abgrund stehen.

Anselm nimmt gedankenlos das Geld, das ihm der Metzger hinhält. Was kann Geld schon bedeuten im Hinblick auf das, was jetzt mit Gewalt über drei Menschen hereinbrechen wird. Ihre Herzen werden sich winden in Qual, und aus allem, was bis heute still und verläßlich ausgesehen hat, wird vielleicht brennender Haß werden.

Dabei scheint die Sonne so mütterlich warm vom Himmel. Der junge Bauer aber sitzt auf seinem Wägelchen und läßt den Staub der Landstraße um sein Gesicht wehen. Scheu geht sein Blick zum Roßkogl hinauf. Er meint, er müsse den Heimgekehrten sehen. Und weil er ihn nicht sieht, packt die Angst ihn wieder. Er reißt die Peitsche hoch und schlägt auf das Pferd ein. Mit zitternden Flanken steht dann das Tier im Hof, während Anselm, so schnell es ihm seine Prothese erlaubt, vom Gefährt steigt und ins Haus geht. Er reißt die Stubentür auf, sieht Margret am Tisch stehen und bügeln. Da erst fällt die Spannung von ihm ab, und er lächelt hilflos.

»Schon zurück?« fragt Margret freundlich.

Der Atem wird ihm eng, als er sie so stehen sieht, vom Sonnenlicht umschmeichelt, das durch die Fenster fällt. Langsam geht er auf sie zu und nimmt sie in die Arme.

»Margretl, alles Glück der Welt bist du mir«, flüstert er.

Verwundert macht sie sich aus seinen Armen frei und schaut ihn an.

»Was hast denn heut. Du bist ja ganz aufgeregt.«

Wie schwer ist es, ihr zu sagen, was geschah! Langsam nimmt er den Kopf zurück, streckt das Kinn vor und sagt, ohne Margret anzublicken:

»Der Martin ist heimgekommen ...«

Stille. Eine atembeklemmende Stille.

Margrets Blick geht starr zum Fenster hinaus. Sie hört den angstvollen Atem des Mannes und begreift seine Angst. Um ihren jungen Mund geht ein paarmal ein schmerzliches Zucken. Dann sagt sie:

»Das wird für uns beide nichts ändern, Anselm.«

Beglückt will er sie in die Arme nehmen, aber sie wehrt ihn sanft ab.

»Bitt' schön, Anselm, jetzt nicht. Ich muß erst fertig werden mit dem, was du mir gesagt hast. Aber du brauchst keine Angst zu haben. Bloß, Anselm, ich muß mich mit dem Martl aussprechen. Er soll nicht glauben, daß ich ihn so leicht vergessen habe.«

»Margret, ich vertrau' dir.«

»Das darfst auch, Anselm. Ich werde nichts tun, was gegen unsere Hausehre ist.«

Und Margret nimmt sich vor, am nächsten Sonntag nach dem Roßkogl zu gehen. Aber dazu kommt sie nicht, denn am nächsten Tag erscheint Martin auf dem Langeneckerhof.

Es ist schon etwas spät, alle haben bereits zu Abend gegessen; es sitzen nur noch Anselm und Margret in der Stube, als man draußen im Flur den fremden Schritt vernimmt. Für Margret ist er nicht fremd, dieser Schritt, es ist geradeso, als hätte sie ihn über die lange Zeit hinweg in ihrem Gedächtnis aufbewahrt. Nur ganz flüchtig zuckt es um ihren Mund, dann greift sie rasch nach Anselms Hand.

»Sei vernünftig jetzt, Anselm, und glaub an mich.«

In diesem Augenblick wird die Stubentür nach kurzem Klopfen geöffnet, und Martin Sachenpacher tritt über die Schwelle. Fester umklammert Margret die Hand ihres Mannes. Dann steht sie auf und reicht Martin beide Hände.

Er betrachtet sie mit staunenden Augen. Ist das Margret noch? Die kindhafte, ein wenig verträumte Margret, die er einmal am Herzen gehalten und geküßt hat? Heute steht ein starkgewachsenes, blühendschönes Weib vor ihm. Er sieht auf ihren Mund, dann in ihre Augen und lächelt.

Keine Bedrückung spürt er, nicht die leiseste Bedrängnis, nicht das kleinste Bedauern, daß sie eines anderen Weib geworden ist.

»Seid mir nicht bös, daß ich so 'reingeschneit komme.« Sein Blick geht zu Anselm, der fahl und bleich dasitzt. »Aber du wirst verstehn, Anselm, daß ich die Schwester gern wiedersehen wollte. Ja — und dann —«, er drückt herzlich Margrets Hände und dann die des verdutzten Jungbauern. »Ich möchte euch halt herzlich gratulieren zum Ehestand. Bin ein bissel zu spät dran — und ein Geschenk hab' ich auch nicht. Aber trotzdem, mein Wunsch kommt von ganzem Herzen.«

Langsam stemmt sich Anselm Langenecker von der Bank hoch. »Ist das wirklich wahr, Martl?«

Ganz verwundert schaut ihn Martin an. »Ja, natürlich. Glaubt ihr zwei denn, daß ich euch hier ein Theater vorspiele? Ich hoffe, daß ihr glücklich seid miteinander.«

»Freilich, freilich«, schluckt Anselm, und plötzlich laufen ihm die Tränen übers Gesicht. »Herrschaft — und wie hab' ich Angst gehabt, als ich gehört hab', daß du zurückgekommen bist!«

Martin schüttelt den Kopf und lacht.

»So was Dummes. Wie kann man denn da Angst haben? Ich habe für tot gegolten und — ach was, reden wir nicht lang. Ich darf mich doch ein bissel niedersetzen?«

»Ja, setz dich nur nieder, Martl«, sagt Anselm und wischt sich mit dem Handrücken die Tränen fort. Alles Schwere ist plötzlich von ihm gefallen. Am liebsten hätte er Martin umarmt, und in seiner Freude nimmt er sein junges Weib an den Schultern und schiebt sie Martin entgegen.

»Da, gib ihm doch ein Bussel, dem Bruder. Und ich hol' jetzt eine Flasche Wein aus dem Keller. Die Stunde muß gefeiert werden.«

Martin und Margret küssen sich nicht. Aber als Anselm draußen ist, nimmt Margret das Gesicht des Heimgekehrten in ihre Hände.

»Sei mir nicht bös, Martl. Ich habe ehrlich getrauert um dich, das darfst mir glauben.«

Martin greift unter ihr Kinn und hebt ihr Gesicht herauf. »Mach dir doch keine Gedanken, Margret. Es hat alles seine Bestimmung im Leben, und es hat halt so kommen müssen. Bloß eins sag mir: Ist er gut zu dir?«

»Der Anselm?«

Martin nickt und streichelt über ihre Stirn hin.

»Ja, Martl, herzensgut ist er. Ich hätte mir außer dir wirklich keinen besseren Mann wünschen können.«

»Dann bin ich froh und will ihm auch gut sein.«

Anselm erscheint mit dem Wein. Gelockert und froh ist sein Gesicht jetzt.

»Margretl, bring Gläser, daß wir anstoßen können.«

Es wird ein schöner Abend zwischen den dreien. Die beiden Männer sprechen von dem, was an Grauen nun hinter ihnen liegt, und Margret hört still zu. Als sich Martin dann um Mitternacht verabschiedet, begleitet Anselm ihn hinaus. Draußen stehen sie noch eine Weile in der schönen Sternenpracht.

»Was fangst du jetzt an?« fragt Anselm.

»Ich weiß noch nicht. Heut war ich beim Förster, aber da ist noch nichts los. Ich muß halt vorerst einmal dem Anderl den Knecht machen. Irgendwann wird sich's schon wieder ändern.«

»Daran glaub' ich ganz sicher, Martl. Überhaupt tät' ich mich jetzt an deiner Stelle einmal ein paar Wochen erholen.«

»Na ja, wir werden schon sehen, wie alles kommt. Gute Nacht, Anselm!«

»Gute Nacht, Martl! Und schau wieder einmal vorbei.«

Martin hat sich schon abgewandt. Da dreht er sich noch einmal um, faßt den andern bei den Rockaufschlägen und zieht ihn nahe an sich heran.

»Ich will dir noch was sagen, Anselm. Du mußt gut sein zu der Margret. Sie verdient es, und du wirst mich immer zum Freund haben.«

»Ja, Martl, da kannst dich verlassen. Ich bin gut zu ihr.«

»Und noch was. Bei eurem ersten Kind, das bitt' ich mir aus, da möchte ich der Taufpate sein.«

Ohne eine Antwort abzuwarten, geht Martin auf dem schmalen Wiesenweg durch den Baumgarten hinaus auf die Straße. Sein Schritt klappert noch eine Weile auf der Straße, dann verliert er sich, und es wird still. Nur der Nachtwind singt durch das Laub der Bäume.

Die Wochen ziehen ins Land. Martin Sachenpacher ist immer noch nicht ganz daheim. Mit seinen Gedanken ist er oft weit weg, am fernen Ural. Er ist unruhig. Das Erlebnis der vergangenen Jahre klingt noch immer in ihm nach, und mit den neuen Zuständen in der Heimat kann er nicht fertig werden. Auf dem Roßkogl, wo er einst Sohn war, ist er nunmehr nur der Knecht seines Bruders. Margret ist Langeneckerin geworden. Die Eltern sind im Austrag. Manchen Abend sitzt er mit den Altgewordenen zusammen.

Auch heute hocken sie wieder beisammen auf der Bank vor dem Häusl. Die Nacht ist gar nicht mehr dunkel und erinnert ihn an jene Nacht im Wald von Mohilew, wo er mit dem fremden Leutnant unter den Fichtenwipfeln gelegen hat. Es wird ihm auf einmal ganz traurig und schwer ums Herz, und wie immer, wenn ihm in seiner Kindheit ein Leid geschehen und er zum Vater geflüchtet ist, sagt er auch jetzt wieder:

»Ach, Vater, erzähl mir doch, wie du mich durch die Regennacht in die Jachenau gefahren hast ...«

Es ist schon zu lange her, daß Martin ihn darum gefragt hat, und so vergißt er, was er Martin in früheren Jahren immer noch verschwiegen hat, und erzählt sachlich und nüchtern von jenem Schauspielerehepaar, das mit einer Truppe in Lenggries gastiert hat.

Schauspieler, denkt Martin und grübelt, wo er mit diesem Beruf schon einmal eine Berührung gehabt hätte. Aber er kommt nicht darauf, schaut wunschgierig einer Sternschnuppe nach, die am Horizont hinfährt und zwischen den Felsen verschwindet.

»Aber wie sie geheißen haben, meine Leut', das weißt nimmer?« fragt er nach einer langen Zeit.

»Doch, laß mich nachdenken. Larisch, glaub' ich.«

Bei dem Namen ist Martin zusammengezuckt. Jetzt steht er auf.

»Weißt du es gewiß, daß sie Larisch geheißen haben?«

»Natürlich. Warum? Was hast denn jetzt auf einmal?«

»Ich bin mit einem eine ganze Nacht im Wald bei Mohilew gelegen, bis er hat sterben können. Und der hat Larisch geheißen.«

»Ein Großer, Schwarzer?«

»Groß war er, ja, aber schwarz nicht mehr und auch nicht mehr jung. Ein Leutnant mit grauen Schläfen. Aber Schauspieler ist er gewesen im Zivilberuf. Aber daß es so einen Zufall gibt, kann ich nicht glauben.«

»Sag das nicht, Martl. Vielleicht ist es eine wunderbare Fügung von oben gewesen, daß du es hast sein müssen, der ihm die Augen zugedrückt hat.«

»Wer kann sagen, Vater, was im Leben Zufall, Fügung oder Schicksal ist?« fragt Martin zurück. »Es wird wohl alles Bestimmung sein auf dieser Welt«, fügt er noch hinzu und geht dann ohne Ziel in die Nacht hinein.

Den ganzen Winter hindurch hat Martin dieses schwermütige Gebaren gezeigt. Lustlos ist er seiner Arbeit nachgegangen, hat mit dem Knecht Simon die Bäume gefällt und an den Gesichtern der Menschen vorbeigesehen, wenn er sonntags ins Hochamt gegangen ist. Mochten sie spötteln über ihn, er merkte es nicht.

Eines Tages, Ende Februar, kommt ein fremder Mann auf den Hof. Er trägt einen abgeschabten Lodenanzug und einen grünen Filzhut mit einer kleinen Feder. Sein Rucksack ist prall gefüllt, aber er ist leicht, birgt nur einen fast neuen, hellgrauen Offiziersmantel und eine lange Hose aus feinstem Kammgarn. Das hat er zu vertauschen gegen Lebensmittel. Sein Gesicht ist schmal, die Augen sind eisengrau, und manchmal kneift er sie zusammen, als hätte er noch nicht vergessen, wie man die ausgerichtete Linie eines Regiments fixiert. Auch seine Stimme hat sich der verwandelten Zeit noch nicht angepaßt. Sie ist schnarrend und trägt noch den Klang jahrelangen Befehlens in sich.

»Das habe ich anzubieten«, sagt er. »Falkner ist mein

Name.« Dabei packt er seine Uniformstücke aus. »Ich brauche Lebensmittel dafür. Nicht für mich, für meine Frau, sie ist schwer krank.«

Der Tag ist regnerisch und trübe. Daher kommt es, daß die Mannsleute nicht im Wald sind, sondern nun alle gemeinsam in der Stube bei der Nachmittagsbrotzeit sitzen.

Andreas ist der erste, der aufsteht und den Mantel besichtigt. Er greift das Tuch, knüllt es zusammen und läßt es wieder aus. Es hinterläßt keine Falten.

»Ein halbes Pfund Butter und zwölf Eier«, sagt er.

Der Fremde lächelt resigniert.

»Sollte es nicht mehr wert sein?«

»Das gibt höchstens eine Trachtenjoppe, mehr nicht«, antwortet Andreas und schneidet sich daraufhin ein Stück Selchfleisch ab.

»Ich bin nicht zum Betteln ausgezogen, sondern zu ehrlichem Handel«, sagt der Fremde scharf.

»Ganz richtig«, sagt plötzlich Ferdinand Sachenpacher, wischt sein Messer ab, steckt es in die Scheide und steht auf. »Soviel ich davon verstehe, ist das ein erstklassiger Stoff. Und soviel ich weiß, hast du dir in letzter Zeit ein halbes Dutzend Stoffe eingehamstert. Wenn jemand einen Anzug braucht, dann ist es der Martl.«

»Da hat der Vater recht«, sagt Magdalen, die jetzt auch aufsteht und sich den Stoff ansieht. Groß und aufrecht steht sie da, und jedermann kann sehen, daß sie gesegnet geht. Ihre stillen Augen sehen den Fremden an. Was er dafür haben wolle, fragt sie ihn.

Nun, immerhin habe er an etwas Rauchfleisch gedacht und an Fett, hauptsächlich an Fett. Vielleicht noch einige Eier dazu und Brot.

Der alte Roßkogler rechnet im stillen zusammen und sagt dann: »Wie wär's mit zehn Pfund Geräuchertem, zehn Pfund Fett, einem Dutzend Eiern und einem Laib Brot?«

In das Asketengesicht kommt ein Lächeln.

»Das wäre ein ehrlicher Handel.«

»Also gut, auf das geh' ich ein. Der Martl war in Gefangenschaft und ist aus seinen alten Sachen 'rausgewachsen. Geh, Magdalen, und richt die Sachen zusammen.«

Magdalen will hinausgehen und die Sachen herrichten. Da packt sie Andreas hart am Arm und hält sie zurück.

»Wer schafft hier an?« Aufgebracht wendet er sich an den Vater. »Du gehst drauf ein, sagst du? Gut, wenn du bei dir drüben soviel hast! Aus meiner Speiskammer kommt nichts 'raus. Und überhaupt, wer weiß, ob die Sachen nicht gestohlen sind.«

Das Asketengesicht läuft blutrot an. »Was erlauben Sie sich!«

»Tja, heutzutage läuft soviel Gesindel 'rum, und man weiß oft nicht, wo die Sachen her sind. Mir ist's ja wurscht. Wenn der Vater soviel hat, ist es seine Sache. Ich brauch's nicht.«

Dem Alten ist die Farbe abgeschossen. Zum erstenmal hat er hören müssen, daß er hier nichts anzuschaffen habe.

»Ach so, du meinst, daß ich gar nichts mehr zu reden habe? Gut, daß du mir's gesagt hast. Das muß ich mir recht gut merken. Zum Glück hab' ich das, was der Herr will. So weit bin ich noch nicht auf dich angewiesen. Kommen Sie, Herr!«

»Nein, Vater, das gibt's nicht«, sagt Magdalen entschlossen und tritt ein paar Schritte vor. »Wäre ja noch schöner, wenn ich mir schon vorschreiben lassen müßte, was ich aus der Speiskammer gebe.«

»So ist's recht!« höhnt Andreas. »Halt du nur zu denen. Von mir aus macht, was ihr wollt!« Er geht hinaus und schlägt krachend die Tür hinter sich zu.

Der Fremde will seine Sachen wieder einpacken.

»Das ist mir sehr peinlich«, sagt er. »Ich will es lieber anderswo versuchen.«

»Nichts da«, sagt Magdalen resolut. »Ich hole die Sachen gleich.«

Martin hat inzwischen den Mantel genommen und hält ihn gegen das Fensterlicht. Man sieht, daß er nur wenig getragen ist. Kaum daß man die zwei Streifen an der Schulter unterscheidet, auf denen einmal die Schulterstücke befestigt gewesen sind.

»Hauptmann gewesen?« fragt Martin über die Schulter zurück.

»Nein, Oberst. Sie waren in Gefangenschaft, hörte ich vorhin. Wo waren Sie?«

Martin nennt das Lager, und der ehemalige Oberst nickt.

»Kenne ich, sind wir durchgeschleust worden. Ich war dann bis zu meiner Entlassung vor vier Wochen in einem Lager bei Kiew.«

Interessiert hat Martin zugehorcht. Aber ehe die beiden nun weiter darüber reden können, kommt Magdalen mit den Sachen herein. Korrekt ist alles abgewogen und abgezählt, und der Rucksack des Obersten a. D. Falkner ist, wenn auch nicht mehr so prall gefüllt, so doch schwerer als vorhin.

Draußen nieselt es, mitunter fallen auch ein paar Schneeflocken, und Falkner denkt an den weiten Weg, den er nun bis Lenggries zu gehen hat, um dort, wenn er Glück hat, auf der Plattform eines überfüllten Zuges Platz zu finden. Er nimmt es daher dankbar an, als Magdalen ihm eine Tasse mit heißem Tee einschenkt und ihm Brot und Butter hinschiebt. Nur zögernd geht er aus sich heraus, schließlich spürt er aber doch die innere Anteilnahme, die ihm von den Menschen hier entgegengebracht wird, und er erzählt, daß er zu gegebener Zeit wieder seine Rechtsanwaltspraxis aufmachen will. Er erzählt vom Leiden seiner Frau und von der verschollenen Tochter, die zuletzt als Rotkreuzschwester in einem Lazarett in Königsberg tätig gewesen sei und von der sie von dritter Seite wüßten, daß man sie mit der ganzen Belegschaft von Ärzten und Pflegerinnen nach Sibirien verschleppt habe.

Er läßt sich Martins Schicksal erzählen, und schließlich

fällt draußen die Dämmerung schon so stark, daß Falkner an seinen Aufbruch denken muß. Der alte Roßkogler sagt ihm noch, daß er nur wieder herkommen möge, aber es müsse nicht sein, daß er dann einen Mantel bringe. Eine Kleinigkeit würde wohl immer da sein.

Zu Ostern wird auf dem Roßkogl ein kräftiger Stammhalter geboren, und Andreas richtet eine Taufe aus, von der man noch lange spricht. Martin hat um diese Zeit gerade Mitteilung bekommen, daß er wieder in den Forstdienst eingestellt werden könne. Er möge sich aber gedulden, es könne Herbst werden, bis es soweit sei. So bleibt er weiterhin Sommerknecht bei seinem Ziehbruder Andreas.

Im August ist es auch auf Langeneck soweit, und Martin darf der Taufpate sein, so wie es besprochen wurde. Bei dieser Feier geht es zwar stiller zu als zu Ostern auf dem Roßkogl. Aber das Glück ist vielleicht tiefer und inniger.

Ferdinand und Notburga Sachenpacher sind voll innerer Heiterkeit. Wohin sie sehen, ist eitel Sonnenglanz. Gibt es doch für Austräglerleute keinen schöneren Lebensabend, als sehen zu dürfen, wie sie sich in den Enkelkindern erneuern.

Notburga trägt den Enkel des Roßkoglerhofes durch die stillbesonnten Herbsttage, als wäre er eines von ihren Kindern: Andreas, Martin oder Margret. Oft und oft sitzt sie unter den Ahornbäumen, schiebt das Leiterwägelchen des kleinen Andreas hin und her und singt leise die Lieder ihrer versunkenen Jugend über das flaumige Kindergesicht hin. Ihre Stimme ist längst nicht mehr so klangvoll wie früher und zittert ein wenig.

Von stiller Heiterkeit besonnt, geht der alte Roßkogler umher. Nur manchmal sieht er in irgendeiner Vision Schatten über das Glück hinziehen. Die siebzig Jahre haben ihm noch nicht viel anhaben können, nur das Haar haben ihm die Jahre gebleicht und die Schultern ein wenig nach vorne gebogen. Sonst aber steckt noch eine unbändige, fast wilde Kraft in ihm. Und wenn er vor dem Hackstock steht und die Scheite spaltet, geht sein Atem kaum schneller, als wenn er abends in seinem gemütlichen Austragstüberl sitzt und die Zeitung liest. Manchmal macht er sich zwar Gedanken über den Andreas, dessen hitziges Wesen zuweilen über die Stränge schlägt, der den Bauern hervorkehrt und es jedem unbeherrscht an den Kopf wirft, daß er der Herr sei auf dem Roßkogl und sonst niemand etwas zu befehlen habe. Andreas ist unberechenbar. Manchmal schreit er im Wirtshaus und schlägt auf den Tisch, dann geht er wieder tagelang nachdenklich umher, als brüte er etwas aus. Er ist von einer ständigen Unruhe bewegt, als treibe ihn etwas und ein anderes halte ihn zurück. Magdalen ist der gute Geist, der ihn von mancher Unbesonnenheit abhält und ihm zuredet, daß er beim Bauerntum bleiben solle und sich nicht ablenken lasse von der Zeiterscheinung des Gierens und des Raffens, die schon so viele erfaßt habe. Als er erfährt, daß ein Bauer außerhalb Tölz einen Berg gekauft habe und nun Kies heraushole, wird er fuchsteufelswild, weil ihm dieses Geschäft ausgekommen ist.

»Ich Trottel schufte und andere schaufeln mühelos Geld«, hält er Magdalena vor.

»Ja, Geld, das keinen Wert hat«, entgegnet sie.

»Aber eines schönen Tages hat es wieder Wert, und was man sich jetzt mit dem schlechten Geld anschafft, hat man hernach schon als bares Kapital.«

»Ich weiß nicht, Andreas, versteh' ja nichts von den Geschäften, die dir im Kopf 'rumgehn, aber ich meine, daß jeder Schuster bei seinem Leisten bleiben soll und jeder Bauer bei seinem Hof.«

So kommt der erste Oktober heran, an dem Martin wieder seinen Dienst im Forstamt antritt. Sofort hat Andreas, schon aus Wut, daß er damit seinen besten Knecht verliert, wieder etwas zu nörgeln.

»Da geht wieder einmal einer spazieren, und unsereins kann schuften.«

Mit dem Spazierengehen hat er allerdings so ungefähr recht, denn Martin darf kein Gewehr tragen, geht nur mit einem Stecken und dem Fernglas ausgerüstet durch die Wälder. Dafür haben die Wilddiebe ein Gewehr, und als er unverhofft einmal auf einen trifft, hebt der seelenruhig seine Büchse und sagt:

»Verschwinde, sonst knallt's!«

Um diese Zeit gibt es auf dem Roßkoglhof den ersten heftigen Krach. Andreas ist der Meinung, weil Martin jetzt nicht mehr als Knecht auf dem Hof arbeite, müsse er für Kost und Unterkunft bezahlen. Er sagt das gar nicht einmal aufgeregt, sondern mit der Selbstverständlichkeit eines Menschen, der das ganz einfach erwarten darf. Er wird nur durch das Schweigen stutzig, das nach seinen Worten entsteht.

Martin nickt schließlich und meint: »Wenn du es haben willst, meinetwegen.«

Nun hat sich bei dem Alten der erste Schreck gelegt, in seinen Augen funkelt mühsam verhaltener Zorn.

»Aber sonst bist gesund?« schreit er seinen Hoferben an.

»Sonst?« fragt Andreas verdutzt. »Mir fehlt nichts!«

»Bloß der Charakter. Schämst du dich überhaupt nicht? Langt dir das noch nicht, daß der Martl bei der Erbschaft völlig leer ausgegangen ist?«

»So? Erbberechtigt soll er auch noch sein?« lacht Andreas gereizt. »Jetzt wird's allweil schöner. Blutsmäßig sind wir überhaupt nicht verwandt miteinander. Bloß auf dem Papier hat er als mein Bruder gegolten.«

»Ja, und bloß auf dem Papier hat er für tot gegolten«, antwortet der Alte mit ungewöhnlicher Schärfe. »Und da kannst du von Glück reden, denn wäre es anders gewesen, du kannst Gift drauf nehmen, daß ich auch dem Martl seine fünf Tagwerk Wald hätte zuschreiben lassen.«

»Vater, laß es gut sein«, versucht Martin einzulenken.

»Aber noch hab' ich meinen Wald«, fährt der Alte fort. »Und was ich damit mache, das ist ganz allein meine Sache.

Und von heut an, Martl, schläfst drüben bei mir und der Mutter im Zuhäusl. Und dir, Anderl, werde ich's schon zeigen, wo der Bartl den Most holt. Mußt nicht so tun, als ob du ganz allein der Herr wärst auf dem Roßkogl. Komm, Martl! Pack deine Sachen und trag sie 'rüber zu uns.«

In ohnmächtiger Wut bleibt Andreas zurück, und als die Magdalen von der Küche hereinkommt, schreit er sie an:

»Hast es gehört, was er gesagt hat, der Herr Austrägler?«

»Ich habe auch gehört, was du gesagt hast. Und es war nicht recht von dir. Der Martl ist in den Augen der Eltern auch ihr Bub. Daß er in jeder Stund' seiner Freizeit für dich und den Hof arbeitet, das hast ganz vergessen.«

»So ist's recht! Hilf du nur auch der Bagasch. Macht aber nichts. Ich werd' allein auch fertig.«

Dröhnend schlägt die Tür hinter ihm zu. Kurze Zeit darauf hört man den Motor anspringen, und Vollgas gebend, prescht Andreas Sachenpacher zum Hof hinaus.

Magdalena Sachenpacher ist immer bemüht, ehrliche Maklerin zu sein zwischen Andreas, seinen Eltern und Martin. Um dieser Ehrlichkeit willen hat sie selber viel zu leiden. Aber sie klagt nicht, sie beherrscht sich, und niemand aus ihrer Umgebung merkt, daß die einst so lebensfrohe Magdalen immer stiller wird und alles Aufbegehren in ihr erlischt, daß sie langsam beginnt, sich in Demut ins Unvermeidliche zu schicken.

Sie geht mit ihrem zweiten Kind schwanger und wünscht sich sehnlichst ein Mädchen. Zuweilen schaut ihr Vater nach und fragt sie:

»Wie hält er dich? Man hört, daß er manchmal so wild tut.«

Magdalen schweigt, sie kleidet das, was sie insgeheim um ihren Mann leidet, in ein sanftes Mäntelchen und sagt:

»Weißt, Vater, er muß halt so sein, wie er ist. Und vielleicht reden die Leut' mehr über ihn, als sie wissen.«

Magdalena Burgstaller ist enttäuscht.

Und je länger die versteckten Nörgeleien ihres Mannes andauern, desto mehr neigt sich ihr ehrlicher Sinn den Menschen im Zuhäusl zu. Immer häufiger werden die Auftritte, und sie setzen nur einmal ein paar Wochen aus, als an einem grauen Regentag die Währung umgestellt wird und jeder Mensch, ob reich oder arm, nur sechzig Mark zugeschrieben bekommt.

Andreas ist schockiert über diese Lösung. Er hat es sich ein wenig anders vorgestellt und ist kleinlaut in den folgenden Wochen.

Martins demütigende Zeit als Waldläufer ist mittlerweile zu Ende. Er ist wieder Jäger mit allem Fug und Recht, ein Jäger mit Ausweis und einer nagelneuen Büchse. Das gibt ihm wieder Selbstbewußtsein und Vertrauen in die Zukunft.

Er bewohnt, wenn er einmal heimkommt, das eine der beiden Dachstübchen im Zuhäusl, und wenn er an einem Sonntag frei hat, so verbringt er ihn regelmäßig bei den Langeneckers. Nie wieder ist zwischen ihm und Margret die Zeit berührt worden, in der sie durch einen kurzen Liebestraum gewandert waren. Das Verhältnis zueinander ist das denkbar beste, und Anselm behandelt und betrachtet ihn ausschließlich als Schwager.

Eines Tages erscheint auf dem Roßkoglhof ein Kriegskamerad des Andreas, Sebastian Felder, ein Gütermakler von Beruf. Andreas hat ihn schon ein paarmal in Tölz getroffen und begrüßt ihn jetzt mit lautem Hallo.

Magdalen hat sofort Mißtrauen gegen diesen Menschen. In seinen grünlich schillernden Augen funkelt etwas Böses, seine laute, prahlerische Art stößt sie ab. Andreas aber drängt den Gast gleich in die gute Stube und holt die Schnapsflasche.

»Siehst, Wastl, das freut mich, daß du endlich einmal kommst. Was sagst zu meinem Weiberl?«

»Fehlt nichts, fehlt gar nichts. Gut ist sie beinander, dein Weiberl, und blitzsauber ist sie.«

Andreas füllt die Gläser, sie prosten einander zu.

»Was Passendes für mich ist dir noch nicht untergekommen?« fragt er dann.

Sebastian Felder streicht sich den ungepflegten Bart aus den Mundwinkeln.

»Deswegen bin ich ja da. Also, paß auf, Anderl. Außerhalb Tölz, in Richtung Wolfratshausen, ist eine Ziegelei zu verkaufen. Das könnte das richtige für dich sein.«

»Meinst?« fragt Andreas etwas zweifelnd.

»Wenn ich dir's sag! Und nicht einmal so teuer. Fünfzigtausend kostet der ganze Krempel. Sechs Öfen sind dabei und zwei Plattenpressen. Also, ich sag dir, in zwei Jahren bist ein steinreicher Mann. Wirst doch nicht so dumm sein und dich auf dem Hof abrackern — du mit deiner Intelligenz. Das Heu bringen sie ohne dich auch ein. Du bist für ganz was anderes geschaffen.«

»Wie schaut's denn mit dem Lehm aus?«

»Ist dabei. Eine große Lehmgrube, die in achtzig Jahren noch nicht ausgebeutet ist.«

»Und was wäre deine Provision?«

»Geh, da reden wir doch gar nicht. Sonst hab' ich halt zehn Prozent vom Kaufpreis, aber bei dir mach' ich's um sechs. Anderl, das darfst dir auf gar keinen Fall auskommen lassen. Was meinst, wie jetzt die Bautätigkeit einsetzt! Die Ziegel müssen weggehn wie warme Semmeln, und das Geld muß dir zurollen wie auf einem Förderband.«

»Na ja, ganz so wird's auch nicht sein. Ich meine, du nimmst dein Maul schon ein bissel voll. Und fünfzigtausend sind für mich auch grad kein Pappenstiel.«

»Du mit deinem Wald?« lacht der Felder und schlägt sich auf die Schenkel. »Schlag ihn doch nieder, der wächst wieder nach.«

»Auf alle Fälle muß ich mir die Sache mal anschaun!«

»Freilich fahrn wir 'naus! Von mir aus gleich.«

»Ja, aber vorerst bleibt das unter uns. Meine Frau braucht nichts zu wissen und mein Vater schon gar nicht.«

»Ganz richtig. Bis du Fabrikbesitzer bist. Früher braucht niemand was zu wissen.«

»Ich fahr' meinen Spezl nach Langgries, weil er jetzt das Postauto versäumt hat«, sagt Andreas ein wenig später zu Magdalen.

Sie fragt gar nicht, wann er zurückkomme, aber als das Auto aus dem Hof fährt, krampft sich ihr Herz in einer unbestimmten Angst zusammen.

In den folgenden Tagen geht Andreas in grenzenloser Unruhe umher. Er hat die Ziegelei besichtigt. Es ist nicht gerade das grandiose Werk, das der Felder ihm vorgegaukelt hat, aber immerhin, man hat ihn Einsicht nehmen lassen in die Bücher, und der Umsatz in den letzten Jahren war nicht schlecht. Wenn eine starke Hand das Ganze leitet, läßt sich wieder etwas daraus machen. Es ließe sich noch eine Anzahl Öfen einbauen, und überhaupt ...

Ja, und überhaupt — überhaupt ...

»Da kann gar nichts schiefgehen«, sagt der Felder. Ob der es aber so genau weiß?

Auch nachts findet Andreas keine rechte Ruhe mehr und wälzt sich unruhig in seinem Bett. Er wähnt Magdalen schlafend, aber sie hört ihn schon seit einigen Nächten. Und als er jetzt so halblaut vor sich hin sagt: »Wenn ich nur wüßte, was ich tun soll«, da richtet sie sich jäh auf und fragt ihn:

»Was ist denn eigentlich los mit dir, Anderl? Was weißt denn nicht, was du tun sollst?«

»Ich hab' gemeint, du schläfst!«

»Ja, aber ich wach' immer wieder auf, weil du so unruhig bist. Was drückt dich denn? Hast denn kein Vertrauen zu mir?«

Da hat er plötzlich den Mut, ihr alles zu sagen. Er übertreibt dabei und stellt die Ziegelei als eine großartige Fabrik hin, die spottbillig zu haben sei. Beim Preis lügt er, drückt ihn fast um die Hälfte herab und meint, dem Ganzen noch eine besonders schmackhafte Note zu geben, indem er hinzufügt:

»Ich denk' dabei weniger an mich. Aber schließlich kriegen wir noch ein paar Buben, dann wird es für die einmal was. Schließlich sollen es unsere Kinder einmal schöner haben als wir.«

»Andreas«, flüstert Magdalen in banger Ahnung. »So, wie wir's haben, finde ich es schön, und ich bin zufrieden.«

»Was noch gar nicht heißt, daß der Mensch die Hände in den Schoß legen soll, wenn ihm das Glück winkt.«

»Ist es denn ein Glück?«

»Ja, und hundertmal ja. Es ist ein Glück«, antwortet er schnell und eifrig. Er redet sich warm, malt alles in den schönsten Farben und bringt es fertig, selbst die nüchtern denkende Magdalen in seine Zukunftsträume einzuwickeln. Freilich dauert es bei ihr nur bis zum anderen Morgen, denn beim Tageslicht erscheint ihr alles ganz anders, da ist sie wieder in der einfachen und klaren Welt ihres Bauerntums, aus dem sie gewachsen ist und von dem sie weiß, daß Grund und Boden niemals den Wert verlieren und daß man ihn erhalten soll für die Kinder und Kindeskinder.

Und so versucht sie in ihrer bedächtigen Art, ihren Mann von seinem Plan wieder abzubringen. Aber er ist schon so eingesponnen in seine Vorstellungen, daß er immer wilder aufbraust und ihr strikt verbietet, sich in seine Sachen einzumischen, wenn sie doch nichts davon verstehe.

Felder hetzt ihn dazu auf. Dieser abgefeimte Fuchs spürt genau, daß die junge Bäuerin die Ursache ist, wenn Andreas Sachenpacher manchmal noch zögert. Er setzt seine ganze Schläue und all seine Überredungskunst ein, um Andreas weichzumachen. Er bringt ihn mit Leuten zusammen, die in einer ganz anderen Welt leben als Andreas. Es sind auch Frauen dabei, und es schmeichelt Andreas, daß sie ihn bereits Direktor nennen. Herr Direktor Sachenpacher. Und sie trinken auf ihn und auf seine glänzende Zukunft, die er so beherzt anpacke. Aber wenn er dann in seinem offenen Kübelwagen wegfährt, lächeln sie hinter ihm her, mitleidig und spöttisch zugleich.

»Wenn es jetzt verbrieft ist«, sagt ihm der Felder bei nächster Gelegenheit, »dann mußt schaun, daß du dir einen andern Wagen zulegst. Mit der Kisten blamierst dich ja bloß und kannst nirgends Eindruck schinden. Als Fabrikdirektor kannst nicht mit einem Kübelwagen herumfahren.«

Ja, das sieht Andreas ohne weiteres ein, und er liebäugelt mit einem dunkelblauen Mercedes. Er sieht bloß nicht ein, daß es endlich an der Zeit wäre, über alles nun klipp und klar mit Magdalen und vor allem mit seinem Vater zu sprechen. Aber dazu ist er zu feig, und so geschieht es denn, daß er am sechzehnten September in der Notariatskanzlei zu Tölz den Kaufvertrag unterschreibt, ohne mit den Seinen gesprochen zu haben. Die Bank streckt ihm den Betrag für die Anzahlung vor, und er hat für das Ganze den Bartholomäuswald zu bieten, mit dessen Abholzung in der kommenden Woche begonnen werden soll.

In jagender Hast rennt Martin den Hang hinunter auf den Hof zu und prallt im Flur mit der Magdalen zusammen. Sein Gesicht ist schweißüberströmt, und sein Atem fliegt.

»Wo ist der Anderl?«

Erschrocken reißt Magdalen den Kopf hoch. »Der ist fort, in aller Früh schon.«

»Weißt du, Magdalen, daß sie den Bartholomäuswald schlagen?«

Die junge Bäuerin greift nach einem Halt. »Das ist — nicht wahr.«

»Ich komm' grad von droben. Sechs Holzknechte sind am Werk. Sie sagen, der Anderl hat eine Fabrik gekauft, und in seinem Auftrag schlagen sie den Wald.«

»Was für einen Wald?« fragt plötzlich die Stimme des Austragbauern Sachenpacher. Er steht im Türrahmen, und die Sonne glänzt in seinem Haar und macht es glitzern wie Winterschnee.

Martin berichtet, was er erfahren hat, und weil der Alte bisher ahnungslos von allem gewesen ist, trifft es ihn wie ein Schlag. Zuerst läuft sein Gesicht dunkelrot an, dann wird es weiß vor Wut. Seine eisgrauen Augen heften sich auf die Magdalen.

»Und du hast es gewußt und mir nichts gesagt?«

»Ich habe nicht gewußt, daß er den Wald schlagt«, jammert Magdalen und schlägt die Hände vors Gesicht. »Er hat mir ja nichts mehr gesagt in letzter Zeit, und ich hab' gemeint, er hätte seine Pläne längst wieder aufgegeben.«

Wortlos dreht sich der Alte um und geht langsam über den Hof hinüber ins Zuhäusl. Dort setzt er sich ächzend auf das Sofa und preßt die Fäuste an die hämmernden Schläfen.

»Burgl, das ist der Anfang vom Ende«, stöhnt er und merkt es kaum, daß ihm die Tränen über das furchige Gesicht rinnen. »Dem Kerl ist doch gar nichts heilig. Den Bartholomäuswald schlagt er, den ich gehegt und gepflegt hab' wie ein Kind. Kaum daß ich einmal einen Baum 'rausgeschlagen habe. Und er rasiert ihn ab, als ob das gar nichts zu bedeuten hätte. Herrgott, wenn ich bloß das nicht erleben hätt' müssen.«

Und so sitzen die beiden Alten über die Stunden des Nachmittags hinweg auf dem Sofa, ein wenig gebeugt von der Last der Jahre und bis in die Tiefe des Herzens hinein erschüttert von der Eigenwilligkeit des Sohnes, der sein schönes Erbteil in so leichtfertiger Weise aufs Spiel setzt. Manchmal verklammern sich ihre Hände ineinander, und einmal sagt Ferdinand Sachenpacher unter tiefem Aufstöhnen:

»Wie heißt es da gleich wieder in der Bibel? Die Sünden der Väter rächen sich bis ins —«

»Das darfst du nicht sagen, Vater«, fällt Notburga ihm ins Wort. »Du hast in deiner wilden Zeit damals nichts

Ehrenwidriges getan und bist trotz allem immer ein guter Mensch und Bauer geblieben.«

»Ich weiß nicht, ich weiß nicht. Mir kommt's halt so vor, als rächt sich das jetzt, daß ich einmal aus meiner Art gelebt habe. Horch — ich glaub', jetzt kommt er.«

Ferdinand Sachenpacher steht auf und geht ans Fenster, zuckt zusammen und ruft dann Notburga herbei.

»Da schau her, Burgl. Schau ihn dir an, unseren Herrn Sohn. Mit einem nagelneuen Wagen kommt er daher. Hat denn der Kerl seinen ganzen Verstand verloren! Dem werd' ich aber jetzt die Leviten lesen.«

Vor der Haustür steht eine dunkelblaue Mercedeslimousine mit leise vibrierenden Kotflügeln. Den Motor hört man kaum. Jetzt stellt Andreas ihn ab und steigt aus. Eine dicke Zigarre im Mund, den Hut ein wenig zurückgeschoben, steht er da und betrachtet seinen neuen Wagen mit hochmütig verzogenen Mundwinkeln. Da sieht er den Vater aus dem Zuhäusl kommen.

»Jetzt wird's brenzlig«, sagt er leise für sich hin. Dann zündet er die erloschene Zigarre an und schielt über das verglimmende Zündholz dem Vater entgegen.

»Was sagst dazu?« fragt er dann. »Ein saubers Wagerl, was? Und ziehn tut er! Mit dem zweiten Gang bin ich spielend 'rauf zu uns. Nächste Woche muß ich einmal nach München. Da könnt ihr mitfahren, du und die Mutter. Wirst schaun, wie du da drinsitzt. Wie auf einem Kanapee. Bei dem andern Karren, da hat's dir ja gleich die Morgensuppe 'raufbeutelt. Immerhin hab' ich noch einen Tausender dafür gekriegt.«

Er redet und redet und merkt selber, daß es nur seine Unsicherheit ist, die ihn soviel reden läßt. Dabei schaut er den Vater gar nicht an, der stumm dasteht, mit einem Zug der Verachtung und des Zornes um die Mundwinkel.

»Bist jetzt fertig?« fragt der Vater dann, als Andreas einen Augenblick schweigt. »Dann darf ich jetzt vielleicht auch ein Wörtl sagen?«

»Bitt' schön, bitt' schön«, antwortet Andreas und streift bedächtig die Asche von seiner Zigarre.

»Du bist also jetzt schon so weit, daß du meinst, du brauchst mich um gar nichts mehr zu fragen.«

Andreas runzelt die Brauen.

»Warum soll ich dich fragen? Soviel ich weiß, bin ich der Herr hier, und ich brauche niemand um Erlaubnis zu fragen.«

»Ja, ja, sag mir's nur recht oft, daß ich der Garniemand bin.«

»Du bist der Austrägler Sachenpacher und brauchst dich in meine Sachen gar nicht einzumischen. Ich weiß schon, was ich zu tun habe.«

»Das glaub ich nicht. Wenn du es wüßtest, dann tätst nicht den herrlichen Bartholomäuswald abschlagen.«

Überrascht hebt Andreas den Kopf.

»So? Haben die schon angefangen? Das hab' nicht einmal ich gewußt. Dein Nachrichtendienst funktioniert ja großartig. Dann wirst ja auch schon wissen, daß ich die Ziegelfabrik gekauft habe?«

»Traurig genug, wenn man es erst von dritter Seite erfahren muß.« Die Stimme des Alten wird hell und scharf. »Und drum muß der herrliche Wald dran glauben!«

»Ach, das verstehst du nicht. Die Bäume wachsen wieder nach.«

»Aber für dich und für deine Buben nimmer.«

»Dann halt für meine Urenkel. Überhaupt, was nach mir ist, das ist mir wurscht. Auf alle Fälle möcht' ich von meinem Leben was haben, möcht' nicht fretten mein Leben lang wie du.«

Über die Augenbrauen des Alten zuckt es schmerzlich hin.

»Ach so, ein Fretter war ich in deinen Augen? Und das muß ich mir von dir sagen lassen, dem ich den schönsten Hof im ganzen Tal in die Hände gegeben habe! Dir ist ja gar nichts mehr heilig, und wenn ich dich so anschau in deiner ganzen Erbärmlichkeit, dann möcht' ich die Stunde bereuen, in der du den ersten Schrei getan hast. Vom Leben will er was haben, der Narr, der hochmütige! Aber wart nur, auf deinen Hochmut kommt schon der Fall. Hoffentlich muß ich wenigstens das nimmer erleben.«

»Oh, du wirst noch alt, so wie du beinander bist.«

In diesem Augenblick geschieht es. Blitzschnell greift der Alte zu, packt den Sohn und schüttelt ihn hin und her, dann schleudert er ihn mit Wucht gegen den neuen Wagen.

»So, jetzt hab' ich's dir gezeigt, wie gut ich noch beinander bin, du Mistbub, du dreckiger. Und das sag ich dir noch, merk dir's nur recht gut: Bevor du den Hof auf die Gant bringst, mach' ich dich kalt.«

Mit hochrotem Kopf bückt sich Andreas nach seiner Zigarre, die seinen Lippen entglitten ist. Dann sagt er:

»Jetzt hör du auch gut zu. Einmal hast mich anpackt, aber ein zweites Mal nimmer. Das nächste Mal schlag' ich zurück.«

»Das trau ich dir ohne weiteres zu. Die Hand gegen den eigenen Vater zu heben!«

»Das kommt bloß auf dich an. Läßt du mir meine Ruh, laß ich dir die deine auch. Gewöhn dir vor allem dein Dreinreden in meine Sachen ab. Ich werde es euch schon beweisen, daß ich mit der Ziegelei richtig spekuliert habe. Es wird schnell bergauf gehn.«

»Dann schau nur, daß du nicht genauso schnell wieder 'runterfällst. Glück kann ich dir keins dazu wünschen.«

»Brauchst auch gar nicht«, antwortet Andreas mit hohnvollem Lachen. »Auf deinen Glückwunsch bin ich gar nicht angewiesen, merk dir das.«

»Das werd' ich mir sogar recht gut merken.«

»Dann ist's gut.«

Andreas läßt den Vater stehen und geht ins Haus. Von diesem Tag an haben sich Vater und Sohn lange nichts mehr zu sagen.

Wider Erwarten scheint Andreas recht zu haben. Mit dem Einsetzen der Bautätigkeit, ein Jahr nach der Währungsumstellung, gehen die Ziegelsteine weg wie warme Semmeln. Auch die Dachziegel finden reißenden Absatz. Die Pressen bringen kaum so viel her, wie gebraucht werden.

Andreas ist jetzt selten mehr daheim. Er ist dauernd unterwegs und gewöhnt sich Manieren an, die gar nicht zu ihm passen. Aber er gefällt sich nun einmal in der Rolle des Fabrikbesitzers, raucht nur die teuersten Zigarren und trägt nach Maß geschneiderte Anzüge.

Zu seiner Ehre muß gesagt werden, daß er es verstanden hat, sich in dem verlotterten Werk Respekt und Autorität zu verschaffen. Er hat sich angewöhnt, scharf hinter die Dinge zu sehen, und da er eine gute Auffassungsgabe hat, gelingt es ihm verhältnismäßig schnell, sich einzuleben. Man kann ihm bald kein X mehr für ein U vormachen. Das aber hat nur den einen Fehler, daß sein Hochmut wächst wie die Zahl der Ziegelsteine, die er absetzt.

O ja, verdammt hochmütig ist er geworden, der junge Bauer aus der Jachenau, und das Geld fließt nur allzuleicht aus seinen Händen. Als ihm der zweite Sohn geboren wird, schnappt er fast über vor Freude und veranstaltet mit seinen Freunden in einem Hotel in Tölz ein Sektgelage, von dem noch lange gesprochen wird. Er überhäuft aber auch Magdalen mit Geschenken, vor denen sie erschrickt, weil ihr einfacher Sinn begreift, daß diese Dinge ein Heidengeld kosten.

Sie ist es, die nun ständig in einer dumpfen Angst lebt, denn sie erkennt mit jähem Schrecken, wie sehr dieses neue Leben den Mann verändert. Andreas enthüllt ein ganz anderes Wesen, und wenn er ihr großspurig von den vielen Tausendern erzählt, die durch seine Hände gehen, findet sie kein befreiendes Lächeln dazu, sondern dann versteinert sich etwas in ihr, und eine grenzenlose Bangnis erfüllt ihr Herz.

Der sichtbare Erfolg läßt auch allmählich die Spötter verstummen. Nur Ferdinand Sachenpacher, der Austrägler, kann sich von seinem Zweifel nicht frei machen. Er sieht nach wie vor in einem Menschen, der sich vom ererbten Boden löst, einen Glücksspieler, über dem eines Tages einmal das Dunkle zusammenschlägt. Sein Herz krümmt sich, wenn er sieht, wie wenig Andreas für den Hof noch übrig hat. Er sieht, wie die Magdalen sich abplagt mit den fremden Leuten, hält es schließlich nicht mehr aus und schaltet sich selber wieder ein. Seine Ehrfurcht gebietende Gestalt schafft wieder Autorität. Der Alte vom Roßkogl geht wieder über die Wiesen und schaut nach Ordnung, ohne dafür von seinem Sohn ein Fünklein Dank zu ernten.

Andreas' Glückssträhne hält an. Er wird kühn und verwegen, schafft neue Maschinen an, baut einen Heizkessel modernster Art und geht durch die weiten Anlagen wie einer, dem nichts in der Welt etwas anhaben kann.

Reklamationen nimmt er nur lächelnd zur Kenntnis. Salpeter? Salpeter soll in den Steinen sein? Jetzt auf einmal sprechen sie von Salpeter, der durch die Wände schlägt und häßliche Flecken in den Zimmern verursacht. Er läßt den Lehm prüfen, vergleicht die Ziegel anderer Fabriken. Die sind dunkelrot und hart und klingen, wenn man mit einem Hammer daraufschlägt.

Aber — ist nicht immer noch lebhafte Nachfrage nach seinen Erzeugnissen? Ist der Absatz vielleicht irgendwie gesunken? Nein, keine Spur, die Ziegel und Dachplatten gehen nach wie vor.

Die Dachplatten zwar, sie häufen sich, sie häufen sich in den letzten Monaten sogar sehr beängstigend. Aber liegt nicht ein Segen auf seinem Wollen und Streben? Zur rechten Zeit kommt ein fürchterliches Hagelwetter in einer Samstagnacht, bei dem viele Dächer fast restlos zerstört werden. Sein großes Lager wird mit einem Schlag leer. Am Dienstag ist nicht mehr eine einzige Dachplatte vorrätig, und die Lastwagen warten darauf, daß die Pressen sich öffnen und neue herauskommen.

Na also!

Andreas ist wieder obenauf und gibt zwei neue Pressen in Auftrag, die sechzigtausend Mark kosten. Dann legt er sich noch einen Lastzug für siebzigtausend Mark zu, der so unentwegt läuft, wie die Wechsel dafür unerbittlich laufen. Bisher hat er in seinem Leben noch nichts mit Wechseln zu tun gehabt und ist in Geldsachen überhaupt ein wenig unerfahren. Aber seine Freunde wissen Bescheid, und allen voran versichert ihm der Sebastian Felder:

»Das geht schon in Ordnung! Was jetzt noch fehlt, ist ein Bagger.«

»Ich weiß nicht«, meint Andreas. »Zu stark möchte ich mich nicht in Schulden einlassen. Mein Kredit bei der Bank ist sowieso schon überzogen.«

»Ist das ein Kreuz mit dir«, jammert Felder. »Ich weiß nicht, warum man dich zu deinem Glück direkt hinschieben muß.«

Glück? Ja, noch ist es ihm hold, und Andreas sieht in seinem Größenwahn nicht die dunkle Wolke am Himmel. Sie kommt auch ganz langsam, ähnlich wie ein Gewitter, das am Mittag schon im Westen aufzieht und gegen Abend erst losbricht.

Eines Tages meldet eine Großbaufirma, daß die von seiner Ziegelei gelieferten Dachziegel abblättern und überhaupt schlecht decken.

Andreas zieht die Augenbrauen hoch. Abblättern? Sollte das vielleicht am Lehm liegen? Ausgeschlossen. Das Fräulein im Büro muß der Firma schreiben, daß die Ziegelei Sachenpacher es nicht nötig habe, auf so eine Verdächtigung einzugehen, weil nur erstklassiger Lehm verwendet werde.

Die Baufirma stellt daraufhin Schadensklage. Es kommt zu einem Prozeß, den Andreas haushoch verliert. Er wird dazu verurteilt, auf seine Kosten die Häuser abzudecken und durch Dachplatten von einer anderen Ziegelei zu ersetzen.

Es bleibt nicht bei der einen Baufirma. Andere folgen nach, auch diese Prozesse verliert er. In stummer Verzweiflung muß er zusehen, daß seine eigenen Dachziegel zu Hunderttausenden sich anhäufen, weil sie niemand mehr haben will. Auch um die Ziegelsteine reißt man sich nicht mehr, weil man dazu übergegangen ist, Bausteine aus Zement und von größerem Maß herzustellen. Seine salpeterhaltigen Ziegel sind nicht mehr gefragt, und endlich muß Andreas begreifen, weshalb diese Ziegelei damals so spottbillig zu haben gewesen ist.

Die Pressen stehen still, die Öfen werden kaum mehr geheizt. Die Wechsel aber laufen hurtig weiter und werden termingemäß unerbittlich fällig.

Mit einer wilden Verbissenheit stemmt Andreas sich gegen sein Schicksal. Im Winter legt er das Werk still. Aber im Frühjahr soll es wieder beginnen. Er will den Lehm von weit her beziehen. Wozu hat er denn seine Lastwagen? O ja, er gibt sich noch nicht verloren.

Verloren gibt seine Sache nur die Bank. Sie steht nicht mehr hinter ihm, sie will zum mindesten als Sicherheit seinen Wald haben.

Von alldem haben seine Frau und seine Eltern keine Ahnung. Aber als es Frühjahr werden will, läßt es sich nicht mehr verheimlichen. Es wird ja überall von Andreas Sachenpachers großer Pleite gesprochen. Das Tonwerk soll ihm schon nicht mehr gehören, auf den Maschinen klebt der Kuckuck, das Siegel des Gerichtsvollziehers. Sein ganzer Wald ist verpfändet, der Hof mit einer hohen Hypothek belegt, und das Finanzamt verklagt ihn wegen hinterzogener Steuern.

Nur ein paar Jahre hat er in dem schönen Rausch gelebt. Jetzt müßte die Ernüchterung folgen. Aber sie folgt nicht, und Andreas Sachenpacher taumelt unerbittlich in das letzte Dunkel hinein.

Er rafft sich zu einem letzten Verzweiflungsschritt auf und will die fünf Tagwerk Wald schlagen, die seine Frau als Mitgift mitgebracht hat. Das gäbe noch einmal einen Start. Jetzt endlich erwacht die junge Bäuerin Magdalen aus ihrer Erstarrung und wehrt sich mit aller Kraft.

»Nein, Andreas, das geschieht nicht! Und wenn du es so haben willst, dann geh' ich mit meinen zwei Kindern hin und werf' mich mit ihnen unter den ersten stürzenden Baum.«

Andreas wird weiß wie die Mauer, denn er erkennt, daß es ihr bitterernst ist mit dem, was sie sagt. Er ist aber durch die schweren Schicksalsschläge in letzter Zeit in der Wildheit seines Wesens doch so gedämpft, daß er wenigstens seiner Frau gegenüber nicht aufbraust, sondern vielmehr versucht, ihr mit Beredsamkeit zu beweisen, daß alles wieder gut werden könne.

Magdalen aber bleibt bei ihrem Nein.

»Es geht nicht um mich, sondern um die Kinder. Sollen sie einmal in Dienst gehn müssen bei fremden Bauern?«

»Ach, so weit ist's noch lang nicht.«

»Aber soweit kommt's noch, sagt der Vater.«

Andreas fährt hoch.

»Aha, jetzt weiß ich's. Hat dich der Alte aufgehetzt! Ja, ja, zu dem taugt er grad noch. Der hat mir ja immer Prügel zwischen die Füße geworfen. Womöglich freut es ihn auch noch, daß es mir jetzt dreckig geht.«

»Laß den Vater aus dem Spiel. Hättest du auf ihn gehört, wäre es nicht soweit gekommen. Aber mit dir hat man ja nimmer vernünftig reden können.«

»Ja, ja, allweil bin's ich, bloß ich. Ihr andern seid unfehlbar«, braust er auf, dann geht er hinaus, setzt sich in den Wagen und fährt davon.

Und noch einmal hat er Glück. Er findet einen privaten Geldgeber. Es ist zwar keine hohe Summe, aber man könnte das Werk wenigstens wieder anlaufen lassen. Sein

Unglück ist nur, daß er nicht daheim ist, als dieser Geldgeber auf dem Hof erscheint und sich vergewissern will, ob Sicherheit für sein Geld da sei.

Es ist ein Sonntagnachmittag im Frühling voll friedlicher Stille. Die Bienen summen um die blühenden Sträucher, die Lerchen hängen wie singende Tropfen in der Luft, und über den Bergen liegt der Himmel wie helle Seide.

Martin hat wieder einmal einen freien Sonntag und sitzt mit den Eltern auf dem Bankerl vor dem Zuhäusl, als ein fremder Wagen in den Hof fährt und ein Herr aussteigt, der nach Andreas Sachenpacher fragt.

Vom alten Sachenpacher erfährt der Fremde die ganze Wahrheit. Der Alte beschönigt nichts und sagt dem Fremden geradeheraus, daß er sein Geld nur beim Fenster hinauswerfe, weil keine Sicherheit mehr da sei.

Andreas kommt um eine Viertelstunde zu spät und wird kreidebleich, als ihm der gestern noch so aufgeschlossene Geldgeber erklärt, daß er sein Angebot zurückziehen müsse, weil er von dem »alten Herrn« dort erfahren habe, wie es in Wirklichkeit stehe.

»Ach so«, sagt Andreas in mühsam verhaltenem Grimm und fügt dann hochmütig hinzu: »Bitte. Wie Sie wollen. Ich habe auch noch andere auf der Seite.«

Mit zusammengekniffenen Augen sieht er dem Wagen zu, wie er aus dem Hof fährt. Dann verzerrt sich sein Gesicht, und der Alte duckt sich unwillkürlich unter dem Blick des Hasses, der ihn trifft.

»Ist dir jetzt wohl, weil du mir das vermasselt hast?« schreit Andreas sinnlos vor Wut und so laut, daß Magdalen bestürzt aus dem Hause kommt.

»Als wenn da noch was zu vermasseln gewesen wäre«, antwortet der Vater und reckt sich in den Schultern auf. »Was du tun willst, das ist glatter Betrug. Schämst dich denn gar nicht?«

»Vor dir nicht, weil du ja nichts anderes kannst, als an mir herumzunörgeln! Selber hast dir in deinem Leben nichts zu unternehmen getraut. Sich ins Zuhäusl hinüberhocken, den Herrgott einen guten Mann sein lassen und sich auf meine Kosten vollfressen, das ist alles, was du kannst!«

»Andreas . . .!« schreit Magdalen in Entsetzen auf. »Versündig dich nicht!«

»Laß ihn nur«, sagt Ferdinand Sachenpacher in unendlicher Müdigkeit, geht ein paar Schritte vor und versucht Andreas anzusehen. »Was du mir jetzt gesagt hast, das vergesse ich dir mein Leben lang nimmer. Und — daß ich und die Mutter keinen Brocken Brot mehr nehmen von dir, das kannst mir glauben! Wir werden schon woanders unterschlupfen können.«

»Ja, wenn du nur grad schon weiter wärst, daß ich dich nimmer länger anschaun bräucht'. Geh nur grad, geh nur grad, ich treib' dich sonst mit der Peitschen vom Hof.«

Blind vor Wut, reißt Andreas die Peitsche von der Stallmauer. Und holt zum Schlag aus.

Hochaufgerichtet steht der Alte. Seine Augen sind weit aufgerissen. So erwartet er den Schlag, der nicht mehr kommt, denn Martin steht plötzlich mit schußfertiger Büchse da.

»Tu die Peitsche weg, oder ich schieß' dich nieder wie einen Hund!«

Mit einem Sprung duckt sich Andreas hinter seiner Frau. Martin zerrt ihn hoch, nachdem er dem Vater das Gewehr gegeben hat. Ein kurzes, keuchendes Ringen entsteht. Die Fausthiebe Martins treffen hart, und Andreas geht ächzend zu Boden. Martin wirft sich auf ihn und umklammert seinen Hals.

Sie müssen ihn wegreißen, als sie sehen, daß Andreas schon ganz blau wird im Gesicht und nach Luft röchelt.

Da erst läßt Martin los und schließt seinen aufgerissenen Hemdkragen.

»So«, sagt er. »Jetzt ist mir wohler. Gejuckt hat es mich schon lang in den Fäusten. Komm, Vater!«

Das erste Grau dämmert hinter den Bergen herauf, als sich leise die Tür des Zuhäusls öffnet. Ferdinand Sachenpacher, bepackt mit einem schweren Rucksack, zieht Notburga an der Hand hinter sich her.

»Komm nur, Burgl, komm nur. Bevor's Tag wird, müssen wir draußen sein bei der Margret. Ich möcht' nicht haben, daß uns jemand sieht in unserer Schand'.«

»Mein Gott, daß ich das noch erleben muß. Ferdl, so schwer geh' ich fort von hier.«

»Ich glaub' dir, Burgl. Es ist mir genauso schwer ums Herz. Aber wollen wir denn noch eine Stund' bleiben bei einem, der die Hand gegen seinen Vater hebt und uns das Essen vorwirft?«

»Das hätte er nicht tun dürfen, und es wird ihm kein Glück bringen. Mir tut nur die Magdalen leid und die Kinder. Die ganze Nacht hab' ich geweint.«

»Ich hab' dich schon gehört, Burgl. Aber jetzt komm nur.«

Und so gehen sie wieder dahin auf der Landstraße, so wie sie einmal vor vielen, vielen Jahren gegangen sind, als sie von jenem Bittgang nach Birkenstein zurückkehrten. Damals hat Notburga, damit es nicht so langweilig ist, mit ihrer schönen Altstimme leise zu singen begonnen. Heute singt sie nicht mehr, heute weint sie, ganz leise und ohne zu stöhnen, damit es dem Mann an ihrer Seite nicht gar so schwerfalle.

Ach, was weiß sie, wie schwer ihm ums Herz ist! Ihm ist zumute, als führe ihn jeder Schritt, den er tut, zum Grabe hin. Jetzt braucht nur noch die Tochter unwillig die Brauen hochzuziehen und so zu tun, als ob es ihr lästig sei, die Eltern aufzunehmen. Dann bleibt nur mehr der letzte Weg übrig, hoch droben in der Jagdhütte in dem Stübchen zu leben, das ihnen der Pflegesohn angeboten hat.

Aber Margret zieht nicht die Stirne kraus, und auch ihr Mann, der Anselm, ist bis ins Innerste erschüttert, als er die beiden alten Leute auf den Hof zukommen sieht. Martin hat ihnen in der vergangenen Nacht noch Bericht erstattet, und da die alten Langeneckers bereits gestorben sind, steht den Roßkoglerleuten das Zuhäusl auf Langeneck zur Verfügung.

Ja, da haben sie nun wieder eine Bleibe. Es ist ein Enkelkind da, dem Notburga sich widmen kann, und Ferdinand Sachenpacher findet auch hier seine kleinen Beschäftigungen, ohne die er nun einmal nicht leben kann. Und doch ist es anders. Der Alte bringt den Gedanken nicht los, daß er hier in Gnade lebt und dort auf verbriefte Rechte verzichtet. Immer wieder gehen seine Gedanken über die Hügel hin nach dem Roßkogl, der, wie man hört, unter den Hammer kommen wird.

Indessen geht der Sommer über das Land hin. Anselm und Margret bemühen sich, den beiden alten Leuten das Dasein so schön wie nur möglich zu gestalten. Ängstlich halten sie jedes Gerücht von ihnen fern, das über den Roßkogl umgeht. Martin verbringt ebenfalls jede freie Stunde in Langeneck. Und noch einer kommt regelmäßig fast alle vier Wochen: Der ehemalige Oberst Falkner, der jetzt wieder eine gutgehende Rechtsanwaltspraxis in München hat. Er war seit jenem Februartag vor Jahren immer wieder einmal nach dem Roßkogl gekommen und kennt die ganze Entwicklung dort. Und er müßte kein Rechtsanwalt sein, wenn er jetzt die alten Sachenpachers nicht aufgeklärt hätte, daß sie ohne weiteres gerichtlich erlangen könnten, was der Sohn da drüben ihnen vorenthält, nämlich die Verpflegung und die 150 Mark monatliches Austragsgeld. Aber Ferdinand Sachenpacher schüttelt sofort den Kopf.

»Mit dem auch noch vors Gericht? Nein, die Schande will ich mir ersparen. Als Sohn habe ich ihn verloren, als Prozeßgegner will ich ihn nicht.«

»Sie brauchen ja gar nicht als Zeuge aufzutreten. Ich übernehme den Fall für Sie, ohne Honorar dafür zu verlangen. Ich habe eure Hilfe von damals nicht vergessen.«

Der Austrägler aber bleibt bei seinem Nein. Ihn bewegen

ja ganz andere Gedanken. Aus zuverlässiger Quelle weiß er, daß der Roßkogl am 15. Oktober vergsteigert werden soll. Tag und Nacht überlegt er nun, wie er den Hof wieder in seine Hände bringen könnte. Er selbst will dabei gar nicht in Aktion treten. Aber vielleicht könnte Falkner das für ihn machen. Er bespricht sich mit ihm, und Falkner ist durchaus bereit.

»Zwanzigtausend habe ich noch auf der Sparkasse«, rechnet ihm Ferdinand Sachenpacher vor. »Verschwender bin ich ja nie einer gewesen. Und dann wäre ja mein Wald noch da, die sechs Tagwerk, die ich mir ausbedungen habe. Grad als ob ich es gewußt hätte, daß ich den Wald behalten muß.«

»Was schätzen Sie, daß der Wald wert ist?«

»Viel. Es ist zweihundertjähriger Bestand, und es stehn Bäume drinnen von durchwegs drei Kubikmeter. Es ist der beste Wald, den der Roßkogl überhaupt hat.«

»Was kostet der Kubikmeter?«

»Zur Zeit hundertzehn Mark.«

»Das wären ja dann pro Stamm dreihundertdreißig Mark.«

»Und der Abfall als Brennholz extra.«

Falkner ist plötzlich von der Idee wie besessen.

»Sachenpacher, das machen wir auf alle Fälle. Ich will mir alles noch mal genau überlegen. Am nächsten Sonntag komme ich wieder.«

Ja, er kommt am nächsten Sonntag wieder. Diesmal ist ein junges Mädchen in seiner Begleitung, und dieses junge Mädchen, in dessen dunklem Haar sich zwei graue Strähnen hinziehen, ist seine Tochter Irene, in dieser Woche endlich aus Sibirien heimgekehrt. Darum ist Falkner wie ausgewechselt. Er strömt beinahe über vor Lebensfreude und ist voller Schwung.

Vielleicht ist er der Meinung, daß seine eigene fröhliche Gemütsverfassung und seine Lebensfreude überspringen müßten auf dieses blasse Mädchen, in dessen Gesicht die

Spuren noch nicht überwundener Strapazen gezeichnet sind. Um ihren Mund sind bittere Linien gegraben, ihre Augen blicken mit einem Ausdruck umher, in denen noch Angst und Furcht zittern. Sie sitzt teilnahmslos da und erfaßt kaum die Wichtigkeit des Gespräches, das um einen Berghof geht, an dem sie alle leidenschaftlich hängen. Auch dieser Jäger, der vor einer Stunde gekommen ist und mit verbissener Hartnäckigkeit erklärt:

»Wenn wir alle zusammenhelfen, muß es gehn.«

In den Augen des alten Sachenpachers leuchtet es kurz auf. Ach, mag er wohl denken, wäre doch der eigene Sohn auch so wie dieser da, so voller Tatkraft und Zuverlässigkeit.

»Der Martl hat recht«, nimmt jetzt Anselm, der Schwiegersohn, das Wort. »Und wir sind die letzten, die nicht dazuhelfen würden, nicht wahr, Margret?«

Die nickt und legt ihre Wange auf das Lockenköpfl ihres Kindes, das in ihrem Schoße sitzt. Dann suchen ihre Augen Martins Gesicht, und sie erwischt ihn wieder dabei, wie sein Blick am Gesicht des fremden Mädchens haftet. Ein leises Lächeln spielt um ihren Mund.

Ja, irgendwie ist Martin heute verändert. Schon als er dieser Irene Falkner die Hand gereicht hat bei seinem Kommen, hat es ihn irgendwie erfaßt. Ihm ist, als habe ihn etwas angeweht, etwas Vertrautes, auf das er lange gewartet hat. Als dann der Kaffee aufgetragen wird, bemüht er sich so um das fremde Mädchen, daß es selbst dem alten Sachenpacher auffällt. Martin schiebt ihr die Milch hin und die Zuckerdose und fordert sie auf:

»Langen Sie nur zu, Fräulein. Die gute Milch hat mich wieder in die Höh' gerissen, als ich von der Gefangenschaft heimkommen bin.«

»Und die gute Luft vom Roßkogl«, fügt der Alte hinzu.

»Ja, hauptsächlich die Luft. Und für das Fräulein wäre sie auch gut, die Jachenauer Luft, auf vier bis sechs Wochen.«

Ja, daran habe er auch schon gedacht, mischt sich jetzt Herr Falkner ein. Ob es sich wohl machen ließe, so auf vier bis sechs Wochen?

»Warum denn nicht?« sagt Martin voller Eifer. »Das laßt sich ohne weiteres machen. Im Forsthaus zum Beispiel wär' gleich ein Zimmer frei.«

»So, so, im Forsthaus?« fragt Ferdinand Sachenpacher schmunzelnd. »Warum denn nicht gleich bei dir in der Jagdhütte oben?«

»Wär' auch keine schlechte Idee«, platzt Martin heraus, wird aber dann feuerrot und greift in seiner Verlegenheit schnell nach einem Stück Hefegebäck, das in einer großen Schüssel auf dem Tisch steht.

Für den fünfzehnten Oktober ist die Versteigerung des Roßkoglhofes angesetzt. Aber es kommt nicht mehr dazu. In einem gemeinsamen Zusammenhelfen der ganzen Verwandtschaft, besonders auch des alten Burgstallers, Magdalens Vater, kann Rechtsanwalt Falkner alle Gläubiger zufriedenstellen. Der Hof geht rechtskräftig wieder auf den alten Roßkogler über. Die Ziegelei allerdings mit den Lastzügen und dem Bagger ist endgültig beim Teufel.

Von alldem erfährt Andreas Sachenpacher, der das ganze Unglück heraufbeschworen hat, nichts mehr. In der Morgenfrühe des vierzehnten Oktober, als im Hof noch alles in tiefstem Schlaf lag, ist er in seinen Wagen gestiegen und davongefahren.

Als er eine Woche darauf noch nicht zurück ist, kommt Magdalen in einen Zustand ratloser Verzweiflung. Die Alten, nun wieder auf dem Roßkogl lebend, bemühen sich rührend um sie und zahlen ihr mit Güte all die Liebe zurück, die Magdalen ihnen einst gegeben hat.

»Der ist es wirklich nicht wert«, sagt Ferdinand Sachenpacher einmal zu ihr, »daß du dich so um ihn grämst. Einer, der seinem Weib und seinen Kindern davonlauft, dem soll man nicht nachtrauern.«

»Vielleicht hast du recht, Vater. Aber er ist halt doch mein Mann und der Vater von meinen zwei Buben. Und wenn ich dran denk', daß es ihm schlechtgeht —«

»Ganz schlecht soll's ihm gehn«, unterbricht sie der Alte. »Das Leben soll ihn nur richtig zwiebeln. Ich glaube zwar nicht, daß noch ein richtiges Mannsbild aus ihm wird, aber es schadet ihm gar nicht, wenn es ihm schlechtgeht.«

»Oder wenn er sich gar was antut?«

»Der? Der ist viel zu feig dazu. Und — wenn er wiederkommen tät', ein zweitesmal gäb' ich ihm den Hof nimmer in die Hände. Ich kann mir jetzt bloß wünschen, daß der liebe Gott mich recht alt werden läßt, daß ich so lang Bauer sein kann, bis deine Buben groß sind.«

So eilen die Wochen dahin, und die Tage gehen schon in den Advent hinein, als auf dem Roßkogl ein Brief mit ausländischen Marken eintrifft. Das erste Lebenszeichen Andreas Sachenpachers seit seiner Flucht.

Der Brief kommt aus Australien, wohin Andreas ausgewandert ist. Er bittet Magdalen um Verzeihung, und dann kann man lesen, daß man da drüben das Geld viel leichter verdient, und er hoffe, daß er in spätestens zwei Jahren sie, die Magdalen mit den Kindern, nachkommen lassen könne.

»Da bleibt ihm der Schnabel sauber«, sagt Ferdinand Sachenpacher, als er den Brief gelesen hat. Dann schaut er seine Schwiegertochter an. »Dich kann ich zwar nicht halten, Magdalen. Aber die zwei Buben bleiben da, die kommen nicht mit.«

Da streckt Magdalen wie in trotziger Abwehr das Kinn vor. »Nein, Vater. Ich bleibe. Nachlaufen kann ich ihm nicht. Ich habe auch meinen Stolz.«

Da weiß der Alte, daß Magdalen eine echte Roßkoglbäuerin geworden ist.

Wehen Herzens, aber von der Notwendigkeit überzeugt, schlägt Ferdinand Sachenpacher den Rest seines einstigen Austragsholzes. Die letzten Schulden werden damit abgedeckt, der Bartholomäuswald wird wieder aufgeforstet, und hierbei hilft selbst Notburga noch mit.

Ja, in diesem Frühjahr steht sie mit hochgeschürzten Röcken droben am Berghang und schlägt mit den Händen und mit einer Liebe sondergleichen die lockere Erde über die zarten Fichtenpflanzen. Sie tut es mit einem Eifer, als möchte sie es noch erleben, daß der Wind um die Wipfel rauscht und das Abendrot die Zweige liebkost. Dabei weiß sie selber nur zu genau, daß es für sie Abend geworden ist. Andreas' Flucht ist ihr erster Sargnagel gewesen. Sie trägt diesen Kummer nur still für sich, weil sie weiß, daß bei ihrem Ferdl das Thema Andreas nicht erwähnt werden darf, ja daß er sogar von ihr erwartet, daß sie diesen Sohn aus ihren Gedanken gestrichen hat.

Als ob eine Mutter das könnte! Er war ja doch auch ihr Kind, und sie hat es einst mit einer grenzenlosen Liebe unter dem Herzen getragen. Ein Samenkorn wirft man unter die Erde. Weiß man, ob daraus ein stolzer Halm wird mit einer fruchtschweren Ähre daran? Das liegt nicht allein in der Menschen, sondern in Gottes Hand, der alles lenkt und leitet auf dieser Erde.

Seit dem vergangenen Winter macht ihr das Herz sehr zu schaffen. Aber es weiß nur einer darum. Martin, der Pflegesohn, der sie mit einer Güte umgibt, die keine Grenzen kennt. Er kommt nicht heim aus dem Wald, ohne ihr nicht eine Kleinigkeit mitzubringen. Eine schöne Mistel im Winter zum Beispiel oder im Frühling jetzt ein paar Feldblumen. Sie weiß auch, daß er ganz erfüllt ist von einer neuen, wundersamen Liebe zu dem Mädchen Irene. Das gemeinsame schwere Schicksal, das auf ihrer Jugend gelastet hat, hat sie zusammenfinden lassen.

Die beiden tragen sich übrigens mit Bauplänen. Vater Sachenpacher hat ihnen einen wunderschönen Bauplatz am Hang dicht hinter dem Roßkogl verschreiben lassen.

So geht das Leben auf dem Berg nun endlich wieder in geordneten Bahnen dahin. Manchmal kommt ein Brief aus

Australien. Jetzt schreibt Andreas schon, daß es eventuell drei Jahre dauern könne, bis er Frau und Kinder nachkommen lassen würde. Scheinbar liegt das Geld auch dort drüben nicht direkt auf der Straße. Aber immer großzügig: »Ich werde Euch nachkommen lassen ...«

Vielleicht schreibt er deshalb so, weil ihm niemand mitteilt, daß er zurückkommen solle.

Nein, das kann Magdalen nicht schreiben. Vielleicht ist es gar nicht einmal der Stolz allein, der dies nicht zuläßt, sondern die Gewißheit, daß er hier, solange der Vater lebt, nichts anderes als der Knecht sein würde. Gebe es Gott, daß der Vater noch lange lebt.

Und wie er derzeit lebt! Voll jugendlicher Kraft geht er über die Wiesen, auf denen vor dem Almauftrieb nun die Herde des prächtigen Simmentaler Viehs weidet. Er hat sich, da ihm der Wald nicht mehr die Einnahmequelle von früher sein kann, mehr auf Milchwirtschaft verlegt. Dazu mästet er Schweine und hat reißenden Absatz für alles. Ihm zur Seite steht mit ihrer jugendlichen Kraft die Schwiegertochter Magdalen, die in diesem Frühjahr von einer Tante an die zwanzigtausend Mark geerbt hat.

Und die Buben wachsen heran. Manchmal betrachtet sie der Alte in stiller Versonnenheit und fragt sich dann in heimlicher Angst, welcher von den beiden Blondschöpfen die leichtsinnige Art seines Vaters geerbt haben mag.

Um das noch feststellen zu können, darum betet er nun jeden Abend, daß Gott ihn noch so lange leben lasse.

So sind zwei Jahre in den Strom der Zeit gerauscht. Auf dem Hang hinter dem Roßkogl steht ein weißes Haus mit grünen Fensterläden. Hier haust die junge Frau Irene, geborene Falkner, und wartet voller Sehnsucht, daß ihr Mann, Martin Sachenpacher, vom Berg zurückkommt. Martin ist inzwischen zum Förster befördert worden und eine geachtete Persönlichkeit im Ort.

Im Frühjahr des dritten Jahres, nachdem das Schicksal sie wieder auf den Roßkogl zurückgeführt hat, legt Notburga Sachenpacher sich nieder. Ihre Kraft ist nun erschöpft. Das Herz will nicht mehr, und das erkennt wohl auch der Arzt, den man ruft.

Nur Ferdinand Sachenpacher will es nicht glauben. Er kann es einfach nicht begreifen und steht ganz bestürzt vor ihrem Lager. Er sieht die müden Hände über die blaugewürfelte Bettdecke hinzucken und beginnt plötzlich zu weinen wie ein Kind.

»Aber, Burgele, was hast denn im Sinn? Du darfst mich doch jetzt nicht allein lassen. Ich brauch' dich doch.«

Ein müdes Lächeln zuckt um ihren eingefallenen Mund. Obwohl sie die Hand vor Mattigkeit kaum heben kann, streichelt sie über sein schneeweißes Haar.

»Ach, Ferdl, so gern hab' ich an deiner Seite gelebt. Aber heute nacht, da hab' ich einen Engel nach mir rufen hören. Ich glaub', sie brauchen mich droben auch. Weiß nicht, warum ich noch nicht sterben kann. Aber es tut nicht weh, Ferdl, glaub mir's. Wenn man allweil rechtschaffen gelebt hat, tut das Sterben nicht weh. Sei so gut, Ferdl, und schick mir den Pfarrer herauf. Ich möchte schon noch alles recht machen, weißt, so wie ich's im Leben auch recht gemacht hab', denk' ich.«

Gekrümmt kauert Ferdinand Sachenpacher am Bettrand und streichelt seines Weibes kalten Hände.

»Wenn du gehst, Mutter, mag ich auch nimmer lang dableiben. Was soll ich denn ohne dich?«

»Ein bissel mußt schon noch dableiben, Ferdl. Bloß bis die Buben größer sind. Dann rufe ich dich schon, und ich — ich hebe dir ein recht schönes Platzerl auf — neben mir, im Himmel droben, gelt?«

Matt dämmert sie durch die Tage. Manchmal ist sie schon nicht mehr bei Bewußtsein. Und draußen scheint die warme Frühlingssonne. Die Bäume blühen, und die Vöglein singen um die Wette. Alles, was sich regen kann, ist draußen auf den Wiesen. Selbst die Buben schon. Und so trifft es sich, daß niemand im Haus ist, als die junge Frau Irene nach der Mutter schaut. Sie stößt einen Schrei der Angst aus, als plötzlich ein bärtiger großgewachsener Mensch im Flur steht und sie aus gehetzten Augen anstarrt.

Der Mensch geht an ihr vorbei und geht die Stiege hinauf. Es schert ihn nicht, daß Frau Irene hinausläuft auf die Wiesen und Hilfe herbeiruft.

Von irgend jemandem muß der Fremde erfahren haben, daß die alte Roßkoglbäuerin im Sterben liegt, denn er setzt seinen Schritt leise und drückt die Klinke der Krankenkammer ganz behutsam nieder. Dann bleibt er wie angewurzelt im Türrahmen stehen und starrt auf das Bett.

Regungslos liegt die alte Bergbäuerin Notburga Sachenpacher. Das hereinfallende Sonnenlicht funkelt auf den Medizinfläschchen und zittert über die wachsgelben Hände der Kranken hin. Jetzt bewegen sich diese Hände in Unruhe, und ihr Mund flüstert:

»Komm nur her, Anderl, ich weiß ja — daß es du — bist . . .«

Wie ein Klotz stürzt er vor ihr auf die Knie nieder und gräbt seine Zähne in das Bettlaken, damit sie ihn nicht stöhnen hört. Er spürt die Hand der Mutter über sein Haar streicheln, dann bleibt sie in seinem Nacken liegen. Sie ist eiskalt. Noch einmal müht sie sich ab zu sprechen:

»Allweil hab' ich's gespürt, Bub, daß du in der Nähe bist. Wie geht's dir denn?«

»Ach, Mutter, red nichts, frag mich nichts . . .«

»Ja, ja — ich weiß schon. Das Heimweh war halt doch ärger. Aber jetzt bist da — und gehst nimmer fort, gelt?«

»Wenn ich daheim sein darf«, antwortet Andreas. »So einem wie mir gehört die Peitschen.«

»Gar nicht hab' ich sterben wollen, weil ich gewußt hab', ich muß dich noch einmal sehn. Und — jetzt — bist da. Geh her, laß dein Heimkommen segnen.« Sie hebt mühsam die andere Hand und fährt dem Heimgekehrten mit dem Daumen über die Stirne: »Im Namen Gottes — des Vaters — — —«, die Hand zittert zum Mund hin: »— des Sohnes — und des Heiligen Geistes — — —«

Wie ein Stein fällt die Hand plötzlich herunter und wird starr. Die andere liegt noch im Nacken des Sohnes.

»Mutter . . .«, schreit er auf. Aber er bekommt keine Antwort mehr. Der Mund Notburga Sachenpachers ist still und stumm, aber um die Winkel liegt ein zufriedenes Lächeln, das letzte Freudenlächeln ihres Lebens.

Als Andreas Sachenpacher sich aufrichtet, drängen gerade die anderen zur Tür herein.

Ja, mit der Peitsche müßte man ihn davonjagen. Das denkt auch der alte Sachenpacher. Aber so lange der Tod im Hause ist, soll kein Ton des Hasses oder des Zornes die Mauern erfüllen.

Haßt er diesen Sohn überhaupt? Sollte man ihn nicht eher bemitleiden, denn nach dem, was der Andreas so bruchstückweise erzählt, hat er auch in der Ferne kläglichen Schiffbruch erlitten. Und wenn man ihm glauben darf, ist es diesmal nicht seine Schuld gewesen. Er hatte mit noch einem andern eine Hühnerfarm aufgemacht. Das Geschäft ging am Anfang recht gut, aber eines Tages war der Kompagnon mit allem Geld spurlos verschwunden. Vielleicht hat Andreas dann wirklich zum erstenmal in seinem Leben mit zähem Willen versucht, es zu meistern. Aber das Schicksal war gegen ihn. In den Ställen, die er nur pachtweise innehatte, brach die Hühnerpest aus, und eines schönen Tages stand er ohne Geld, verlassen und einsam in der fremden Welt. Das Heimweh packte ihn mit jäher Gewalt, und mit dem Heimweh kam dann auch die bittere Erkenntnis, daß er sich sein Leben nur selber verpfuscht hatte. Scham und Verzweiflung haben ihn gepackt, und die Sehnsucht nach seinem braven Weib und den Buben hat ihm fast das Herz zerrissen.

Schließlich hat er dann auf einem Frachtdampfer als

Hilfsheizer unterkommen können, der ihn nach langer Irrfahrt wieder in die Heimat gebracht hat.

Man sieht es ihm an, wie schwer er an allem leidet, an der Verachtung des Vaters, an dem immer noch unsicheren Verhalten seines Weibes und an der Unzugänglichkeit seiner Buben, die einen weiten Bogen um ihn machen, weil sie noch zu klein sind, um voll begreifen zu können, daß sie nun plötzlich einen Vater haben.

Bei der Beerdigung der Mutter gebärdet er sich wie ein Rasender und gibt seiner Trauer so heftigen Ausdruck, daß ihn der Alte unauffällig, aber gar nicht sanft in die Rippen stößt und ihm zuzischt:

»Reiß dich gefälligst ein bissel zusammen.«

Als alles vorüber ist, versammelt sich die Verwandtschaft im Postwirtshaus zum Leichenschmaus. Nur einer geht abseits und verschwindet auf einem Feldweg bergwärts. Andreas, der Heimgekehrte.

Den Hut weit aus der Stirne geschoben, geht er dahin. Auf der ersten Bergwiese, die zum Roßkogl gehört, setzt er sich nieder, legt den Hut neben sich ins Gras und verschränkt die Hände über die aufgezogenen Knie. Nichts mehr von seinem früheren Hochmut ist in ihm. Ein zerknirschter, vom Schicksal gedemütigter Mensch sitzt im warmen Sommergras und schaut wehmütigen Herzens zu den weißen Schäferwölkchen auf, die langsam am Himmel hinziehen. Ein Mensch, mit zerfurchtem Gesicht und gänzlich leeren Händen, der mit müdem Blick in die Zukunft schaut, von der er nicht weiß, wie sie aussehen wird. Wenn er nur wüßte, wie sich die Magdalen zu ihm stellt. Bisher ist sie ihm trotzig ausgewichen. Oh, er hat es schon gehört, wie sie den Schlüssel ihrer Schlafkammer umgedreht und sich mit den Buben eingesperrt hat, während er in der kahlen Geschirrkammer zu ebener Erde geschlafen hat, wo es nach Leder und Pferdeschweiß riecht.

Plötzlich wirft er sich ins Gras und weint bitterlich. Er weiß nicht, wie lange er so liegt und hat auch nicht den näher kommenden Schritt gehört. Er spürt nur plötzlich die Nähe eines Menschen und wirft sich herum, starrt in die Augen seines Weibes, die vor ihm kniet und ihm nun mit der Hand über seine Stirne streicht.

Da umklammert er sie mit beiden Armen wie ein Ertrinkender und drückt sein Gesicht gegen ihren Hals.

»Ach, Magdalen, wenn du mir doch verzeihen könntest, was ich dir angetan habe!«

Sie richtet sich ein wenig auf und schaut ihn lange an. Dann zuckt ein kleines Lächeln um ihre Mundwinkel.

»Ich muß dir ja verzeihen, Anderl. Ob ich es jemals vergessen kann, das weiß ich nicht.«

»Du sollst es auch nicht vergessen, Magdalen, und darfst mich allweil an meine große Schuld erinnern. Bloß daheim sein laß mich wieder bei dir.«

»Ja, Anderl, sei wieder daheim bei mir und — bei den Buben. Sie werden dich liebhaben mit der Zeit. Bloß, ob dir der Vater — du weißt ja, daß der Hof wieder ihm gehört —, ob er ihn dir ein zweites Mal gibt, das weiß ich nicht.«

»Ich will den Hof gar nimmer. Für die Buben soll er sein, und ich — ich will dein Knecht sein, Magdalen.«

Ein schelmisches Lächeln spielt um ihren Mund.

»Mit dem Knecht allein ist mir nicht gedient, ich will schon auch den Mann wieder.« Dann steht sie auf.

»Komm, Anderl, gehn wir heim.«

»Ja, heim, Magdalen. Und nie mehr fort.« Ein tiefes Glück zittert in seiner Stimme.

Ferdinand Sachenpacher bleibt zurückhaltend. Und doch muß er Andreas heimlich bewundern. Ohne Murren und ohne jemals nur zu zögern, packt Andreas die niederste Knechtsarbeit an. Er arbeitet und werkelt wie ein Besessener, und es ist gerade, als wolle er alles, was er einst spielerisch vertan hat, wieder hereinholen. So wächst mit den Wochen langsam wieder das Vertrauen beim Alten.

Noch tasten sie aufeinander zu wie zwei Gegner, und eines Tages findet dann auch der Vater das verzeihende Wort.

»Ich möcht' glauben«, sagt er, »daß du wirklich geläutert bist. Mir aber darfst es nicht verdenken, wenn ich mein Mißtrauen noch nicht ganz los bin. Aber reden wir nimmer davon.«

So findet eins wieder zum andern. Mit dem Sommer geht auch das Vergessen über das Land hin, und vielleicht hat all das Schwere erst über den Roßkogl herziehen müssen, daß es seine Menschen erst ganz zusammenführt.

Andreas hat sich die Herzen seiner Buben erst erringen müssen. Aber nun hängen sie an ihm wie die Kletten. Er ist der beste Vater und Mann jetzt, den man sich denken kann.

Auch zu Martin findet er wieder, und Martin zu ihm. Und als das Jahr sich dem Ende zuneigt, ist Ferdinand Sachenpacher fest davon überzeugt, daß er nun ruhigen Gewissens seinem Sohn Andreas den Hof ein zweites Mal übergeben kann. Aber er traut seinen Ohren kaum, als Andreas ganz ruhig, ja sogar lächelnd, sagt:

»Nein, Vater. Es gibt Menschen, denen darf man nichts Wertvolles in die Hände geben, weil sie damit nichts anzufangen wissen und dann bloß auf dumme Gedanken kommen. Und zu dieser Sorte gehöre ich. Ich fühle mich so, wie es jetzt ist, am wohlsten. Verschreib der Magdalen oder den Buben den Hof. Ich will in meinem Leben nichts anderes mehr sein als das, was ich jetzt bin.«

Und so geschieht es auch. Die Zeit geht dahin. Auf dem Roßkogl kommen noch zwei Mädchen nach, im Häusl am Hang ein Bub und ein Mädel, und die Margret vom Langeneck bringt, so Gott will, im nächsten Jahr das Dutzend voll.

Andreas' Wandlung zum Guten hält an. Nie mehr kommt das wilde, heiße Toben über ihn, und vielleicht hat es seines großen Irrens erst bedurft, um heimzufinden zu der wundersamen Stille und zu dem Frieden, der jetzt auf dem Roßkogl herrscht.